MARÍA DE MOLINA

mr

Esta obra resultó ganadora del Premio de Novela Histórica Alfonso X el Sabio 2004, convocado por Caja Castilla La Mancha y mr ediciones, Grupo Planeta, y fallado por un jurado compuesto por Fernando Delgado, Ana María Matute, Martín Molina, Felipe Pedraza, Soledad Puértolas, Eugenia Rico, Juan Sisinio Pérez y Pablo Álvarez como secretario.

Almudena de Arteaga

MARÍA DE MOLINA

mr · ediciones

Diseño de la cubierta: Compañía
Ilustración de la cubierta: *María de Molina presenta a su hijo Fernando IV en las Cortes de Valladolid en 1295*, Antonio Gisbert, Congreso de los Diputados, Madrid (Aisa Archivo Iconográfico)

Primera edición: marzo de 2004
Segunda impresión: abril de 2004
Tercera impresión: octubre de 2005

Paseo de Recoletos, 4. 28001 Madrid
www.mrediciones.com
ISBN: 84-270-3019-3
Depósito legal: M. 39.830-2005
Fotocomposición: EFCA, S. A.
Impresión: Brosmac, S. L.

Impreso en España-Printed in Spain

A todos los que perseveran
con tesón y constancia
por una buena causa

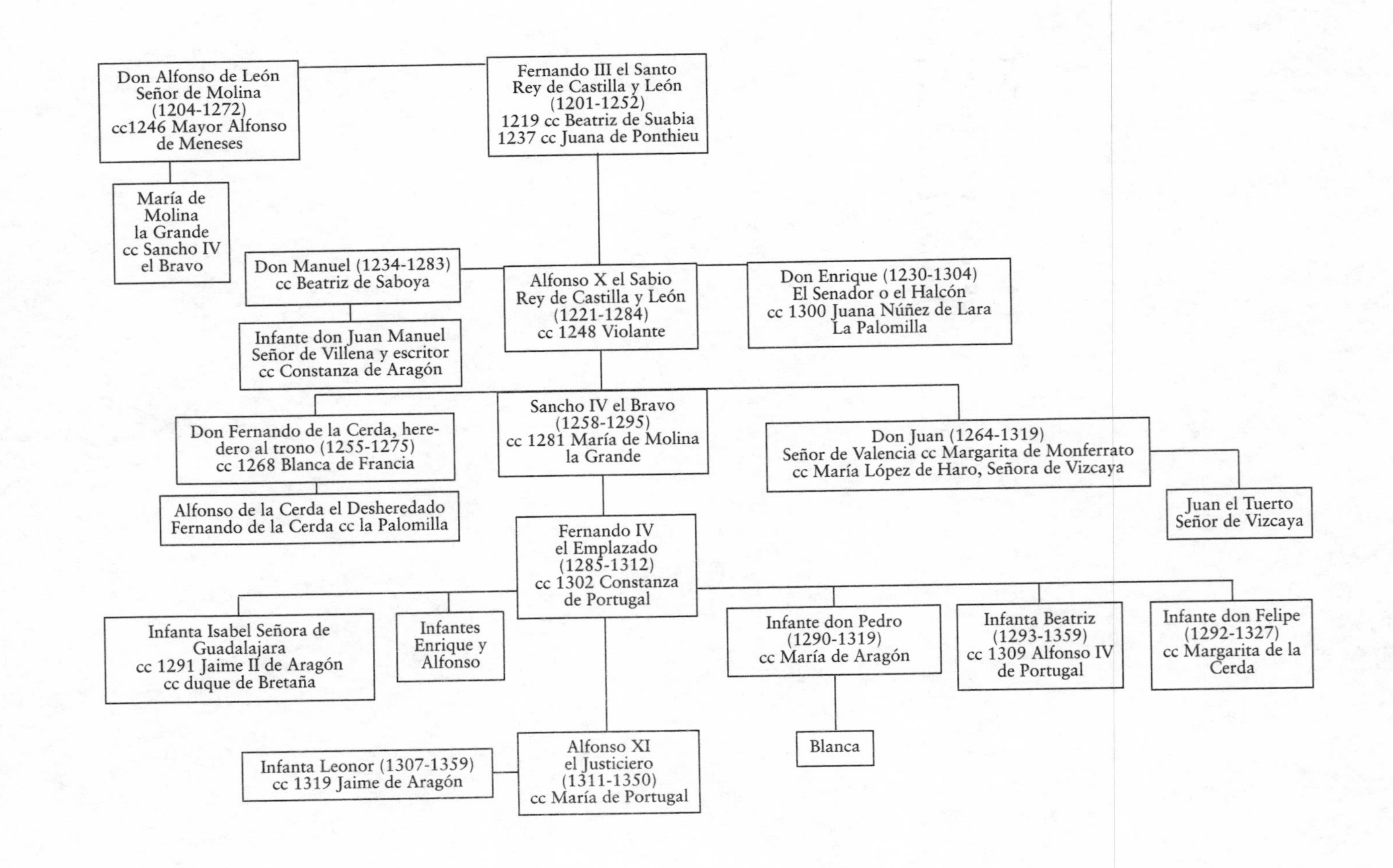
Don Alfonso de León
Señor de Molina
(1204-1272)
cc1246 Mayor Alfonso de Meneses
Fernando III el Santo
Rey de Castilla y León
(1201-1252)
1219 cc Beatriz de Suabia
1237 cc Juana de Ponthieu
María de Molina la Grande cc Sancho IV el Bravo
Don Manuel (1234-1283)
cc Beatriz de Saboya
Alfonso X el Sabio
Rey de Castilla y León
(1221-1284)
cc 1248 Violante
Don Enrique (1230-1304)
El Senador o el Halcón
cc 1300 Juana Núñez de Lara
La Palomilla
Infante don Juan Manuel
Señor de Villena y escritor
cc Constanza de Aragón
Don Fernando de la Cerda, heredero al trono (1255-1275)
cc 1268 Blanca de Francia
Sancho IV el Bravo
(1258-1295)
cc 1281 María de Molina
la Grande
Don Juan (1264-1319)
Señor de Valencia cc Margarita de Monferrato
cc María López de Haro, Señora de Vizcaya
Alfonso de la Cerda el Desheredado
Fernando de la Cerda cc la Palomilla
Juan el Tuerto
Señor de Vizcaya
Fernando IV
el Emplazado
(1285-1312)
cc 1302 Constanza
de Portugal
Infanta Isabel Señora de Guadalajara
cc 1291 Jaime II de Aragón
cc duque de Bretaña
Infantes Enrique y Alfonso
Infante don Pedro
(1290-1319)
cc María de Aragón
Infanta Beatriz
(1293-1359)
cc 1309 Alfonso IV
de Portugal
Infante don Felipe
(1292-1327)
cc Margarita de la Cerda
Blanca
Infanta Leonor (1307-1359)
cc 1319 Jaime de Aragón
Alfonso XI
el Justiciero
(1311-1350)
cc María de Portugal

I PARTE

LA REINA MALCASADA

SANCHO IV EL BRAVO

Amigos y vasallos de Dios omnipotente,
Si escucharme quisierais de grado atentamente
Yo os querría contar un suceso excelente:
Al cabo lo veréis tal, verdaderamente.

GONZALO DE BERCEO, *Los milagros de Nuestra Señora*

1

ESPONSALES REALES EN TOLEDO

25 DE JUNIO 1282

Por España quisiera en seguida empezar,
Por Toledo la grande, afamado lugar:
Que no sé por qué extremo comenzaré a contar,
Porque son más que arenas a la orilla del mar.

GONZALO DE BERCEO
Los milagros de nuestra Señora

Mis aposentos eran un hervidero de gentes. Todos corrían de un lado a otro, presos del nerviosismo que suscita un acontecimiento de este tipo. Los últimos alfileres que adornaban y sujetaban mi tocado estaban siendo prendidos sobre mis sienes con tanta fuerza que parecían estar clavándose en mi sesera. Mi aya, doña María Fernández de Coronel, empujaba nerviosa e impaciente el impla que me cubría ante el inminente evento. Semejante tortura me hacía ladear la cabeza.

–Mi señora, si no procuráis un poco de concentración y os estáis quieta, no podré terminar a tiempo. Fue vuestra merced la que se empeñó en lucir la luenga y clara cabellera suelta. Si me hubieseis hecho caso y al menos una trenza decorase vuestra nuca, sería más fácil asir esta toca a vuestra rebelde testa.

Pensativa y soñadora, procuraba permanecer inmóvil enrollando una y otra vez un mechón de pelo a un dedo. La duda, el nerviosismo y la inseguridad me atenazaban.

La muchedumbre gritaba desde las angostas callejas que llevaban hasta la catedral de Toledo y me impacienté, dando un manotazo a doña María para que no me trepanase el cráneo por enésima vez.

–¡Terminad de una vez o conseguiréis que acuda a mi boda como un Cristo con la corona de espinas!

Me callé un segundo y suspiré.

–Si al menos el vulgo fuese más silencioso, este nudo que porto en las entrañas se desataría.

La que ejerció como mi madre, desde que ésta murió en los campos de Molina, no se contuvo al reprenderme.

–Ya podéis acostumbraros, María. Es muy posible que en muy poco tiempo os convirtáis en la reina de Castilla y León. Haced a todos partícipes, pues, de vuestra inteligencia. Hoy tenéis una oportunidad inmejorable para ello. Si obráis como es menester, todas las almas de estas villas y ciudades os aclamarán más aún que ahora.

Suspiré de nuevo y cerré los ojos inspirando profundamente, mientras las mujeres encargadas de engalanarme humedecían afanosamente mis manos y cuello con esencias de jazmín y azahar que habían traído de Andalucía para este grandioso día. El dulce olor que manaba de dichos perfumes sólo consiguió disipar durante un efímero segundo la angustia que me atenazaba, pues, al instante, regresaron las preocupaciones que bullían desde hacía ya tiempo en mi cabeza.

–Es curioso, María, cómo osáis asegurar mi próxima coronación sin titubear ni un solo segundo. Mucho han de cambiar las cosas, mi buena amiga, antes de aseverar con tanta seguridad. Los ánimos que fomentan las contiendas entre padre e hijo tendrán que apaciguarse pronto o los problemas se enquistarán.

–Vuestra seguridad me pasma. Todos sabemos que Sancho, mi futuro marido, fue el segundo en nacer de los hijos de nuestro rey Alfonso. Aún está por ver si el padre está dispuesto a nombrarle sucesor del reino en contra de los infantes de la Cerda, los hijos de don Fernando, su difunto hermano mayor. Tan enfadado se muestra su majestad con esta nuestra boda que no asiste. Don Alfonso se limita a permanecer en Sevilla como si nada ocurriese y así nos hace ver que su voluntad no es fácil de quebrantar. Será notable su ausencia, así como la de alguno de mis cuñados.

Mi aya me dio un capón.

–Sois ingenua y casi os mostráis párvula en vuestras dilaciones. ¿Qué prueba más clara queréis que la que os brinda el gentío? Ellos os demuestran que no yerro en mis afirmaciones.

Señaló la ventana con el ceño fruncido, obligándome a mirar hacia allí. La fina piedra de alabastro que cubría su hueco filtraba la luz pero no demudaba ni un ápice el clamor del exterior. Mi aya prosiguió displicente.

–¿No escucháis, acaso, al gentío vitoreándoos? No hay un miembro del pueblo, de la nobleza o del clero, que no esté pendiente de vuestro inminente desposorio. Incluso ya se hacen llamar vuestros vasallos y aún no habéis sido coronada reina. Abrid vuestros sentidos y profundizad en ellos. Ya lo hicisteis con los perfumes y el olfato, hacedlo ahora con el oído y la vista, que al gusto y al tacto le daréis rienda suelta esta noche al yogar con vuestro esposo. No os obcequéis en cubrir vuestra alegría. Disfrutad este momento y no lo ensombrezcáis.

La besé en las manos y la miré a los ojos.

–Gracias, mi aya. Hacéis, sin proponéroslo, que no eche de menos a mi madre en este día tan significativo de mi vida.

No quiso escucharme y se hizo la sorda. Doña María era mujer a la que no le gustaba demostrar sus sentimientos. A pesar de ello, yo sabía mejor que nadie que debajo de esa armadura de frialdad se escondía un corazón caliente y cargado de ternura.

Alzando mis brazos me hizo girar hacia una pulida bandeja de plata que reflejaba mi semblante casi por entero.

Asentí contenta con el resultado de mi transformación. Doña María, después del capón que me acababa de dar, me besó en la mejilla. No pude más que sonreír y abrazarme a ella.

–La verdad es que no me he de quejar. Soy una mujer afortunada, me siento como si fuera la única entre un millón. Pocas son las ricas hembras de Castilla que hoy en día se casan con el hombre que soñaron. Yo lo he conseguido.

La dueña me interrumpió:

–Os desposáis con el hombre que amáis y que, además, os corresponde. No hay moro, judío o católico que no lo comente en esta ciudad tan variopinta que es Toledo.

Sonreí alzando la vista al cielo.

–Es cierto que Sancho me quiere y así me lo ha demostrado. No sólo insistió en desposarme en contra de la voluntad de su padre sino que, además, por mí se enfrentó al rey de Aragón dejando plantada a Guillermina de Moncada, la que para muchos es su mujer. Por ello le acusan de bígamo. No es un secreto en la corte que también ha provocado al papa, ignorando su extraña e injustificada demora al otorgarnos la dispensa que como tía y sobrino necesitamos para contraer matrimonio. ¡A muchos les permitió consumar con un parentesco aún más afín que el nuestro! ¿Qué es lo que le impide firmar su consentimiento?

Negando con la cabeza, me contesté a mí misma. Abrazada a la conformidad, me sentía presa de la incertidumbre.

–Menos mal que el obispo de Toledo, todos sus misacantanos y otros clérigos apoyan nuestra causa. El buen hombre, sin necesidad de papel episcopal alguno, accede a casarnos. Algunos dicen que así cuestionan la supremacía que el sumo pontífice tiene sobre ellos y que serán excomulgados, pero se equivocan de lleno. Todos sabemos, y no es mera suposición, que el papa ya firmó nuestra dispensa. Si no ha llegado a nuestras manos el ansiado documento es por cuestiones ajenas a nosotros. Quizá el emisario de la Santa Sede fue asaltado y asesinado en el camino a manos de algún desalmado que, ignorante y analfabeto, nunca supo de la importancia de su correo.

Aún en mi aposento, ultimando los detalles que me acompañarían hasta el altar, me puse a monologar de tal forma que todos me escuchaban en silencio sin atreverse a rebatir lo que yo misma repetía en voz alta una y otra vez para autoconvencerme de que estaba en lo cierto.

Tomé un escriño que había sobre mi tocador. Acaricié la seda brocada con la que estaba tapizado y lo abrí. Todos los presentes pudieron entonces admirar la cruz de oro que, engastada con piedras preciosas de gran tamaño, me acompañaría hasta el día de mi muerte. Pero la joya no sólo era eso. El precioso metal que refulgía ante nuestros ojos escondía algo mucho más preciado y que era menester guardar en secreto, ya que los codiciosos lo ambicionarían. La reliquia bien podría haber sido un trozo del pesebre del Niño Dios, un pedazo de la vera cruz o una espina de la corona de Cristo, pero Sancho sabía que existían demasiadas en toda la tierra como para ser todas verdaderas, por eso quiso entregarme algo más certero y menos digno de falsificar por cualquier abad necesitado.

La joya mostraba a través de un pequeño orificio su tesoro. Un pedazo de la gamuza sanguinolenta que un día cubrió la herida del costado de san Francisco de Asís. El recuerdo de su santo estigma velaría por mí para siempre. El mismo Sancho, a sabiendas de la ilusión que me haría, me lo entregó la noche anterior a los desposorios.

Al ver la reliquia, algunas de mis dueñas la ovacionaron, aunque ignoraban que el precio que pagó por ella fue elevado no tanto por el tamaño de las piedras preciosas engastadas, como por el valor del tesoro que la cruz escondía.

La tomé y la pendí de mi cuello con una fina cinta de seda. Abrí el escote y la filtré bajo mi sayal para que, acariciando mi piel y sobre mi corazón, me protegiese camino del altar. La apreté fuertemente contra mi pecho y suspirando, retomé el monólogo.

–Tres son los enemigos que se crea Sancho al casarse conmigo y los tres son reyes. El primero, su padre, don Alfonso, el décimo de este nombre de entre todos sus antecesores, rey de Castilla y León. El segundo, el rey de los reinos que lindan con nuestras fronteras y al que más hemos de temer; el de Aragón. Su tercer contrincante no es otro que el representante del Rey de los Cielos en la tierra. ¿Hay mayores enemigos en este mundo? Nunca podré igualar su demostración de cariño, ya que me antepone a cualquier interés o persona. De este modo, sólo emplaza al peligro en su propósito de suceder en los reinos de su señor padre.

Una voz tenue y triste sonó al fondo de la habitación, justo al lado del guadamecí que decoraba el muro.

–Os felicito, María, sin duda os desposáis con un gran hombre.

Entre escarpines, sayos de seda brocados, almohadones y un sinfín de ropajes aguardaba agazapada mi prima Alfonsa de Uceda junto a su hija y mi ahijada. Una hermosa niña de ojos claros llamada Violante. La pequeña me miraba extasiada.

La amistad que mantuve con su madre desde mi infancia a la juventud creó una complicidad inmemorial entre las dos, que se quebrantó en cuanto se decidió mi desposorio con Sancho.

–Nadie mejor que vuestra merced para saberlo, Alfonsa.

Ella asintió sumisa. Alfonsa había sido la barragana de Sancho y con él tuvo dos hijos, uno de ellos Violante. Se levantó cabizbaja y supe que me quería decir algo. Callada esperé a que comenzase. Lo hizo con lágrimas en los ojos.

–No es quizá el momento más idóneo, María, pero quiero que me prometáis que os haréis cargo de la niña. Juradme que la cuidaréis en la corte como si de vuestra propia hija se tratase. He decidido partir aína e ingresar en clausura. Podría llevarla conmigo, pero no quiero que ella pene el cautiverio que a mis pecados corresponde. Entendedme, me siento incapaz de presenciar el desposorio. Por eso no he esperado a mañana.

La abracé con cariño y le susurré en el oído para no hacer más público su sufrimiento:

–Vuestra sinceridad me turba. No es menester que os enclaustréis involuntariamente, Alfonsa. Sabéis que os admito en la corte junto a nosotros, pues sé que nunca me traicionaríais. Vuestro amorío con Sancho finalizó y el mío se hace incipiente. Si os quedáis con nosotros, prometo desposaros con un noble caballero que cuide de vuestra merced y de los vuestros.

Ella dio un paso atrás separándose de mí y apartó su mirada. Pude ver cómo una lágrima surcaba su mejilla.

–Os lo ruego. No me lo hagáis más difícil. Sólo os pido que me aseguréis una guardia y custodia digna para mi hija Violante.

Intenté atraerla de nuevo hacia mí, pero ella se apartó poniendo a la niña entre las dos. No quise dilatar más su sufrimiento y tomé a la pequeña en mi regazo. La seda carmesí de mi vestido nupcial crujió al acogerla.

–Cómo puedo negarme, Alfonsa, si por sus venas corre la sangre de Sancho. Partid tranquila.

Tragué saliva. Ella besó a su hija, dibujó en su frente con el dedo pulgar la señal de la cruz y salió corriendo con el rostro, atenazado por el desconsuelo, entre las manos.

El suceso consiguió silenciar los gritos de la muchedumbre, que se desgañitaba desesperada vociferando mi nombre.

Mi aya tomó a la pequeña Violante de la mano y me trajo a la realidad posando sobre mis hombros un manto forrado de piel.

–Mi señora, os repito lo de hace un momento. No nubléis un momento tan feliz con pensamientos inoportunos. No sólo os aguarda el pueblo, recordad que vuestro futuro esposo os espera en el altar. Si seguís dilatando vuestra aparición, sus huesos se cubrirán de musgo por la humedad del templo que, aunque estemos en junio, sigue fresco y húmedo. Sus gruesos muros guardan con celo todo lo que por su portón se filtró y aún no han calentado las gélidas ráfagas de viento que se colaron en enero.

Asentí y me dispuse a salir a la calle, donde tendría que bajar en andas desde el alcázar hasta la catedral. La guardia perfectamente uniformada acordonaba un ficticio pasillo humano para agilizar nuestro paso.

Muchos osados del vulgo pretendían tocarme e intentaban cruzar como fuese la barrera humana formada por maceros, soldados y miembros de la guardia real. Pensaban que haciéndolo atraerían a la fortuna como lo hace la giba de un jorobado. Ni que decir tiene que la osadía de estos les hacía merecedores de un buen mamporro, propinado casi siempre con los pendones o varas que portaban mis hombres según el distintivo de su condición. Cuando se recuperó la calma continué y tras mi venia desfiló el cortejo.

Toledo era una gran fiesta. Las campanas empezaron a tañer atrayendo con su sonido aún a más gentío. Sus habitantes se entremezclaban y empujaban para verme mejor al pasar. Mudéjares alzaban a los niños judíos al aire para que nos viesen y los cristianos alardeaban del fausto de la comitiva. Por un día, todos se sintieron hermanados a pesar de vivir en los diferentes barrios de la plaza fuerte.

En las horas de asueto me gustaba asomarme a las almenas y atisbar desde las alturas los quehaceres de todos. Era curiosa en ese aspecto, pero en aquel momento hubiese dado mi bien más preciado a quien me librase de tanta expectación.

Toledo era para Sancho lo mismo que Sevilla para su padre don Alfonso. Por lo que decidimos casarnos en aquella ciudad.

Cuando me detuve en el atrio principal del templo, sentí vértigo ante tanta expectación y me así aún más fuerte del brazo de mi hermano Alfonso. A falta de padre, él sería su sustituto en esta empresa. Una docena de semblantes conocidos que me aguardaban impacientes me reverenciaron por primera vez. Como nieta de rey no me extrañó el saludo, aunque sólo deseaba que no me apabullasen demasiado con felicitaciones y halagos.

Para tranquilizarme procuré centrar mi atención sólo en los rostros más cercanos y queridos. A la primera que vi fue a mi futura cuñada doña Berenguela, señora de Pastrana, Hita, Buitrago, Ayllón y Guadalajara, que vino acompañada por su rubio hermano Pedro. Habían asistido sin miedo a las represalias por parte de don Alfonso, mi suegro. Su presencia señaló aún más la ausencia del resto de los parientes de Sancho que no acudieron. Unos por estar en Aragón y otros en Sevilla.

Los miré con gratitud y sin interrumpir el silencio que la solemnidad del momento requería. Procuraba no hacer demasiado evidente mi alteración. Sancho agradeció mi llegada. Allí estaba, vestido de blanco y cubierto de pieles. Las voces de los monjes que cantaban desde el coro marcaron mi descompasado y nervioso paso. En cuanto sentí su cercanía me relajé. La seguridad que Sancho me transmitía anulaba el temor a un incierto devenir. ¡Estaba tan segura de mis actos!

De inmediato y como la tradición simbólica mandaba para mi válida entrega, mi hermano y padrino tomó mi mano derecha y la entrelazó con la de Sancho. Me fue imposible contener una abierta sonrisa al sentir la caricia de su piel.

El arzobispo de Toledo se limitó a verificar con agrado la validez del consentimiento que otorgamos. Así debía ser, pues según el concilio de Lyón, los únicos ministros válidos en estos nuestros esponsales éramos nosotros. Nos entregó los anillos y ya desposados recorrimos tras él, el corto camino que nos separaba desde el atrio al altar mayor del templo. El resto de los presentes nos siguieron alegres para tomar asiento. Sólo faltaba que el arzobispo diese paso a la liturgia debida. Todo fue tan sincero y profundo que nadie pareció percatarse de la falta de alusión a nuestro grado de consanguinidad o la necesaria bula eximente para un válido sacramento.

Me dejé llevar por la tranquilidad y sin darme cuenta comencé a analizar cada centímetro de su cuerpo: su torso corpulento era el de un luchador nato y sus brazos, los de una tenaza de herrero. Las prietas calzas perfilaban como una segunda piel sus fornidas piernas.

Aquellos ojos del color de la miel me miraron jocundos y sinceros mientras me apretaba la mano con fuerza y deseo. La sentí caliente y sudorosa. Miré hacia nuestros trenzados dedos. El color tostado de su piel contrastaba con mis marfileños dedos, que muy lejos de sostener rodelas y espadas en los campos de batalla, se limitaban a pasar las páginas de un libro, a tocar el arpa o a bordar un paño.

Sentí la aspereza de su palma e imaginé cómo muy pronto lijaría todo mi ser con la pasión retenida de un amante hasta el momento prohibido. Un cosquilleo incontrolable recorrió mis entrañas en sentido ascendente hasta escapar en un furtivo suspiro. Andaba tan ensimismada con su rostro que no escuché con la debida atención la bendición y final de la liturgia. Al percatarme de mi despiste sonreí y Sancho, intuyendo mi sueño, me secundó.

Al salir, el clamor se hizo mayor. Los trovadores nos dedicaron sus mejores composiciones. Los músicos tocaron alegres compases y el pueblo bailó lanzando vítores. Después de un largo banquete nos retiramos al aposento nupcial mientras el resto siguió disfrutando de las celebraciones. Ardíamos en el deseo de conocernos por completo y sin tapujos.

2

EN LA VILLA DE TORO

Que a cobiiçasse
esigo levasse,
e que averia
noite mui viçosa,
se con ela albergasse,
e mui sabrosa.

ALFONSO X EL SABIO,
Cantigas a Santa María

Aquella noche fue gloriosa. Recordé las palabras de mi dueña, María Fernández de Coronel, y agudicé casi todos mis sentidos, el tacto, el olfato, el gusto y la vista. Intenté eludir el del oído pero me fue imposible. Sancho, como hombre ducho en sus lances amorosos, me trató con dulzura. Todo lo que un día entre juegos juveniles me contó la de Uceda que experimentó en su lecho se hizo aún más hermoso. Tanto que me siento incapaz de describirlo, pues es algo que ha de sentir uno mismo.

Cansados de tanto gozo, nos tumbamos jadeando. Nuestro lecho estaba a salvo de miradas y cerrado. Aun así, los dos sentimos la presencia de los testigos que a escasos pasos de nosotros, por no decir pulgadas, esperaban notificar la consumación del matrimonio. Intenté ignorarlos pero me fue imposible. ¡Cómo iba a conseguirlo si los cortinajes de nuestro dosel se movían mecidos por su cercanía! Sólo les faltaba tumbarse a nuestro lado.

Un perro ladró casi a la altura de mi almohada. La tela me impedía verlo, pero me pareció escuchar la respiración acelerada de su dueño arrastrándolo por el suelo. El sobresalto hizo emerger en mí el pudor que hasta el momento no tuve. Me tapé con la piel que cubría el lecho como si mi desnudez fuese pública.

Aquel requisito era una paradoja que bien nos podíamos haber ahorrado ya que, al parecer, el papa no aprobaba nuestro matrimonio. Aun así, me negué a prescindir de él, de tal forma que nadie pudiera poner en duda nuestro vínculo.

Para la Iglesia a partir de aquel momento estábamos en pecado mortal. Para nosotros, muy bien casados. Por ello seguíamos todos los trámites que por costumbre eran menester. En el fondo albergábamos la esperanza de que la dispensa del papa llegase en cualquier momento y ya hubiese sido dictada.

Desguarnecidos como estábamos, Sancho sintió mi decoro y quiso despojarme de tal sentimiento.

–¿Os incomodan, María?

Asentí. Su voz brava y grave resonó en la habitación.

–¡Os basta con lo que escuchasteis para saber que hubo coyunda!

El coro de voces que nos rodeaba contestó al unísono.

–¡Nos basta!

La orden de Sancho no se hizo esperar.

–Retiraos todos y llevaros a las bestias con vuestras mercedes. Cumplido este deber, ansiamos intimidad.

El sonido de una decena de pasos cansinos y desplacientes comenzó. El perro indiscreto gruñó, incómodo por tener que cambiar una estancia caliente por un frío corredor. Nos sorprendió, además, el cacarear de una gallina que se debía de haber colado entre las piernas de algún testigo aprovechando el trasiego. Sin duda, estábamos más acompañados de lo que suponíamos.

Los dos aguardamos impacientes para poder liberar todo nuestro ardor con un poco de intimidad. Aún jadeantes, mirábamos el escudo de armas que había bordado en el techo del dosel. Me abracé al velloso y sudoroso pecho de Sancho. Con la mano seguí cada uno de los músculos de su brazo y continué por la cintura hasta bajar más.

Al sonar el portazo que nos aislaba de todos los indiscretos expectantes, Sancho se posó sobre mí. Holgamos de nuevo. La pasión nos embriagó. Esta vez la soledad deseada en la que nos encontrábamos nos meció y lo que anteriormente fue dolor placentero se tornó gozo absoluto.

Recuperado el aliento y entrelazados entre las sábanas, dirigimos de nuevo nuestras miradas a las armas de Castilla y el león que coronaban nuestra unión en cuerpo y alma. Entreabrimos los cortinajes del dosel y encendimos la vela de la mesilla de noche. Ya anochecía y la llama, además de iluminarnos, alejaba a los demoníacos espíritus que pretendiesen rondarnos. El reflejo de la pequeña luz hizo aún más etéreo y majestuoso el momento. Sancho sonrió y a la mente me vino el día en que lo vi por primera vez.

–¿Recordáis cómo nos conocimos, Sancho?

–Cómo lo he de olvidar. Fue en una cacería de tierra de Campos. Posado sobre el brazo, portabais el mejor pájaro. El halcón estaba tan bien adiestrado que inmediatamente cautivó la mirada de todos. Se mostraba mejor que sus hermanos los sacres, neblís o gerifaltes.

Me senté sobre el lecho y me puse en jarras.

–¿Es eso, mi señor, lo que más os impresionó de mí cuando me conocisteis?

Sancho tiró de la manta que me cubría. Posó su mirada sobre mi pecho descubierto y palpándomelo sonrió.

–Tenéis que entenderlo. No tenía otro punto de referencia. Andabais demasiado recatada como para que otra cosa me llamase la atención.

Me enfurecí en broma.

–Supongo que no me teníais tan a mano como a Alfonsa de Uceda, que, por cierto, nos ha dejado a Violante, vuestra hija, en la corte, porque ella ha decidido enclaustrarse.

Sancho no se sorprendió en absoluto.

–Sentís celos.

No contesté.

–No habéis de tenerlos porque desde el día en que os vi por primera vez en la cacería que precedió al bautizo de Violante no he podido gozar plenamente con otra mujer. Dad las gracias a vuestra prima Alfonsa porque os nombró madrina de la pequeña. De no haber sido así, quizá nunca nos hubiésemos conocido.

Asentí. Sancho continuó vagando por el recuerdo de la añoranza.

–Nos albergabais en vuestra casa, en Molina. Estaban todos los de mi linaje. Mi hermano Alfonso no había muerto aún y sus hijos, los infantes de la Cerda, eran aún muy pequeños, tanto que jugaban contentos a tirar del extraño y grueso pelo que a su padre le nacía en el pecho. De ahí su mote, ya que era tan duro que se confundía con una cerda. Mi padre acudió con nosotros y mi madre, doña Violante, le acompañó. Fue de los últimos años felices que recuerdo en familia.

Le interrumpí.

–Fue entonces cuando os conocí a todos. Mi padre intuyó en nuestras miradas cierta atracción pero no se atrevió ni siquiera a pensar en un enlace entre ambos. Si no hubieseis estado comprometido con Guillermina de Moncada, quizá alguien se hubiese aventurado a comentarlo. A Guillermina ni siquiera la conocíais y vuestros esponsales se celebraron por medio de procurador cuando vos no habíais cumplido los trece. Para entonces ya casi la habíais olvidado y, sin embargo, ella apareció inesperadamente entre los invitados.

Me interrumpió.

–¡Y qué susto! Era fea y ruda. Por su voz ronca y su risa cascada bien podría haber sido una vieja de las que imparten remedios en los poblados. ¡Qué diferencia con vos!

Me azaré ante el piropo y procuré corresponder.

–Vos me parecisteis bravo, rudo, irascible, indómito y valiente. No me preguntéis por qué, pero en la discusión que tuvimos en el banquete pude intuir la nobleza de vuestro corazón. La franqueza y la entrega desinteresada que demostráis ante lo que creéis que debe ser, se refleja en vuestro rostro como una cicatriz más de las que se dibujan en vuestra piel. ¿Qué os gustó de mí?

No lo dudó.

–Mostráis siempre una voluntad inquebrantable y un carácter fuerte como el hierro para tomar vuestras propias determinaciones. Pero al mismo tiempo sois femenina, templada y tranquila. Melosa en vuestro tono de voz, también sabéis escuchar cuando es necesario. Os reflejáis diferente a aquellas mujeres que hablan por hablar sin medida ni pausa y ejercitando el arte del vocablo imprudente. Vuestro carácter calmado y vuestra posición callada os permite pensar antes de dar rienda suelta a la lengua. Pero sobre todo, María, si hay algo que os hace tan digna de mí como a mí de vos, es vuestro taimado proceder. Sin proponéroslo, apaciguáis a las ánimas más impulsivas. María, con vos obtendré la serena calma que necesito cuando yerre en mi proceder, pues no es un secreto que me apodan el Bravo, entre otras cosas, por mi feroz arrebato.

Le abracé de nuevo. Sancho, soslayando el sentimentalismo, me preguntó intrigado:

–Decidme, que me he perdido entre tanta virtud. ¿Qué pasó durante aquella discusión acontecida en el banquete del bautizo de Violante?

–¡Cómo es posible que no lo recordéis! Os mostrabais tan contrariado ante Guillermina que no pudisteis frenar vuestros impulsos. No recuerdo el motivo que os llevó a perder la compostura, pero callasteis a todos vociferando improperios sin ton ni son. El único que pudo apaciguaros fue fray Jerónimo de Ascoli, que, como buen franciscano, amansó vuestra furia armado de una sutileza sublime. Os dijo que guardarais vuestra ira para la nueva cruzada en la Tierra Santa. El Santo Padre ansiaba tener príncipes cristianos para esa causa y bien se podrían trocar solicitudes por favores. Sonreísteis ante su afrancesada represalia, dado su origen. Os henchisteis de orgullo y sin miedo le contestasteis que le dijera al Santo Padre que antes de comenzar tan largo viaje tendríais que terminar con la herejía en vuestros reinos.

Cuando terminasteis, todos rieron menos Guillermina, que gruñó como un cerdo. Quizá vuestra imprudente contestación fue la premonición al caso que haríais en un futuro al papa. Como mensaje secreto hacíais ver al de Ascoli y a los presentes que ni siquiera el sumo pontífice podría indicaros en un futuro cómo guiaros o actuar.

Sancho me pasó la mano por la cabeza como a una niña a la que se le promete algo.

–No os preocupéis, María. Haré todo lo que pueda para que llegue pronto la dispensa que necesitamos. Legalizar nuestro matrimonio es lo primero, pues no sería bueno que nuestros hijos naciesen como simples bastardos.

Después de un día entero arropados por el yacer, holgar y descansar en una misma estancia y sin separarnos ni un segundo, Sancho, inquieto como era, no aguardó ni una semana para ponerme al día con sus constantes trasiegos, devenires y viajes. Tardé mucho tiempo en ver su barba de nuevo brillante y desempolvada, pues, como el legendario Cid, parecía portar una parte de los caminos que recorría adheridos a su pelo y piel.

Acudimos a Escalona al bautizo de un sobrino nuestro. Juan Manuel fue el nombre que eligieron para el niño. No sería digno de recordar en este momento si no fuese porque, al crecer, esta criatura daría de qué hablar a todo el reino. Morando allá en Escalona nos llegaron noticias preocupantes procedentes de Sevilla. Mi suegro parecía estar dubitativo con respecto a la sucesión del trono.

De acuerdo con las nuevas y para que las cosas no se emponzoñasen aún más, se hacía urgente la convocatoria de las cortes en Valladolid y nuestro inmediato reconocimiento como legítimos sucesores de Alfonso X. Los prelados, nobles, ricoshombres y miembros de las hermandades acudieron aguijados a nuestro llamamiento. Todos ellos eran conscientes de que al jurarnos como los herederos del reino de Castilla y León y rendirnos pleitesía firmaban la enemistad con el hasta entonces rey, mi suegro don Alfonso. Fue menester conceder algún que otro privilegio a los más reticentes y sus voluntades fueron fáciles de doblegar.

El padre de Sancho, confiado ante su proceder, esta vez se equivocaba a nuestro favor. Sin duda, llevaba demasiado tiempo encastillado en Sevilla y había dejado abandonados a sus vasallos castellanos-leoneses. Enfadado por nuestra desobediencia al casarnos, quiso propinarnos un duro castigo. ¿Qué mejor condena que la privación de la sucesión? Los de la Cerda, nuestros enemigos en la continuación al trono, aguardaban un momento propicio para atacarnos. Éste había llegado. El rey don Alfonso, sin encomendarse ni a Dios ni al diablo, le entregaba el reino de Jaén al mayor de los infantes de la Cerda, su nieto y tocayo. Su prepotencia al respecto abrió una brecha en el muro de las voluntades dubitativas de sus vasallos.

¿Cómo un solo rey iba a dar al traste con la unificación del reino? Mi propio padre renunció a León, entregándoselo a su hermano el santo de Fernando, para que lo uniese a Castilla y ahora el rey, por apaciguar ánimos y propinar escarmientos, jugaba con escisiones territoriales. Don Alfonso mostraba al reino sin tapujos la decadencia de una mente senil, avejentada e insensata.

Ése era, al menos, el mensaje que quisimos inculcar a todos los que asistieron a las cortes y, sin duda, la idea ahondó en sus seseras, hasta el punto de que muchos salieron de inmediato para reunir sus propias huestes y ponerlas al servicio de Sancho.

Al mes de la reunión en Valladolid, caballeros, soldados de a pie, vasallos y campesinos salían armados, cada uno según su condición. Partían en dirección a Andalucía con la intención de anexionar al reino los territorios sesgados y ya de paso ampliar la reconquista contra el moro. La guerra se iniciaba de nuevo.

Aquellos hombres que se despedían en los rellanos de sus moradas de mujeres, madres, hijas y hermanas ignoraban que el enemigo se estaba haciendo demasiado fuerte. Don Alfonso tejía en nuestra contra una gruesa telaraña. A su merced quedaban atrapados todos nuestros enemigos para luchar en su bando. Los más destacados fueron Gastón de Bearne, el padre de Guillermina de Moncada, la triste mujer abandonada de Sancho. El rey de Francia, Felipe III; el de Aragón, Pedro III; y el papa. Tanto era el afán de don Alfonso por molernos, que incluso llegó a pactar con los moros benimerines para que debilitasen las fronteras que lindaban con las nuestras. Como estratagema no estaba mal, ya que así nos obligaba a distraer parte de nuestro ejército en esta defensa.

Mi primer embarazo creció entre trifulcas, guerras, viajes y temores. El día que me obligaron a guardar reposo los médicos, comadronas y barberos, estábamos en Córdoba. Por primera vez desde que me desposé no pude acompañar a Sancho en su empresa hacia Badajoz y tuve que aguardar su regreso. Momento que nunca aconteció ya que una noche tuve que huir de Córdoba, a pesar del peligro que aquello entrañaba para el nacimiento satisfactorio de la criatura que portaba en las entrañas. Los moros acechaban el antiguo califato desde el otro lado del Guadalquivir. Sin duda, se negaban a renunciar a tan hermosa ciudad. Defendida por los grandes maestres de Alcántara, Calatrava y San Juan, me sentí segura en el viaje de evasión.

Durante el trayecto supe que los hermanos de Sancho, don Juan, Jaime, Pedro y Manuel desertaron de nuestro bando para unirse al de su padre. Intenté convencerles de lo contrario mediante misivas y a espaldas de Sancho, pero no lo conseguí. Al parecer, su padre les había amenazado con una posible excomunión por parte del papa. Podían rebelarse contra todo lo terrenal, pero lo divino era demasiado inalcanzable como para jugar con ello. Tenían miedo a la pérdida de sus ánimas. La muerte rozaba con demasiada asiduidad sus cuerpos como para negarle un destino placentero a sus espíritus. Ante los temores que demostraban, no pude insistir. ¡Cómo iba a hacerlo si la primera que temía al diablo de la excomunión era yo misma!

Al llegar a Toro, no hubo noche que no me despertara en el convento de Sofías bañada en sudor por una pesadilla que me auguraba una estancia posible en los infiernos. Los ronquidos de Sancho a mi lado me traían a la realidad y sólo disipaban momentáneamente mis temores.

Cuando al mes nos notificaron la muerte del infante don Pedro, nuestro hermano, no pudimos guardarle rencor. Sus temores a la condenación eterna, al menos, sostuvieron su salvación. No era menester echarle en cara el que nos hubiese dado la espalda en el último momento de su vida. No pude más que recordarlo el día de mi desposorio como el primero de una larga fila de ricoshombres de Castilla junto a su hermana doña Berenguela. Sobre su brazo enguantado portaba un azor torzuelo, el mejor de su colección. Como sabía de mi pasión por la cetrería, me lo regaló aquel día.

El destino se mostraba caprichoso. ¿Quién iba a pensar que mi buen cuñado Pedro yacería, tan sólo un año después de mi matrimonio, bajo las losas de la misma catedral? ¿Qué astrónomo predijo que moriría a causa de las garras infectadas de una de aquellas rapaces? Las heridas que usualmente le hacían en el antebrazo se pudrieron tanto que contagiaron al resto de su joven cuerpo. La gangrena lo devoró sin solución pero descansa en paz porque salvó su alma.

Al poco tiempo, mis peores pesadillas se hicieron premonitorias de una realidad muy probable. Sancho no pudo esconderlo y tuvo que notificármelo. Su bravura se hizo ternura por una vez.

El temblor del pulso de fray Jerónimo de Ascoli al entregarle una carta ya abierta le delató.

–Su majestad, parece al fin que vuestro padre ha conseguido su propósito.

El corazón me dio un vuelco al comprobar el lacre pontifical. Sabíamos que el rey había escrito al papa Martín, informándole de nuestra actitud y solicitándole que por su intercesión le restituyésemos todos los territorios que él consideraba arrebatados por nuestra mano. El sumo pontífice le contestó a él con suma rapidez, lo que nos hizo intuir que la dispensa de nuestro matrimonio se rezagaría aún más.

Sancho, ante la mirada asustada de Ascoli, tomó la carta, la arrugó y la tiró a la chimenea. Intenté desesperada recuperarla de entre las llamas pero me detuvo asiéndome fuertemente del brazo.

En sus ojos se reflejaban el odio, el rencor y la furia.

Forcejeé con él para liberar el brazo y, una vez conseguido, me froté la muñeca dolorida. Contrariado, me acarició.

–Lo siento, María. No era mi intención lastimaros.

Tomó mi mano y me la besó. La aparté bruscamente ya que la curiosidad me ahogaba. La esperanza de una negativa a mis sospechas aún volaba en el ambiente.

–No intentéis disimular, Sancho. Ya nos conocemos demasiado bien como para que intentéis esconderme algo. ¿Qué decía?

Se limitó a emitir un gruñido y se encogió de hombros.

–Qué más os da. ¿Tanto importa lo que ha de estipular un hombre que dice ser el representante de Dios y que obtuvo el cargo sólo Dios sabe cómo?

Miré el fuego. Un pedazo negro de papel quemado ascendía succionado por el tiro de la chimenea. Me desesperé y me arrodillé a sus pies con un viso de súplica silenciosa en la mirada.

Sancho me abrazó musitándome muy cerca del oído aquellas palabras que tanto ansiaba escuchar. Su entrecortada respiración y el latir acelerado de su corazón indicaban su enojo, a pesar de que su voz fuese casi muda.

–El papa Martín IV, tras los informes que sin duda le mandó mi padre, ha decidido calificar nuestra boda de pública infamia e incestuosa, ya que somos tía y sobrino. Nos insta a separarnos por matrimonio nulo y castiga a todos los que permitieron este desposorio.

Poco a poco fue bajando el tono hasta casi hacerse inaudible. Me separé de él secándome una lágrima que por mi mejilla se deslizaba atemorizada. No quería demostrar tan claramente mi sentir.

–Hablad alto y claro, Sancho, que lo dicho no se torna secreto por susurrarlo ni su importancia nimia por no vocalizarlo. Decís que nos castiga por nuestro proceder ¿Qué pena nos impuso?

Sancho tragó saliva, ya que conocía mis temores. Para mi desgracia esta vez alzó su voz de forma que sus palabras resonaron en la estancia, rebotaron en la piedra de los muros y patearon mis entrañas para que su morador se enterase de que no sería legítimo.

–¡Nos excomulga!

No pude sostenerme en pie. Sancho me sujetó para que no cayese e intentó calmarme con promesas de venganza.

–No sufráis, María, porque ordenaré matar a todo el que ose divulgar o acatar el contenido de esa bula que se quema en donde debe arder. Los fuegos infernales. El tribunal de Dios sabe de nuestra inocencia, y de su ministro en la tierra ya me encargaré yo. Le demostraré de haldas o de mangas su ignorancia. El papa es viejo y testarudo. Sin duda, está influenciado por necios y porros enemigos. Sólo resta una cosa, esperar a que muera e intentar dialogar con su sucesor.

Lo oía callada, pero ni siquiera lo escuchaba. Acariciaba mi abultado vientre pidiendo perdón a su morador por no poderle otorgar todo lo que yo hubiese querido.

Nuestros enemigos acabarían por enterarse de lo acontecido y, enardecidos, aprovecharían la tesitura para contraatacarnos, decantándose a favor de los de la Cerda por el incesto cometido. Los caballeros de las órdenes militares, mendicantes y eclesiásticas, por el mismo miedo a la excomunión que padecieron mis cuñados, nos darían la espalda. Nuestros partidarios menguarían sin remedio.

No quería dar todo por perdido. Iría aína, y a escondidas de Sancho si fuese necesario, a ver a mi primo y suegro don Alfonso. Le convencería e incluso le suplicaría para que pactase la paz con su hijo.

El nonato sintió la preocupación en la que estaba inmersa y en ese mismo momento empujó. Parecía querer liberarme pronto del embarazo. Obligada por el primer dolor de parto, las piernas me fallaron. Me arrodillé sobre una mullida alfombra repleta de dibujos geométricos sujetando mi vientre. Inmediatamente sentí cómo un templado líquido recorría mis nalgas y vi cómo empapaba la lana de mi sostén.

Pasadas dos horas, el llanto de Isabel me hizo olvidar de inmediato el reciente sacrificio. El repicar de las campanas del convento de Santa Sofías en Toro anunció a todos lo acontecido. La niña estaba sana y fuerte. Sancho la alzó en sus brazos para reconocerla como suya, recordando la ancestral costumbre de nuestros antepasados los visigodos, y me prometió hacer lo imposible por conseguirme como regalo el señorío de Molina. Éste, por aquel entonces, pertenecía a una de mis hermanas pero, por orden del rey mi señor, bien se le podría permutar por otro de mayor valor monetario aunque no sentimental.

Doña María Fernández de Coronel tomó a la niña en su regazo con alegría, recordándome que hacía unos veintitrés años que había hecho lo mismo conmigo. Aquella mujer fue mi aya y se convertiría gustosa en la de mi hija Isabel. Con ella dejaría muy pronto a la recién nacida para correr en pos de la paz, a pesar de que todos se esmeraban para que yo no me preocupase de nada.

Nueve años hacía ya que duraba la contienda entre padre e hijo y había llegado el momento de intentar de nuevo por la vía de la diplomacia y la plática lo que no se consiguió en la guerra. Tan pronto como me recuperé quise cumplir con el propósito más inmediato que rondaba mi cabeza: hablar con don Alfonso, mi suegro. Tendría que aceptar un acuerdo, el poder real estaba tan mermado en Castilla que las hermandades tomaban cada vez más fuerza en detrimento de la nobleza y la propia monarquía. Así agrupados, los hombres, sin recurrir a su rey, defendían sus ciudades y haciendas de posibles vándalos o ladrones.

3

LA SABIA CORTE SEVILLANA

La piedra que llaman philosophal
Sabia facer, o me la enseñó.
Fizimosla juntos: después sólo yo
Con que muchas veces creció mi caudal,
E viendo que puede facerse esta tal
De muchas maneras, mas siempre una cosa
Yo vos propongo la menos penosa,
Por más excelente e más principal.
Lamentando su pobreza

ALFONSO X EL SABIO,
El libro de la fortuna

Al entrar en el salón del trono me quedé perpleja. El bullicio silencioso de todos los que por allí andaban aturdía a cualquiera. Nadie me anunció, por lo que mi aparición pasó totalmente inadvertida. Avancé lentamente, midiendo cada uno de mis movimientos y esperanzada de poder hacer lo mismo con mis palabras. Rogué a Dios para que las pronunciadas fuesen las idóneas y oportunas.

Mi primo Alfonso, sin duda, se había ganado a pulso el sobrenombre que desde entonces le acompañaba. Bastante mayor que yo, me recordaba a mi fallecido padre, su tío, en gestos y semblante. Era delgado, anciano y enjuto lo que le hacía parecer ficticiamente desmalazado. Su mirada se mostraba penetrante y el resto de su rostro se adivinaba expresivo bajo la luenga barba que lo escondía. Las arrugas que surcaban su frente, uniéndose en el entrecejo, lejos de atemorizar a nadie, imponían respeto. El rey Sabio, entre tanto intelecto, partidas, poemas, astrología y astronomía, parecía haber olvidado lo que fueron las armas en su vida.

Aquel hombre inquieto que había conquistado muchas plazas andaluzas, el Algarve e incluso había optado nada menos que a la corona imperial, basándose en los derechos de su abuelo materno, el duque de Suabia, se mostraba ahora más sosegado y tranquilo que nunca.

Postrado boca arriba en una litera, observaba ensimismado las estrellas del firmamento. Sus largos dedos se aferraban a un extraño instrumento como los de un niño a una espada de madera. Era un astrolabio. Estaba concentrado intentando encontrar cierta estrella perdida en el firmamento. De vez en cuando se incorporaba para tomar notas en un libro que reposaba abierto sobre un atril. La parte central de sus páginas en blanco resaltaba enmarcada por una greca de dibujos miniados por los monjes. Alfonso rellenaba con sumo cuidado cada hueco, tanto que no quiso hacerse valer del escribano. De vez en cuando intercambiaba astrolabio por noctubio, calamita, cuadrante o una esfera armilar. Todos aquellos artilugios eran instrumentos visuales de posición totalmente desconocidos para los profanos en la materia.

Uno de sus lacayos le sujetaba la pluma y el tintero para alcanzárselo cada vez que extendía la mano solicitándolo. Todo a su alrededor estaba meticulosamente estudiado para que nada alterase su concentración. Con sumo cuidado y ajeno a todo lo que le rodeaba, dibujaba estrellas en su prolijo libro de estudios astrológicos y astronómicos. Hablaba solo, mientras esbozaba con perfección lo que bullía en su cabeza.

–Aquí está la Tierra, allá una estrella que acabo de descubrir y a la que aún no le puse nombre. Las situaré primero en sus coordenadas perfectas y cuando termine con los cálculos precisos, ordenaré pintar una gran cúpula celeste de la capilla para que sea presidida por el pantocrátor que corona el firmamento. En ella quedarán para la posteridad todos mis hallazgos. Así, todos los hombres que en un futuro se sientan presos del conocimiento de los astros, podrán consultar lo que a bien quieran saber. Trabajarán sobre mis descubrimientos tal y como yo lo hice sobre los de los sabios árabes y judíos que dejaron nota escrita con anterioridad.

Tomó dos notas más, se enderezó sujetándose los riñones y se frotó los párpados antes de continuar.

–¡Si tuviese algo más potente que este cristal de roca tallado en forma de media esfera! Es tan cierto que aumenta el tamaño de astros y estrellas a mis cansados ojos, como que los distorsiona. ¡Tantas cosas inventadas y tan pocas servibles a este fin! Creo que un tal Roger Bacon inventó algo bautizado como lente. Aseguran que al observar a través de sus vidrios las cosas se agrandan sorprendentemente. ¡Ojalá sea cierto y Dios me dé vida para probarlo!, porque cuanto más examino el universo más cuenta me doy de su complejidad.

Se rascó la cabeza punteando sobre las tablas y continuó con su disertación.

–Según esto, tengo una vana intuición. Casi me atrevo a aseverar que la Tierra no es el centro del universo.

No pude más que interrumpirle.

–No digáis sandeces. Muchos, si os escuchasen, asegurarían vuestra folía.

Frunciendo el ceño no contestó, ni siquiera me saludó. Quizá me consideró demasiado ingenua, poco versada y osada como para poder discutir al respecto.

Su hambre de saber le tenía sorbido el seso. Tanto que, inconsciente de sus propias limitaciones, pretendía abarcar el solo la vasta e ilimitada síntesis de la cultura acontecida a lo largo de un siglo a punto de extinguirse. El número XIII desde que nuestro Señor Jesucristo vino al mundo.

El rey Sabio no se conformaba sólo con ser astrólogo. Como trovador y poeta también fue excepcional. Escribió una veintena de poemas de escarnio para satirizar a sus enemigos y muchas cantigas dedicadas en loor de Santa María y el amor. También se detuvo en menesteres de entretenimientos y escribió un gran tratado de ajedrez, dados y tablas. Juegos todos muy entretenidos a pesar de ser reminiscencias árabes.

Como jurista tampoco quiso pasar inadvertido y redactó las Tablas Alfonsinas, rectificando y mejorando las Tablas Toledanas redactadas casi doscientos años antes. El *Fuero Real,* el *Espéculo,* la *Ley de Partidas* y el *Setenario* nos guiarían para un proceder acertado en nuestras costumbres castellanas. Las *Siete Partidas* tampoco pasaron inadvertidas ante sus reformas. Para terminar os diré que también se decantó por la historia. Dos fueron sus libros en esta materia. El primero la *Crónica de don Fernando,* su santo padre, y el segundo la *General y gran historia,* que comprende desde la creación hasta los padres de la Virgen. Los años alimentaban sus ansias por dejar escrito todo lo que sabía. Era como si así se aferrase a la vida a través del recuerdo que mantendrían los sucesores de su obra y persona.

A su lado, tres hombres cargados con legajos aguardaban audiencia como yo. Supe quiénes eran por su vestimenta y raza. Un católico, un musulmán y el otro, un judío docto en griego. Todos observaban en silencio y atónitos a su rey. Supe que eran miembros de la Escuela de Traductores de Toledo y esperaban para enseñarle sus progresos en la traducción de diversos textos. El imposible puente grecolatino entre las tres lenguas, latín, griego y arábigo, parecía haber anclado ya su primer pilar.

Las piernas se me comenzaron a hinchar, cansadas de esperar derechas. Fui consciente de que no me prestaría la menor atención hasta que no quisiese y me senté en un rincón discreto sobre un pequeño banco junto a doña Beatriz. Ella era la más preciada hija de mi suegro, a pesar de haber sido ilegítima. Cariñosa y enemiga de trifulcas y peleas, procedió a recogerse el sayo para dejarme espacio al tiempo que sonreía dulcemente. Si mi empresa no resultaba, siempre podría recurrir a ella en solicitud de socorro.

Acogí el firme propósito de no importunar a don Alfonso de nuevo. Acudía al alcázar de Sevilla en son de paz y no sería bueno empezar con una discusión. Desde que los nobles, prelados y ciudadanos de hermandades le depusieron en las cortes de Valladolid para otorgar el poder a Sancho, no habíamos hablado. Al tomar la determinación de ir a suplicarle fui realista. Cabía la posibilidad de que se negase a dialogar conmigo a pesar de haberme recibido en audiencia.

Repentinamente se separó de la ventana en la que estaba postrado boca arriba admirando el firmamento. Con un gesto de cabeza ordenó a los trujamanes que saliesen de la estancia. Me dirigió una mirada y tomando asiento en el trono mientras posaba la palma de la mano sobre la silla que estaba a su lado, ordenó:

–Sentaos.

Me levanté del recóndito lugar y me acerqué cumpliendo su mandato. No sin antes hacer la reverencia de costumbre.

–Señor.

La cercanía me hizo distinguir más profundamente su deteriorado estado. Don Alfonso estaba realmente achacoso y viejo. Los enfrentamientos familiares habían quebrantado su salud y fortaleza.

Sin dudarlo me miró directamente a los ojos.

–Sólo os pido que seáis breve, prima. Os escucharé precisamente porque no olvido que gracias a la generosidad de vuestro padre, mi padre, su hermano, unió en sus sienes la corona de Castilla a la de León. Dadivoso fue en este propósito y a su memoria le debéis el que os otorgue audiencia.

No supe qué añadir. Don Alfonso prosiguió con su habitual monólogo.

–Si fuese por vuestro señor marido, mi hijo Sancho, lejos estaríais de vuestro propósito. Bien podría aprender el uno del otro y dejarse de sandeces proclamándose rey sin serlo. Vuestro señor me ha herido tan mortalmente que no es posible encontrar un adjetivo que pueda definir su magnitud.

Le interrumpí.

–Mi señor, el que en Valladolid le hayan proclamado como regente y gobernador no significa que quiera recibir el tratamiento de rey o usurparos el título como tal. Él mismo dice que no se hará llamar rey hasta que vuestra majestad muera.

Me miró con aire desplaciente e incrédulo antes de continuar.

–No alcéis una espada en su favor porque carece de fundamento alguno y no servirá de tapaboca. Los mequetrefes me suspendieron en los poderes que tengo otorgados como rey, que para el caso es lo mismo. Gracias a su proceder, como ya sabréis, la reina Violante, mi esposa, me ha abandonado. Ha huido al lado de los infantes de la Cerda, para refugiarse y buscar apoyo en Aragón. No les fue difícil la huida, pues mi propio hermano don Fadrique los ayudó en su empresa junto al señor de Cameros. Pedro de Aragón los custodia como al reo más valioso de la tierra.

Por un instante quedó pensativo e inspirando me miró profundamente.

–Decidme, María, ¿por qué Dios permitió la muerte de mi hijo Fernando en Ciudad Real a manos de los moros? Si el de la Cerda siguiese vivo, todo sería más fácil. Nueve años hace ya que dura la contienda. Nueve desde que murió y cada vez se torna más difícil una solución a la reyerta que los de mi linaje mantenéis.

No le contesté, era absurdo ya que los designios de Dios no son dignos de analizar por ningún varón o hembra que se lo plantee.

Suspiró decaído. Hablaba de los suyos como si no tuviese la misma sangre. El aura de sapiencia y brío que en el deliberar y guerrear tuvo en su día desaparecía por momentos, tornándole confuso e irracional, tanto, que se ensañaba con sus propios hermanos y no les perdonaba el que hubiesen acompañado a doña Violante a un destierro voluntario.

–He ordenado que prendan a Fadrique, mi hermano, y lo maten como es menester con un traidor.

En sus palabras no se adivinaba el menor viso de remordimiento ante tal orden.

Se enderezó, adquiriendo su inicial postura regia, y continuó.

–Como veis, no es buen momento para rogativas. Sólo espero que no vengáis a pedirme respaldo para Sancho, porque es imposible. Él es la causa de tanta desdicha y no razona con lógica. Bien lo sabéis vos como su mujer que sois. Decidme, ¿por qué prefiere empuñar la espada antes de agudizar el intelecto?

No supe qué contestar. Don Alfonso sabía a qué venía desde el principio y no se anduvo por las ramas. Miré a mi alrededor buscando apoyo, pues me sentía cohibida ante su adivino talante.

Don Alfonso intuyó mi sentir. Dio dos palmadas despidiendo a los pocos cortesanos que paraban en la estancia. Sólo quedó doña Beatriz junto a otros dos hermanos suyos. Todos hijos de la amante más conocida en la corte de mi suegro, doña María Guillén de Guzmán. Fue entonces cuando proseguí.

–Sé, mi señor, que Sancho no obró como era menester, pero hemos de llegar a una solución, puesto que si a vos os abandonaron vuestros nietos, los de la Cerda, y vuestra señora esposa, a mi señor marido están deseando darle muerte.

Me callé. Quizá le estuviese dando demasiadas pistas sin pensarlo. Valoré la noticia que le iba a transmitir y al final decidí adelantarme a los mensajeros que, seguro, no tardarían en informarle.

Callado y cabizbajo, esperaba con la paciencia lenta y taimada de la ancianidad a que prosiguiera.

–Mi señor, a Sancho también le han desamparado sus hermanos, vuestros hijos Pedro, Manuel, Juan y Jaime. Todos a una han dejado de ser sus aliados.

Una sonrisa disimulada me pareció distinguir en su rostro.

–Bien merecido lo tiene, ya que la ambición le come las entrañas y le nubla el entendimiento. Quizá el agobio de la soledad le limpie las ideas y sus intenciones.

No lo entendí.

–No sé por qué decís eso, mi señor. Parece como si todos le hubiesen abandonado por propio convencimiento. Sin embargo, bien sabéis que Pedro y Manuel murieron y Juan y Jaime desertaron, no por cambio de ideales sino por cobardía. Aún está por ver si acudirán a vuestro paternal regazo.

Alzó las cejas mirándome con sorpresa. Sus hijos podrían ser acusados de cualquier cosa menos de cobardía, por lo que negó con la cabeza dando por terminada la conversación sin su aprobación.

En aquel momento comprendí que el odio más enquistado era aquel que brotaba de un gran amor. Pocas cosas en este mundo podrían enderezar una relación paterno filial tan deteriorada y cuajada de rencor como en la que me encontraba acorralada. La conversación no caminaba por los derroteros idóneos y tendría que variar como fuese el rumbo de aquélla.

–Mirad, mi señor, que no sólo somos nosotros los que albergamos sueños de reconquista. Bien sabéis que los benimerines quieren recomponer el antiguo imperio almohade que tuvieron y sueñan con arrancárnoslo de las manos al menor descuido. Ellos nombran a esta pendencia como nosotros: la reconquista. La diferencia sólo está en el lado de la frontera en que nos hallemos.

Separados y enfrentados padres e hijos de un mismo bando en esta eterna trifulca, sólo conseguiremos ser más débiles contra nuestros principales enemigos. El odio ciega al hombre e incluso le hace tropezar sin remisión.

Me miró apático y sin replicar. Quise inducirle al arrebato. ¡Quería que al menos se pronunciase! Me sentía incapaz de regresar sin una respuesta afirmativa, al menos a un intento de paz. Miré a Beatriz y a Leonor, que se limitaron a encogerse de hombros sin prestarme ayuda. No lo dudé.

–Contestadme, suegro. ¡Decidme o al menos reconoced con lo sabio que sois que tengo razón! Sabéis bien que vuestro sueño de la cruzada en contra del Islam quedó en agua de borrajas. Sólo se simbolizó con un simple desembarco en Sedán, que más que desembarco fue fondeo de dos o tres naves, ya que el resto fueron hundidas por el enemigo en Gibraltar. Reconoced que vuestra gran reconquista no ha ido más allá en los últimos tiempos que la reconstrucción de Cádiz, la fortificación del Puerto de Santa María y la adscripción de Niebla, Jerez y Murcia a vuestros reinos.

Le miré de reojo y proseguí. Mi intención empezaba a dar frutos, sólo faltaba clavar la última daga para emponzoñar su taimado carácter.

–No seáis iluso. Sabéis mejor que nadie que cada vez son menos los que os siguen. Os mostráis ambicioso y vuestra vieja cabeza se obceca en asirse a excusas tan frágiles y quebradizas como la veladura que deja la cera sobre un candelabro. ¿Cómo pretendéis vencer a Sancho? Sois más débil y muchas de vuestras huestes ya se unieron a las suyas. Sólo el papa Martín IV os apoya y bien sabéis que está lejos. Sus órdenes son acatadas tan recatadamente que incluso nosotros nos desposamos sin problema y sin su consentimiento.

Me desesperé pues no estallaba. El sarcasmo emergió de nuevo.

–¡No me lo digáis!, acabo de recordarlo. Las malas lenguas dicen que vuestro orgullo os ciega y que antes de ver la corona sobre las sienes de Sancho seríais capaz de pedir ayuda al rey de Marruecos para conseguir abatirlo. Dicen que tan mermadas andan vuestras arcas que, al no poderle pagar por su supuesta ayuda, le mandasteis vuestra propia corona de oro a Fez en señal de garantía. No lo creí al oírlo, las mentes calenturientas del pueblo a veces tejen argucias increíbles sobre sus reyes. ¿Cómo iba a ceñirse un hereje la corona de un cristiano?

Quedé en silencio un breve instante y reparé en su movimiento. Se tocaba la calva con añoranza. No me pude contener.

–¡No será cierto, mi señor, lo que cuentan! Si es así, está ya duro el vuestro hacer para zampoñas. ¿Seríais capaz de venderos a vuestro enemigo para vencer a vuestro propio hijo? Todo ello después de haber sufragado la guerra del Fecho Imperio, obligando a vuestros súbditos al pago de cuantiosos impuestos con el descontento que ello conlleva. Sin duda, andáis tan alejado de Castilla y tan inmerso en vuestra Sevilla que habéis perdido, sin saberlo, el apoyo de vuestros incondicionales fieles. Seguid así, porque cada vez son más los que engrosan nuestro bando desertando del vuestro.

Suspiré, mostrándome defraudada.

–La senectud os sorbió el seso y más parece que queráis perder la corona que conservarla. Don Fernando, vuestro padre, ha de estar revolviéndose en su tumba ante vuestra postura. Mirad que muchos dicen que es digno de ser santo y quizá no llegue a beato por vuestra culpa.

Lo conseguí. Se enfureció y dio un golpe tan fuerte al astrolabio que una de las complicadas piezas que lo componían se desprendió del extraño artilugio, causando un estruendo metálico ensordecedor.

–Sois deslenguada e hiriente. Os doy libertad para expresaros sin restricciones y ¿cómo me lo agradecéis? ¡Propasándoos! ¡Jamás una mujer que no fuese la mía propia osó hablarme en semejante tono de voz!

Apretó el puño conteniendo la ira y prosiguió.

–María, os concedo el derecho a pensar con libre albedrío, pero no os extralimitéis en la prerrogativa intentando convencer a vuestro rey de absurdas conjeturas con sólo recordar sus fracasos. ¡Retiraos!, no hay más de qué hablar.

Salí con el sabor agrio de una cidra en el paladar y la frustración de haber fracasado en el intento. Allá quedaba sentada de nuevo frente a la ventana la vieja figura de un hombre sabio, culto y lleno de virtudes que reinó con triunfo certero pero fracasó en ganarse el respeto de sus propios hijos. No supo mantenerlos unidos como padre y tampoco como gobernante.

No dudaba ni un instante que en su testamento dejaría claro su parecer y quién sabe si incluso nombraría a don Alfonso de la Cerda su sucesor.

Me juré a mí misma que procuraría la unión de la familia y la evasión de cualquier contienda entre los miembros de mi misma sangre y linaje.

Al cruzar la puerta del alcázar dispuesta al regreso, vi una multitud que gritaba enardecida. Ordené a mi séquito que se detuviese y me dirigí a pie hacia lo que parecía una procesión.

Quedé perpleja al comprobar que una fila de unos cien hombres se dirigían cabizbajos hacia la misma puerta del alcázar que yo acababa de cruzar en sentido contrario. Desnudos o en camisa, andaban cansinamente, como lo hacen los arrepentidos. Todos y cada uno de ellos portaban una soga de ahorcado al cuello para que de su firme voluntad de arrepentimiento y entrega a don Alfonso no cupiese duda. Frente a todos y dirigiendo el paso de aquel ejército de espantapájaros estaba el infante don Juan, mi cuñado. ¡Aquel mismo que un día desertó de las huestes de su padre para unirse a las nuestras regresaba a su antiguo redil!

Ordené a mi guardia que me abriese el camino hacia ellos y, sin dudarlo un instante, me interpuse en su trayecto, deteniendo el paso de toda la procesión. Mi cuñado alzó la vista. La vergüenza se dibujó en su rostro.

Estaba entregado. ¿Qué era lo que había pasado en mi ausencia para que retornase al bando contrario? ¿A qué venía otra deserción? En público como nos hallábamos, sólo pude ordenarle que diese la vuelta.

–Como vuestra reina que soy y así me jurasteis lealtad junto a vuestro hermano Sancho, os ordeno que desandéis lo andado y regreséis a Castilla junto al que tomasteis como rey.

Bajó de nuevo la vista. Sólo insistí.

–Pensad bien lo que hacéis, hombre de poca palabra. Desertasteis abandonando a vuestro padre y ahora repetís el pecado con vuestro hermano Sancho. Vuestro señor padre podrá perdonaros, pero no intentéis regresar de nuevo a nuestro lado si el arrepentimiento arremete contra vuestra voluntad de nuevo. La puerta sólo se abre una vez y para vosotros ya quedó atrancada. Os recibiremos daga en mano como a los traidores y seréis juzgado como tal.

Pareció que iba a decir algo en su defensa, pero su compañero le arreó un pisotón y contuvo las palabras.

Lo di por perdido. Aquél se cambiaba de calzón según soplaba la brisa. Desmalazado, se arrimaba a lo cómodo eludiendo la adversidad. Sin sufrimiento ni lucha no se conseguiría nada. Necesitábamos hombres fieles e íntegros ante su posición y creencia. Bueno sería perder de vista a semejante veleta.

El silencio que por un instante se hizo entre la multitud se empezó a perder. Los vítores hacia don Alfonso se reiniciaron. Las piernas desnudas de los malditos continuaron la marcha tras su señor. Fue la primera vez que Juan me decepcionó y para nuestro infortunio no sería la última, a pesar de que pasado el tiempo tuve que desdecirme de todo.

Le dejé a merced del destino elegido. Mi séquito bordeó las obras de remodelación de la antigua mezquita mayor, que se transformaba en catedral fundiendo el estilo mudéjar de antaño con el moderno gótico. Al cruzar el Guadalquivir, nos detuvimos junto a la ribera del río para saciar la sed de las bestias y descansar. Aún quedaba un largo trecho hasta Écija, en donde haríamos noche.

Junto a nosotros abrevaba un rebaño de ovejas dirigidas por la Mesta. El año fue húmedo y a pesar del calor andaluz los animales gozaban de pastos abundantes. Pensativa, acaricié las suaves greñas de un cordero. Sentada junto al animal mientras me refrescaba el cogote empapándolo con agua fresca, la congoja se apoderó de nuevo de mí recordando a mi cuñado desertor.

–Tú al menos cumples con tu cometido. Tu pelo, se hará lana en la rueca y la lana, tela de algún sayal. Contribuirás a terminar con la hambruna de tu pastor y arroparás sin saberlo al desnudo. Lo tienes fácil. Yo, en cambio, no sé hacia dónde me dirijo ni qué aquistar en el futuro.

4

ANCHA ES CASTILLA, 1282

¡Cuidado!, ¿podré escapar? Tengo miedo de ser muerto;
Aunque miro a todas partes no consigo hallar un puerto.
La esperanza que me queda para ponerme a cubierto
Reside en aquella sola que me trae «penado y muerto».

JUAN RUIZ, ARCIPRESTE DE HITA,
Libro del buen amor

Cansada por el largo viaje, esperaba ver a Sancho aguardándome a las puertas de Salamanca según cruzara el puente, pero no fue así, por muy extraño que pareciese. El pálpito del peligro asaltó nuestros corazones y la velocidad por llegar nos impulsó, acelerando el paso. Su ausencia se hacía más evidente a medida que avanzábamos, dado que un mensajero se había adelantado para notificar nuestra llegada. ¿Qué sucedía?, ¿por qué mi señor marido no me esperaba como siempre a las puertas de la ciudad? Sin pasar por mis aposentos, me dirigí directamente a los suyos.

Al verlo me sobrecogí. Consumido en su lecho, me miraba subyugado por la enfermedad y el dolor. Las ojeras ensombrecían su mirada. Mostraba el torso desnudo, nada quedaba de aquella fuerte y musculosa almohada en la que solía recostarme al yacer junto a él. Las costillas se mostraban tan adheridas al pellejo de su pecho que parecían querer desprenderse de su cuerpo. Famélico y desmejorado, hizo un esfuerzo ímprobo para sonreír al verme, pero su endeble figura no pudo ni siquiera incorporarse. El desgaste en su salud era evidente.

Con el corazón en un puño me postré junto a su lecho y de rodillas como estaba le abracé fuertemente. Un golpe de tos me obligó a separarme de él. La retorcida mueca que se dibujó en su rostro me dolió, convirtiéndome en empática de su sufrimiento. Se encorvó y tosió una y otra vez, apretándose el pecho. Cuando consiguió calmarse, sudoroso como estaba, procuró bromear, huyendo de la queja y la compasión ajena mientras besaba mi mano.

–No os preocupéis, María. Sólo me sujeto las entrañas ya que últimamente se empeñan en desertar de su posición, como tantos otros.

Le besé en la frente.

–Ya estoy aquí, Sancho. Nunca debí dejaros ya que mi empresa fracasó.

Puse su mano sobre mi pecho como signo de sinceridad y proseguí.

–A vuestra majestad me dedicaré en cuerpo y alma.

Le di agua y sorbió frunciendo el ceño, como si el gaznate le ardiese al tragar.

–No me separaré ni un segundo de vuestro lado hasta una total recuperación y bien sabe Dios que la habrá. No podéis dejar a Isabel como ilegítima y a vuestros reinos resquebrajados. Vuestro padre se muestra obcecado y senil. La muerte no tardará en recogerlo y para entonces hemos de estar preparados, tendréis que mediar con el diálogo y no con las armas.

Sancho cambió repentinamente su expresión. Me había delatado sola. Era cierto que había partido hacia Sevilla aprovechando su ausencia. Lo hice a sabiendas de que si le hubiese hecho partícipe de mi empresa, nunca me lo hubiese permitido. Aproveché la ignorancia de su silencio para interpretarlo como asentimiento.

Separó de mi pecho la mano y cerró el puño.

–Decidme, María, ¿cuándo habéis visto a mi señor padre, don Alfonso?

Cabizbaja, me abstuve de contestar.

–Ciertos rumores llegaron a mis oídos de boca de los correveidiles. Escuché trovas al respecto y vi a juglares que lo aseveraban en corrillos de las plazas. Mandé apresar a uno de esos deslenguados por mentiroso. ¡Bufón, repetid lo que dijo aquel indeseable!

El pequeño hombre negro que estaba agazapado en una esquina surgió de la penumbra y dando una voltereta comenzó a repetir como una urraca lo escuchado a mansalva en las plazas. El pregón fue irónico y cómico, además de falto de toda rima y concordancia.

«El Rey Sabio y la reina doña María chismorrean en Sevilla a espaldas de don Sancho. ¿No andan el padre y el hijo en pendencia? ¿Qué hace, entonces, la mujer del hijo con el padre? Nunca lo sabremos como míseros plebeyos, lo único que nos consta es que doña Violante huyó a Aragón abandonando a su marido el rey Sabio y doña María la imitó yéndose a Sevilla a escondidas. Aquí los villanos sólo esperamos que nuestras mujeres no huyan como sus señoras, que de hacerlo los chascarrillos se tornarían en nuestra contra.»

El enano miró a un lado y a otro. Se percató de nuestro enfado y, reverenciándonos, se fue a esconder de nuevo.

Sancho tenía tan apretado el puño que le debía doler. Sólo pude musitar:

–Os lo puedo explicar.

Mirándome disgustado, incrustó el puño en la manta de piel que cubría su lecho.

–¡No quiero que me lo expliquéis, sólo quiero que lo neguéis!

Cabizbaja, intenté acariciarle pero me dio un manotazo. Desesperada, recurrí al llanto silencioso sólo para calmarle, pues nunca fui mujer que pidiese compasión.

–No tenéis derecho a alteraros, Sancho. Sólo lo hice para ayudaros. Guardad vuestro bravo talante para con vuestros enemigos y escuchadme, por favor.

No me dejó, era demasiado impulsivo.

–¡Así que es cierto!

De un empellón, me echó de su cama, dejándome postrada en una carriola que había en el suelo. Cuando adoptaba semejante actitud no razonaba. No estaba dispuesta a aguantar ni un grito más, así que en silencio me dispuse a salir de la estancia. Enfurecido como estaba, tomó algo de la mesilla y me lo arrojó. Lo esquivé rápidamente. Intentó levantarse asiéndose a las cortinas del dosel pero éstas se desgarraron con el peso de su debilidad. Exhausto y sin fuerzas, me miró desesperado al desplomarse sin sentido y ardiendo por la fiebre.

Le dejé al cuidado de médicos, maestros y barberos. Era hombre de arrebatos y pronto me llamaría como si nada hubiese ocurrido. Mi dueña, doña María Fernández de Coronel, se encargaría de explicarle qué fue lo que hice realmente en Sevilla. No sería difícil ya que de los comentarios callejeros nunca había que hacer caso.

Sancho ya se daría cuenta de que yo era la única de su familia que lo acompañaba incondicionalmente y sin pedir nada a cambio. Estábamos completamente solos desde que Violante, su madre, partió hacia Aragón junto con nuestros enemigos, los infantes de la Cerda; sus hermanos regresaron a Sevilla con su padre y con ellos, muchos otros caballeros renegaron del juramento que en su día nos hicieron. Nos encontrábamos en un punto muerto y tendríamos que cambiar de estrategia.

Recé, me encomendé a san Francisco y a la Virgen; y puse bajo la almohada de mi señor la reliquia que pendía de mi cuello. Con los mejores curanderos y todo mi amor, lo recuperamos poco a poco y por fin llegó el día en que se levantó con fuerzas suficientes como para hacer oídos sordos a los consejos de quietud y reposo de los médicos. En cuanto tuvo capacidad de discernimiento, se propuso emprender la dura marcha de todos sus negocios. No comprendía que una enfermedad tan dura suele ser el preludio del final. Le intenté convencer.

–Mira, Sancho, tuvisteis a la muerte sentada sobre el cabecero durante al menos una semana, hasta que conseguimos echarla. Os lo advierto, no quiero tener que convivir con ella por vuestro testarudo carácter.

Me miró de reojo mientras se ponía la pedorrera con la ayuda de su mayordomo.

–No digáis eso, María, si yo falto, vos bien sabréis cómo retomar las riendas de este turbulento reinado. Quizá logréis hacerlo con menos ímpetu, más prudencia y serenidad que yo, pues, como bien apuntáis, mi vehemencia me pierde.

Estornudó dos veces. Saqué un pañuelo de mi manga y se lo tendí para que echase la flema. Me lo devolvió para extender los brazos hacia adelante y que le acoplaran el peto de la armadura. Le quedaba tan holgada debido a su extrema delgadez que parecía heredada en vez de hecha a medida.

–Mirad cómo estáis, Sancho. Más parecéis una tortuga débil y arrugada en su caparazón que un fornido y temible rey. Si pacientemente aguardáis a curaros por completo, recuperaréis vuestra regia figura de antaño.

No me contestó, simplemente sonrió. Estaba dispuesto a partir junto a sus huestes con o sin mi consentimiento. Los días que tuvo que guardar lecho le consumieron casi por completo. Según me había confesado el día anterior, recordaría por siempre el cautiverio a que le doblegó la enfermedad como la peor tortura a la que le podían haber condenado. Sancho, desde su juventud, vagó por todos sus reinos sin cortapisas de ningún tipo. Desconocía la pereza en el viajar y, dado que no poseía el don de la ubicuidad, disfrutaba acudiendo a los mil lugares en los que anualmente se precisaba de su presencia. No soportaba que nada le cortase las alas.

Asomada al patio, me despedí de él pañuelo al viento. Sus hombres le esperaban formados en el patio. Los sacos de arena que hacían de contrapeso al rastrillo cayeron con estruendo al suelo, el rastrillo se levantó y el portón se abrió. Me quedé mirando en lontananza hasta que el polvo que levantaban sus huestes se posó de nuevo en el camino. Galopaba rumbo a Palencia, donde se reuniría con su tío el infante don Manuel, con don Lope y don Diego Díaz de Haro, para solicitar una tregua. Más tarde supe que don Lope se negó a aceptarla, por lo que la paz se vio truncada y la guerra continuó por sus derroteros habituales.

Taimada y tranquila como estaba, rogué a Dios para que les protegiese. No pude hacer nada por él. Intenté retenerlo por todos los medios, pero no era un hombre fácil de doblegar. Cuando tomaba una determinación, era difícil hacerle cambiar de opinión. Precisamente era su tozudo talante el que le hacía diferente al resto y digno de respeto. Debido a ello y a su carácter impulsivo, se ganó el apodo que le acompañaría desde muy joven y después de muerto.

Acariciando el pañuelo en el que escupió, me dispuse a guardarlo. Al plegarlo lo vi. La flema que escupió tenía sangre. Me encogí de hombros. Mi conciencia andaba tranquila, como su mujer que era no podía hacer nada más. Era evidente que las heridas de sus vísceras aún no habían cicatrizado.

Triste y con el corazón en un puño, asumí que mientras Sancho pudiese mantenerse en pie, no habría en esta tierra razón que pudiese alejarle de sus constantes contiendas y batallas.

Al poco tiempo nos reunimos de nuevo en Ávila. Sancho no mejoró ni un ápice por el solo hecho de haber actuado según su santa voluntad. Regresó demacrado y todos intentamos su restablecimiento sin que se percatase. Tarea ardua pero posible. Uno de los consejos a seguir fue que tomase el aire en reposo y así le senté en el jardín que lindaba con la muralla a jugar dados. Un mensajero irrumpió en nuestro sosiego sin previo aviso, pero su rostro sudoroso y exhausto indicaba que algo importante y digno de nuestra atención portaba en su mensaje. Yo sabía de qué se trataba, ya que conocía al hombre en cuestión.

Tragó saliva y esperó a que Sancho le hiciese una seña. Tiró los dados y sin mirar el resultado de su puntuación observó al mensajero, que no portaba billete en sus manos.

–Señor, su padre, don Alfonso, finó en Sevilla el día 4 de abril del año 1284 de Nuestro Señor. Su testamento es conocido sólo por los allegados en el Alcázar hispalense, pero las malas lenguas aseguran que fue extraño en su discernir a la hora de testar. Cuando salieron de allí, algunos cuchicheaban que su última voluntad se haría pública en muy pocos días. No os puedo contar más ya que no esperé a conocer el contenido de tan complejo documento. Como me ordenó mi señora doña María cuando estuvo allí, en cuanto murió partí rápido a notificároslo. Dudo que nadie haya cabalgado más raudo que un servidor portando tan tristes noticias.

Le agradecí con la mirada su fiel proceder.

Reverenciándonos, esperó a que le despidiésemos. Mientras Sancho quedaba pensativo, aproveché para ofrecer al mensajero una copa de vino para que saciase su sed. Al mirar al rey, pude intuir en su rostro preocupación y el dolor por la falta de su padre. Sin duda, estaba ansioso e intrigado por conocer el porvenir.

Aparté de mis rodillas la pequeña mesa octogonal de palo de rosa con incrustaciones de marfil en donde estábamos jugando y me levanté para abrazarle.

–Lo que haya de ser será. Quizá mi suegro haya querido sembrar la paz entre sus hijos antes de morir y mi visita no fue en vano.

Simplemente negó con la cabeza. Conocía a su padre demasiado bien.

–No os engañéis, María. Don Alfonso aparentaba sosiego en cuerpo pero en alma era testarudo y tenaz en sus determinaciones

Se encogió de hombros.

–Sea lo que sea, ya es tarde para cambiarlo. Si lo que deja voluntariamente es un reino en contienda, allá él cuando rinda cuentas al Señor nuestro Dios. Mucho no lo hemos de notar, ya que andamos tan enfrentados los hermanos que nadie diría que tengamos una gota de sangre en común.

Sancho se mostraba derrotista y no dejaba lugar a la duda respecto al contenido del testamento de su padre. No pude rebatirle ya que la certeza casi absoluta de que sus suposiciones eran ciertas me lo impedía.

Él agradeció mi silencio y tomándome de la mano se levantó con decisión. La pequeña mesita que yo esquivé para no volcarla con mis vestiduras se cayó, desparramando el juego de dados por la tierra batida. Uno de ellos rodó, ahogándose en la alberca. Alzando la voz se dirigió a todos los cortesanos que estaban presentes.

–¡Escuchadme todos! El rey don Alfonso ha muerto. Os ordeno que cambiéis vuestras alegres vestiduras por paños de márfaga como señal del más respetuoso luto. Celebraremos las honras fúnebres en la catedral de esta ciudad. Terminadas éstas, podréis quitaros los austeros hábitos y engalanaros con vuestros mejores sayos y chaquetas, ya que la reina María y yo, el rey Sancho, procederemos en el mismo lugar y sin más dilaciones a nuestra coronación, como es menester y ha de ser. Para que le quede claro a todo castellano de quiénes es súbdito, ya que muchos ansían lo que no es suyo.

Todos escucharon en silencio sin saber muy bien cómo proceder. Desconcertados ante tanta premura, nadie sabía si brindarnos un pésame o una enhorabuena.

Celebramos el funeral y la coronación. Al salir de la penumbra catedralicia, ungidos con los santos óleos por la Gracia de Dios como reyes de Castilla, León, Galicia, Sevilla, Córdoba, Murcia, Jaén y el Algarbe, la claridad del sol nos cegó. Pasados unos segundos, pudimos al fin oír con regocijo los vítores de todos los moradores de Ávila que nos rodeaban, el tañer de las campanas y las músicas de los albogues, gigas, salterios y manos de rotero.

Poco a poco distinguimos sus contornos. Sancho me tomó del brazo con seguridad y aplomo para que recorriésemos la ciudad. Doña María Fernández de Coronel nos seguía portando a la pequeña Isabel envuelta en un manto dorado, como heredera que era. Henchidos por el clamor del pueblo, se disiparon todas nuestras dudas.

Aquel atardecer, al terminar las ceremonias de coronación, subimos a las almenas de las murallas. Desde allí nos sentimos un poco dioses, pues no divisábamos los límites de los campos de Castilla que, cuajados de brotes primaverales, auguraban el inicio floreciente de un nuevo reinado.

Desde lo más alto, decidimos continuar nuestro peregrinaje a otras villas y ciudades para cerciorarnos del amor que juraban profesarnos. Intenté convencer a Sancho de los beneficios de la discreción en nuestro proceder hasta que conociésemos el contenido del testamento de don Alfonso. Quizá nos estuviésemos precipitando.

Fue muy claro en su contestación. Para él, lo que su padre hubiese estipulado quedaba en aguas de borrajas. Prefería saborear el dulzor del momento que amargar su paladar con elucubraciones. Yo sabía que disfrutaba viviendo el instante con intensidad. La muerte siempre vagaba merodeando por nuestro entorno, sin respetar a nadie y haciéndose palpable con demasiada asiduidad, de tal manera que ya no nos extrañaba su rondar. De hecho, los que hacía media hora lloraban el fallecimiento de don Alfonso X ahora, instantes después, nos enaltecían y celebraban nuestra fortuna.

Sancho tenía razón. En semejantes circunstancias, sería pecado el dejar transcurrir un segundo de gozosa vivencia. La enfermedad que acababa de pasar lo corroboraba. Al igual que aquel día nos reíamos cual incipientes reyes, mañana podríamos yacer arropados por la putrefacción en un enterramiento olvidado de todos.

Sacudí la cabeza para alejar de mí los pensamientos que me asaltaban. La imagen del Sabio yaciente poco a poco se difuminaba en mi mente y el pincel que perfila los contornos de nuestros enemigos alzándose en armas parecía haberse quedado calvo, perdiendo sus cerdas. No era de extrañar que Sancho se rebelase en contra de su padre. Ya lo había hecho anteriormente en contra del sumo pontífice, al no esperar la dispensa para nuestro matrimonio hasta lograr la excomunión, como en contra de los reyes más poderosos de nuestro contorno. Yo aún guardaba la secreta esperanza de que el legado de mi primo, el difunto rey Alfonso, fuese generoso, pero no podía hablar de ello.

5

EL LEGADO REAL

No te la diré, Señor,
Aunque me cueste la vida,
Porque soy hijo de un moro
Y de una cristiana cautiva;
Siendo yo niño y muchacho
Mi madre me lo decía:
Que mentira no dijese,
Que era grande villanía:
Por tanto pregunta, rey,
Que la verdad te diría.

ROMANCE ANÓNIMO,
Abenámar y el rey don Juan

Camino a Toledo llegaron las noticias que ansiábamos. Por fin recibimos una copia del contenido del testamento de Alfonso. Cabalgaba a su lado cuando se lo entregaron. De inmediato, Sancho tiró de las riendas y paró su corcel. Todos le imitamos.

–Acamparemos esta noche aquí mismo.

El ruido de todo el séquito echándose a un lado, desplegando tiendas de campaña y procediendo a descargar de los carros víveres y enseres distrajo a algunos, pero a mí la curiosidad me carcomía las entrañas. Sancho, aún montado sobre su corcel, miraba paralizado aquel pergamino como si temiese abrirlo. Hice una señal a su escudero para que le ayudase a desmontar. El hombre se puso a cuatro patas esperando a que su señor le utilizase de escalón. Pasados cinco minutos era el único jinete que quedaba sobre su caballo. Lo traje a la realidad.

–¿Por que no descabalgáis y salimos de dudas?

Pensativo como andaba, sólo asintió posando el patuco de su armadura sobre la espalda de su fiel servidor. Tomándole del brazo le alejé del bullicio para poder mantener la privacidad del momento. Apoyados en el tronco de aquel inmenso olmo, rompió el sello y me lo tendió. Yo leía con dificultad pero más fluidamente que él.

En silencio recorrí con la mirada cada una de las líneas sin pronunciar palabra. El texto era largo y me llevó un buen rato su lectura. Sancho me dejó terminar pacientemente, algo extraño dado el carácter del que se hacía poseedor. Al levantar la mirada, pude comprobar que intentaba interpretar el sentimiento de mi expresión.

–¿Y bien?

Las palabras se atravesaron en mi gaznate. Doblé el papel y con el corazón en un puño comencé. No me andaría por las ramas pero sí intentaría suavizarlo. Tragué saliva.

–A vuestro hermano el infante don Juan le lega Sevilla y Badajoz.

Apretó el puño. No le dejé calentarse y proseguí.

–Al infante don Jaime, Murcia y a la reina de Portugal, su hija doña Beatriz de Guzmán, el Algarve.

Me interrumpió sujetándome de los hombros y zarandeándome.

–Colmáis mi paciencia, María. Por Dios, decidme a quién deja el grueso del reino. Para terminar de resquebrajar la unión en la reconquista que consiguieron nuestros antecesores, ¿ha osado separar Castilla y León? ¿No dejará a los de la Cerda León para dejarme Castilla? ¡Continuad!

Tragué saliva de nuevo. Antes de proseguir cerré los ojos con fuerza porque sabía cómo reaccionaría y no quería verlo. Una lágrima involuntaria escapó de entre mis párpados.

–No, Sancho. ¡Cuánta razón teníais al desconfiar! Deja sucesor de todo el resto a don Alfonso de la Cerda, vuestro sobrino. A vuestra majestad sólo os menciona para renegar de su paternidad y especificar que si muriese el de la Cerda prefiere sucesor al mismo rey de Francia antes que...

No me dejó terminar. Me arrancó el papel de las manos. Lo rompió en mil pedazos y lo regó con su propio orín. Colérico, insultaba a su padre y pegaba puñetazos al tronco como si de él mismo se tratase.

Se desgañitaba gritando tan hirientes insultos en contra de su difunto padre que cualquier caballero vivo que los recibiese similares no podría salvaguardar su honra sin emplazarle a un reto. El séquito entero cesó en sus quehaceres. Perplejos, presenciaban asustados el mayor arrebato de su señor. Tanto chilló que comenzó a toser y tuvo que callarse. La sangre de sus entrañas brotó de nuevo hasta que le llegó a la comisura de la boca. Procuré calmarle pero separándome de su lado se limpió con su propio brazo, tiñendo de rojo la cota de malla que lo recubría. Jadeando se quedó en silencio y luego gritó hacia el campamento:

–Mis fieles vasallos, mañana al amanecer iniciaremos la marcha hacia Toledo, donde todos nos aguardan para jurarnos fidelidad y coronarnos. Seguiremos hacia Burgos, Cuenca, Soria y Badajoz, pues sus respectivos obispos nos esperan para la debida consagración.

Todos le miraron indecisos hasta que alguien gritó:

–¡Viva el rey!

Un coro de voces secundó el vítor. Aproveché el momento para abrazarle. Nadie dudaba de la fidelidad de todos los obispos castellanos hacia Sancho y todos loaban su posición. Ni siquiera la excomunión que padecíamos les importó a la hora de apoyarnos. Como era de esperar. Fuimos elevados al pavés de todas las ciudades. Frente a toda la corte fuimos proclamados y jurados reyes por los heraldos más destacados.

Las coronas nuevas se cernían sobre nuestras sienes, refulgiendo iluminadas por el sol de mayo. Las decoraban ocho castillos almenados y sobre la tiara, incrustados, unos camafeos de piedras preciosas del tamaño de un puño. Los rubíes eran signos de temor a Dios, las esmeraldas, pruebas del buen hacer y los zafiros, el símbolo ineludible de nuestro actuar con justicia y más que eso, con benignidad.

Culminados los reinos del norte, nos dirigimos al sur. En Córdoba recibimos una visita tan inesperada como gozosa. Uno de los hermanos de Sancho, el infante don Juan, regresaba al redil. Tan amplios fueron los brazos de Sancho al recibirle que incluso le nombró mayordomo mayor, y yo me sentí incapaz de advertirle de nuestro pasado encuentro en Sevilla cuando nos dio la espalda. Me hubiese gustado sugerirle al menos que don Juan no era hombre de fiar, pues al igual que nos había abandonado una vez, no pondría reparo en desertar de nuevo al mínimo cambio. Deseaba prevenirle y protegerle de sus maniobras, pero no era hombre fácil de doblegar y pensándolo detenidamente nos vendría bien a los ojos del pueblo el cruzar las puertas de la grandiosa Hispalis dando la mano a don Juan.

Sevilla adoró a El Sabio, tanto o más que a su padre don Fernando, y por ello éramos conscientes de que sería una plaza terca y complicada de convencer. A pesar de ello no nos echamos atrás y al llegar el inicio del verano avistamos, tras un largo viaje, sus blancos minaretes, ahora convertidos en campanarios. Aceleramos nuestro paso. En silencio recorríamos la legua que restaba a nuestro viaje cuando Mohamed, nuestro intérprete moro, señaló a un jinete que se acercaba. Desde lejos reconoció de inmediato al mensajero sarraceno, ya que no era la primera vez que se cruzaba en su camino. Era un enviado del joven rey de Marruecos.

Todos coincidimos en el mismo pensamiento. El rey marroquí fue aliado de mi suegro a cambio de mucho pero, aun así, no era quién para tener la corona de un rey castellano y bien podría reintegrarla. Escucharíamos con desconfianza al mensajero, puesto que ya nos había demostrado su engaño disimulado. Sancho esperó a que el moro se pronunciase.

–Mi señor, el rey de Marruecos, os tiende la mano y dice que bien podría ser tan amigo de vuestra majestad como en su día lo fue de don Alfonso, su padre.

Sancho le miró escéptico. No había hombre en la tierra que ignorase su enemistad con don Alfonso. ¿No era curioso que su mayor amenaza se mostrase tan ignorante? Hacía mucho tiempo que los moradores del norte de África aprovechaban el mínimo descuido para apropiarse de las tierras ya reconquistadas en Andalucía. Era mucha la costa a proteger de estos piratas y demasiado corto el trecho de mar que nos separaba de ellos.

–¿Cómo os llamáis, moro?

–Adelhac, mi señor.

–Decid a vuestro señor que no necesito su caridad. Que si basa en eso su amistad, está mal informado de la relación que guardé con mi padre. Que dudo de su ingenuidad y que sólo me infunde desconfianza. Sé que hasta ahora no ha talado ni recorrido las tierras con sus algaras y espero que no ose intentarlo. Si lo hiciese, yo estaría dispuesto a todo. En una mano tengo el pan y en la otra el palo, que escoja lo que quiera. Dulce o agrio.

El moro le reverenció sin contestar y se dispuso a montar de nuevo, cuando Sancho cambió de opinión, ordenando a la guardia que le apresase y le interrogase. El desdichado mensajero, entre tirones y empujones para deshacerse de los grilletes, se alejó gritando amenazas.

–¡Cuán equivocado estáis! ¡Mi señor mandará a otros y con la ayuda de Alá os vencerá!

Cuando reiniciamos la marcha, recriminé a Sancho por su actitud.

–Estáis loco. Habéis declarado la guerra sin necesidad de ello. Justo ahora que empezábamos a respirar. Sois tan diferente a vuestro padre. Él ansiaba la sabiduría, vos disfrutáis con la espada.

Me acarició.

–Para mantener al paz y el dialogo os tengo a vos. ¿Quién si no sabe mejor que mi esposa amansar las voluntades? En cuanto a ese hombre no le vendrá mal reconocer al Dios verdadero. Le someteremos a su juicio para ver si miente.

Me encogí de hombros, sumisa. Prosiguió:

–De todos modos os diré, para vuestro sosiego, que en el caso de que el moro ose cruzar el estrecho para invadirnos, ya he tomado precauciones. Como mi propio emir del mar y almirante, actuará Micer Benito Zaccharía, que de Génova trae más de doce galeras bien pertrechadas y avitualladas. Vivirá en alerta y cuidado en el Puerto de Santa María, poniendo a nuestro servicio toda su flota en caso de ataque. Si en Sevilla nos aceptan como es menester, pronto seguiremos viaje al sur para verle.

Inspiré profundamente. Disfrutaba con los juegos de guerra y nadie podía sacarle de su vicio oculto.

–¿Sois consciente de que en Sevilla son muchas almas las que añoran y respetan a vuestro difunto padre?

La Giralda ya se divisaba. Se puso la mano sobre los ojos para ensombrecer su divisar y poder situarse mejor. Sin mirarme siquiera me tomó de la mano y me la besó.

–A veces sois ingenua, María, tanto que me hacéis dudar. ¿Es vuestra ignorancia un ardid para indicarme sutilmente el camino a seguir?

Le miré de reojo, bromeando como si hubiese descubierto mi secreto. Sonrió y prosiguió:

–Tranquilizaos, pues a los partidarios de mi padre es fácil convencerles. Olvidáis que son hombres y como tales son fácilmente corruptibles. A los que nos sigan les recompensaremos con las haciendas de los que no lo hagan. Ya que los rebeldes e insumisos con su actitud sólo conseguirán morir o ser ajusticiados tras ser despojados de sus bienes, o desterrados, según sea su oposición. De un modo u otro dejarán mucho para recompensar a los que se lo merezcan.

Suspiró complacido por tan fácil solución.

–Han bastado y bastarán que unos pocos feudos cambien de amo para variar el rumbo de sus voluntades en nuestro beneficio y no tardaré ni un segundo en demostráoslo.

Así fue. Al cruzar las puertas de la ciudad, para mi sorpresa, ensordecimos ante la gran ovación. Aquellos que poco tiempo antes nos hubiesen abucheado a la entrada del alcázar ahora nos vitoreaban desgañitándose y como si no hubiesen hecho otra cosa a lo largo de sus vidas. Los mandatarios que nos precedieron con la orden de allanar el terreno para nuestra llegada, habían cumplido con su cometido. Incluso las cortes ya estaban muñidas en el alcázar para nuestra jura. Grandes dignatarios y prelados nos recibieron con gozo.

Sentados sobre nuestros tronos, esperamos a que todos nos rindiesen la pleitesía debida. Lo primero que hicimos fue otorgar cargos. Corría el mes de agosto y el calor era insoportable. Nuestros gaznates se secaban y la saliva parecía no querer reponerse en nuestras bocas. Tomé un botijo y bebí agua fresca. Acaricié con la mejilla el húmedo barro y me lo puse cerca del cuello para refrescarme.

Sancho reconocía con facilidad la mayoría de los rostros que nos rodeaban, y los que había olvidado pronto venían a la mente de mi señor, colgados de la lengua y criterio de don Lope García de Haro, el señor de Vizcaya. Sólo un movimiento de Sancho que implicase duda y su susurrante voz se adhería a su oreja facilitando el nombre, la posición y el lugar de procedencia del presentado.

A pesar de haberse desposado con mi hermanastra Juana, a mí no me engañaba. Aquel hombre no era trigo limpio. Al igual que se postraba a los pies de Sancho, podía pegarle un puntapié en el momento más inesperado o en cuanto se encontrase desprevenido. Aquel lameculos no tenía dignidad.

Alcé la mirada, rogando a Dios que hiciese tan breve semejante pantomima como corta la procesión de grandes señores que acudían a rendirnos pleitesía. Don Lope advirtió mi movimiento y frunció el ceño mirándome de reojo. El majadero estaba tan seguro de sí mismo y de la influencia que causaba en el rey que me tenía a mí por rendida e ignorante.

Le miré con desprecio. Su confianza me valdría para esperar el momento oportuno y esgrimir mis armas en su contra. Sabía que no hacía mucho tiempo que se había reunido en los montes de la frontera con Granada con don Juan Núñez de Lara. ¿No era extraño que corriese a parlamentar con su mayor enemigo nada más morirse el rey? Y sobre si no hubo malicia o segundas intenciones en ello, ¿por qué no se lo comunicó inmediatamente a Sancho? Aquel deslenguado tarde o temprano tendría que rendir cuentas.

Terminada la jura, dimos paso al inicio de los festejos. Éstos se abrirían con una ordalía. El mismo Dios juzgaría al sarraceno que apresamos llegando a Sevilla. Salimos del alcázar rumbo al río. El camino que nos dirigía a la puerta de la muralla pronto estuvo lleno a rebosar. De las angostas callejas brotaba la muchedumbre como la hemorragia de una herida. Insultaban al preso y en sus ojos se reflejaba la sed de venganza por la muerte de todos los parientes que un día perdieron la vida reconquistando la ciudad. El odio del recuerdo nublaba en sus almas el más mínimo indicio de compasión.

Al encontrarnos del otro lado de la muralla, todos se dispersaron formando un gran círculo justo al lado de una de las torres del Oro. Pendiendo de ella, una gruesa cadena de hierro atravesaba el Guadalquivir hasta la otra ribera, uniéndose a la torre opuesta. Aquélla, usualmente, servía de control y parapeto a todos los barcos que navegaban hasta el puerto. Aquella tarde sería otra su función. De sus eslabones suspendía una extraña polea de la que colgarían al moro.

Bajaron al reo del carro. En cuanto éste tocó tierra, se hincó de rodillas en el barro de la orilla y, tocando con la frente en el suelo, comenzó a orar a su Dios Alá. Aquello enfureció todavía más a las enardecidas gentes que presenciarían el ahorcamiento. Sólo había un Dios y éste sería el que le juzgaría, de nada le serviría darle la espalda justo en el último momento.

Los verdugos le tomaron por los pies y le ataron a una inmensa piedra. El moro susurraba fervientemente una oración cantada con los ojos cerrados. Boca ayuso como estaba, alzaron sus manos sobre su cabeza y se las amarraron con fuerza a la soga que colgaba de la gran cadena. Comprobaron si estaba bien amarrado y corrieron hacia el otro extremo. No sé bien si ansiosos por terminar o alentados por los gritos de los espectadores. Los fornidos hombres comenzaron a tirar y el preso en un segundo quedó suspendido en el aire y chillando cual cerdo en la matanza.

Redoblaron los tambores y otros dos verdugos desde el otro lado de la orilla comenzaron a tirar para centrarlo en el río y mejor echarlo cual semilla podrida. Al detenerse el tambaleante cuerpo sobre lo más profundo, quedó inmóvil e inerte a la espera del devenir. Tan sólo el fluir del agua y el crujir de la soga rozando el hierro rompían el silencio. Todos rezamos para que ocurriese lo aguisado. A la señal de Sancho, los verdugos soltaron y el cuerpo cayó a plomo sobre las aguas del Guadalquivir.

En ese preciso momento recordé su nombre, Adelhac. Aguardábamos en silencio a que desapareciesen las burbujas que provocó al hundirse. Nadie esperaba que aquel hombre resurgiera pero era costumbre en las ordalías esperar y así estaba estipulado. El Guadalquivir lo escupiría en caso de albergar la verdad en su alma. Se lo tragaría si era culpable, mentiroso y traicionero.

No había desaparecido la espuma cuando el vigía de la torre gritó asustado y señalando a un punto determinado. El dorado de los azulejos que recubría la torre nos impidió ver hacia dónde apuntaba, si al norte o al sur.

–¡Alerta!, ¡se acercan! ¡El moro nos ataca!

Todo el pueblo corrió despavorido hacia el interior de la muralla a guarecerse del ataque. Sancho, calmado, preguntó a voces:

–¿Son enemigos seguro? ¡Mirad que esperamos a parte de nuestras huestes para defendernos de un posible ataque!

El vigía, intentando centrar su atención, contestó:

–¡Por sus estandartes lo son, mi señor! ¡Pero no son más de cinco! ¡Distan unas tres leguas!

Sancho, como hombre ducho en el arte de la guerra, reaccionó con rapidez.

–Entonces, sólo pueden venir intrigados por la ausencia de su antecesor.

Sin quererlo miramos todos al río. Como era de esperar, Adelhac ya debía de haberse ahogado. Sancho siguió hablando:

–Querrán saber si la corte ha llegado a Sevilla. Averiguar todo de nuestras huestes, cantidad de caballeros y hombres a pie. Cómo andamos pertrechados. Pero a mí ya no me engañan. ¡Entrad todos en la ciudad! Cerrad las puertas y ordenad el más absoluto silencio. Ni el badajo de una campana ha de golpearla, mecida por el viento. Ya que nuestros refuerzos no han llegado han de pensar que Sevilla anda muerta. Así les sorprenderemos con nuestro ataque.

Dicho y hecho, a pesar de que los sevillanos ansiaban la fiesta, supieron calmarse. Tanto que nadie paseaba por torres, almenas, parte alta del alcázar o cualquier punto que se viese desde el exterior de la muralla. Ordenamos que nadie saliese por las puertas y que si alguien quisiese entrar, ni siquiera se le contestara.

La población parecía muerta y el simple volar de una mosca o el ruido de un pendón mecido por la brisa rompían la paz. Aquella ciudad que unos días antes nos recibió con algarabía y que era alegre de por sí parecía estar velando a un porvenir angustioso.

Conseguimos nuestro propósito. Los bateadores se alejaban dispuestos a informar a las huestes sarracenas del emir Abu-Yacub, príncipe heredero de Marruecos, de que la ciudad parecía yerma y, por lo tanto, allí era imposible que hubiese llegado ningún rey y menos el de Castilla y León.

Aquella argucia nos dio un poco más de tiempo para preparar la defensa en el caso probable de una nueva invasión. Hicimos bien en desconfiar porque a los pocos días nuestra sospecha se hizo cierta. Los moros, a sabiendas de nuestras desprotegidas costas, habían cruzado el estrecho y retomaban Jerez, con la intención de seguir avanzando hacia Sevilla.

La custodia y defensa de nuestras villas se hizo casi imposible, más por el calor insufrible que por el sable del sarraceno. El verano había entrado de golpe para ahogar a nuestros hombres con una soga de fuego infernal.

Después de cada batalla, los guerreros con su saña sudorosa dejaban sembrados los campos de cuerpos insepultos que se pudrían rápidamente al sol y a merced de buitres, lobos y un sinfín de animales carroñeros. Los gusanos brotaban de ellos como las abejas de un panal cuando, unos días después, las viudas, huérfanas y madres de los desaparecidos acudían al lugar de la contienda con la secreta esperanza de no encontrar a sus parientes. Todas ellas gritaban desesperadas un nombre al viento mientras los bajos de sus sayales se impregnaban de muerte y sangre. La alfombra de cuerpos que pisaban estaba tan descuartizada, compacta y consumida que se hacía imposible identificar a nadie. La angustia y la desesperación sólo se leían en sus miradas, pues la boca y la nariz las tapaban con un paño para impedir que el hedor las embriagara y mareara hasta perder el sentido. Ellas lloraban desoladas su pérdida, mientras nosotros veíamos cómo las filas de nuestras huestes menguaban irremisiblemente, lo que nos obligó a cubrir los vacíos con niños y ancianos que apenas podían sostener un palo para defenderse.

Por fin y gracias una vez más a la constancia y el tesón que pusimos en ello, el 2 de agosto Abu-Yacub, hijo del rey de Marruecos Abu-Yussuf, se retiró a Peña Cerrada dejando libre Jerez y a la espera de una entrevista con Sancho el día 21 de octubre. Hasta entonces y mientras llegábamos al lugar determinado, la experiencia nos enseñó que habríamos de ser precavidos, por lo que cien naves atracadas en los puertos de Cádiz y el Puerto de Santa María aguardaban impacientes nuestras órdenes de ataque, en el caso de que el moro nos estuviese mintiendo.

6

BORCEGUÍES, BABUCHAS Y ESCARPINES (1285)

Nunca te metas do hayas malandanza
Aunque tu amigo te haga aseguranza.

INFANTE DON JUAN MANUEL,
El conde Lucanor

Sobre el embarcadero del puerto hispalense, aguardábamos que nuestro barco zarpase rumbo a Sanlúcar de Barrameda para reunirnos con el rey de los benimerines, acordar la paz definitiva y abastecer las plazas que andaban más necesitadas, como Jerez y Medina Sidonia. El Guadalquivir sería el camino menos arriesgado, ya que se hacía difícil urdir una emboscada en el río.

Desde la borda, Sevilla se veía diferente. Las torres del Oro difuminaban con su fulgor el laborioso hacer de todos los estibadores del puerto. Apoyada sobre la barandilla, observaba extasiada el dinamismo, como un niño examina un hormiguero al descubrirlo. Pensativa, acariciaba la cabeza de mi pequeño azor que, posado en mi muñeca, esperaba a que cargasen su jaula. Los perros alanos de Sancho ladraban desesperados tras los caballos que, temerosos de lo desconocido, relinchaban luchando por deshacerse de sus riendas antes de cruzar el puente del barco. En pos de las bestias, aguardaban los penados galeotes que, en fila de a dos, se sostenían famélicos y débiles apoyándose los unos en los otros. El sonido del rebenque sobre el suelo les obligó a obedecer, temerosos de otro latigazo sobre sus ya muy fustigadas espaldas. En los ojos de los lazrados se adivinaba el mismo deseo que en los de los animales. La libertad.

Andaba ensimismada con los acontecimientos, cuando me sorprendió el abrazo inesperado de Sancho. Asiéndome desde atrás por la cintura, me susurró cariñosamente en el oído:

–¿Qué hace mi reina tan pensativa?

Sonreí soltándole un poco los brazos porque mi vientre ya andaba abultado y él no calculaba su fuerza. Al ver de perfil mi incómoda mueca me soltó del todo y acarició el voluminoso contorno de mis entrañas.

–Lo siento, María, es que a veces me es difícil no apretarte contra mí. Se me olvida tu estado. No sería de buen rey aplastar a su sucesor antes ni siquiera de nacer.

Suspiré.

–Dios quiera que sea varón.

Me tapó con delicadeza la boca.

–Shuuu. No deis tres cuartos al pregonero que mentando muchas veces sucede lo que no se quiere. Será niño y no hay más que hablar. Mirad a todos. Saben que pronto nacerá mi sucesor y se afanan por obtener el sosiego antes de jurarlo como tal.

Miré de nuevo al puerto.

–¿De veras pensáis que conseguiremos la paz después de haber pactado con el rey de Aragón en contra del de Francia y el papa?

No me contestó.

–Sabéis como yo que Pedro de Aragón es el único celador de los infantes de la Cerda. Corre el rumor de que no anda bien de salud y no sería extraño que muriese pronto. Cuando esto acontezca, ¿querrá Alfonso, su sucesor, seguir su política?

–Sé que ahora os disponéis a calmar los ánimos del rey de Marruecos firmando la paz con los benimerines y eso os honra, Sancho, ya que, por primera vez desde hace tiempo, actuáis en contra de los consejos de Haro y del infante don Juan. Sé que ellos preferirían unirse al moro de Granada en contra del de Marruecos. Pero decidme, ¿cómo decidís con quién aliaros?, ¿estáis bien seguro de lo que hacéis?, ¿queréis que este niño nazca tan ilegítimo como Isabel?

Sancho se alteró.

–¡Vengo a haceros carantoñas y así me correspondéis! No sé a qué viene esto ahora. Creo sinceramente que recalentáis vuestra sesera sin motivo ni razón. Bien sabéis que me es difícil decidir como para que me inculquéis más dudas al respecto. Además, ¿no me prometisteis no hablar del tema?

Se encogió de hombros.

–Es igual. A veces olvido que sois mujer y como tal no os dais por vencida fácilmente. Insistís sin piedad en vuestros propósitos.

Sin añadir nada más, se fue farfullando hacia la popa a supervisar las operaciones de avituallamiento. No me importó, ya que mi intención se cumplió. Acababa de sembrar sutilmente la semilla de la duda en su dura mollera. De nuevo quedé sola observando cómo hombres y bestias eran arrastrados por sus propios designios. ¿Sería yo víctima de una excomunión permanente?

Permanecí absorta en mis pensamientos hasta que los marineros de aquella galera genovesa soltaron amarras. De las atarazanas salieron otras cuantas naves, que nos siguieron cual poderoso séquito de la armada castellana.

El trapo de las velas que izaron quedó iluminado por las llamas amarillentas de sus tocayas. Flamearon tímidas tanto las de sebo como las de lienzo. Éstas no quisieron henchirse como era menester. Tanta era la calma de la noche que el viento se hizo brisa y su impulso se hizo nada. La majestuosa velada parecía querer detener el tiempo. Sonó entonces el ritmo del tambor y de inmediato el chapoteo de los remos, que borró el reflejo de la luna llena sobre el agua. Los sueños volaron para atraernos a la realidad.

Al pie del palo mayor, el abad de Valladolid, don Gome García de Toledo, desplegaba el altar de campaña dispuesto a decir una misa árida.

–Hacéis bien en no consagrar y dar la comunión, no vaya alguno a marearse.

El abad me sonrió y mientras sacaba de un pequeño cofre todo lo necesario me contestó:

–Sólo pido a Dios que no permita que ninguna de las naves se quede trabada con las áncoras, como aconteció la última vez. Tiemblo al imaginar al enemigo resurgiendo de entre los juncos de la orilla.

Los dos quedamos mirando a la oscuridad de ambas bandas y sentimos un escalofrío.

–Don Gome, en estos tiempos es mejor ser cauteloso pero os pido que no alarméis a los demás. Confiad en nuestros pilotos, que son duchos en estos menesteres.

Asintió y yo me dispuse a buscar un manto para salvaguardarme del relente antes del inicio de la misa.

Por fin había llegado el día de la entrevista con Abu-Yussuf. El silencio era total cuando Sancho comenzó a recorrer el pasillo que la guardia mora le formó. En aquel momento hubiese sido muy fácil tenderle una emboscada mortal, pero no iba solo. El sonido de los cascos de su caballo sobre el albero le acompañaba otorgándole seguridad en sí mismo, el tintineo de las piezas de metal de su armadura al son del trote le rendía la protección necesaria, el jadeo de sus inseparables perros alanos siguiendo al corcel era su compañía y el sonido del pendón de Castilla y León flameando al viento, su razón.

Desde mi discreta posición admitía reticente y desconfiada su adelanto. Las almalafas blancas, la pulcritud y el boato del rey de Marruecos contrastaban con las viejas armaduras de nuestros caballeros y las polvorientas pedorreras de sus escuderos. Preferí no pensarlo. La limpieza nunca fue sinónimo de fortaleza. Aun así, eran tantos sus hombres que el color de sus vestiduras tornó nevada la peña amarillenta en la que nos hallábamos.

Sólo cuando Sancho culminó el angosto pasaje espoleé mi yegua para seguirle. Según el protocolo de nuestros anfitriones, debía marchar tras él a una distancia prudencial. Así lo hice sin rechistar, pues mi fin era la paz y no dejaría que nada la enturbiase. Mi avanzado estado de gestación ya les demostraba que yo cabalgaba junto a mi señor incluso en las situaciones más adversas. Al llegar al final, quedé boquiabierta. Abu-Yussuf nos esperaba a caballo frente a una riquísima jaima. Su blanco corcel árabe desacordaba con las vestiduras negras. Al encontrarse, los dos reyes hincaron la lanza uno al frente del otro en señal de acuerdo amistoso. Desmontaron y con una inclinación de cabeza, el sultán nos ofreció su hospitalidad.

Estábamos a punto de entrar cuando los dos alanos presintieron la tensión del momento y comenzaron a ladrar a la adiva de nuestro adversario. Los arqueros del rey moro cargaron las flechas apuntándoles y esperando la orden de disparo. Un estremecimiento recorrió mi espinazo, pues todos sabíamos el afecto que Sancho tenía a los animales y temíamos que su bravo talante aflorase si les sucedía algo. Taimado y tranquilo, el sultán se acercó sin miedo a los perros y los acarició doblegándolos con maestría.

Pasado este altercado, comenzaron a intercambiarse presentes. Sancho le regaló varios tomos en árabe que poseía de la biblioteca de su padre don Alfonso en Sevilla. Abu-Yussuf le entregó lo que pensamos que era una asna listada con franjas marrones y blancas que provenía de las tierras africanas del sur. El sultán nos dijo que no era una asna sino un animal usual en su tierra, llamado de otra manera; nuestro traductor no encontró palabra para definirlo. Aceptados los regalos por una y otra parte, borceguíes, babuchas y escarpines quedaron en fila de a dos junto al acceso de una jaima ricamente enjaezada. La tela que la cubría era de seda, teñida con colores tan vivos y alegres que parecían iluminarla. Un guadamecí de cuero repujado tapizaba las paredes y el suelo estaba cubierto por infinidad de mullidas alfombras de dibujos geométricos. Sobre sus mesas nos aguardaban ricos conduchos en escudillas de oro. El olor a especias e inciensos embriagaba los sentidos y despertaba el apetito.

Sancho tomó asiento sobre un gran almohadón con el sultán y su hijo mayor. Discretamente, me senté a escasos metros junto a las mujeres moras. Cuatro esclavas negras surgieron de entre las cortinas portando una gran bandeja colmada de extrañas tisanas y procedieron a servírnoslas en pequeños vasitos. El rey moro de nuevo nos sorprendió al ofrecerle a Sancho una de menta que iba bien para los problemas de respiración y falta de resuello. ¿Cómo podía tener tanta información sobre nosotros? Mientras daba pequeños sorbos al brebaje deleitándome en aquellos extraños sabores, escuchaba en silencio la conversación que con ayuda de los traductores mantenían los dos.

Coincidieron en temas de lo más variopintos como la literatura, astronomía, caza y los juegos de mesa como el de las damas o el ajedrez. Por un mágico acontecer, dos enemigos tan distantes en culturas y religiones encontraron un sinfín de puntos en común. Mientras eludieran el hablar de otros más distantes y escabrosos, todo iría bien. Hacía mucho tiempo ya que las mezquitas se convertían en catedrales y que los mudéjares que vivían entre nosotros cambiaban a Alá por Jesucristo sin apenas pensarlo dos veces, pero aquello era tan evidente para ellos como para nosotros y no serviría de nada ahondar en la herida.

El sultán de Marruecos era un anciano alto, delgado y enjuto. Su larga barba blanca resaltaba su penetrante solemnidad. A su lado, sentado sobre la sombra de su progenitor, asentía de acuerdo con el sultán su hijo Abu-Yacub como el máximo general de su ejército y su sucesor. El príncipe escudriñaba descaradamente cada movimiento de Sancho. Su concentración me intimidó. ¿Qué escondería aquel desuellacaras detrás de su inescrutable intención? El padre parecía sincero pero ¿lo era el hijo? Estaba claro que firmábamos una alianza con Abu-Yussuf, pero ¿la respetaría Abu-Yacub? Este último presintió mi pensamiento y repentinamente despegó su mirada de Sancho para ensartarme con sus negras pupilas. Asustada, desvié la mía dirigiéndola al vaso humeante.

A la hora de la cena, por primera vez fuimos admitidas a la vera de nuestros señores esposos. Al igual que Sancho, me hubiese gustado contrastar pareceres y dialogar con las mujeres de nuestros adversarios. Al menos saber, de las ocho que había, cuántas eran las del padre y cuántas las del hijo. Fue imposible saciar mi curiosidad. Tan sumisas se mostraban que ni siquiera osaban levantar la mirada para mirar a sus respectivos esposos si éstos no las requerían. Continuamos la velada en silencio y relegadas a un segundo plano.

A los postres aparecieron las danzarinas de los siete velos que contoneaban sus ombligos sinuosamente. Sancho no pudo evitar demostrar un cierto estado de excitación ante el baile. Abu-Yussuf al ver su placentera expresión sonrió y posándole la mano sobre el hombro, aprovechó el momento para, como quien no quiere la cosa, pasar a mayores.

–Sancho, para que veáis que no hay revés en mi intención, os diré que además de con vos es mi intención hermanarme con el sultán de Granada. Es tiempo de paz. Conservaré Ronda, Estepona, Gibraltar y Algeciras y dejaré mis incursiones temporalmente a un lado.

Miré a Sancho. Era el momento propicio para hablar con Abu-Yussuf de la tregua que queríamos pactar. Mi señor marido seguía pasmado con el movimiento de las desnudas caderas. Parecía como si aquel embrujamiento le hubiese taponado los oídos pues no se dio por aludido ante semejante comentario.

Desesperada, le tiré una miga de pan, pero mi puntería falló y fue a darle al sultán que, divertido ante mi preocupación y consciente de lo que andaba sucediendo, me sonrió con una leve inclinación de cabeza. Pasaban los minutos y Sancho, abrazado a la garrafa de alcohol, no reaccionaba.

Según costumbre, yo no podía interrumpir así que miré suplicante a don Alonso Pérez de Guzmán, que cenaba junto a nosotros. Como defensor de la plaza de Tarifa era uno de los más preocupados ante otra ofensiva por parte del sultán. Al intuir mi petición, en un primer momento se encogió de hombros dándome a entender por su expresión que él tampoco podía entrometerse en la conversación, pero al instante, hombre tenaz como era, no quiso doblegarse ante la absurda situación y alzó la copa proponiendo un brindis.

–¡Por la paz!

Se hizo el silencio. La música cesó y las bailarinas quedaron con los brazos en alto sosteniendo sus finas gasas. Tragué saliva esperando la reacción de los dos reyes ante semejante osadía. Sancho se levantó dando un traspié. Alzó la copa frente a su adversario y con la lengua pegada al paladar secundó a su fiel servidor.

–¡Por la paz!

Contuve la respiración esperando la contestación del moro. Abu-Yussuf se levantó con calma, recorrió la jaima con sus oscuras pupilas y por fin, serio como estaba, se pronunció.

–¡Firmemos una tregua durante tres años!

Por fin espiré, retomando el aire. La música comenzó de nuevo y las femeninas estatuas continuaron su danzar.

Sancho gritó con júbilo a sabiendas de que el sarraceno no le entendería.

–¡Prometo a Dios peregrinar a Santiago de Compostela para dar gracias al santo por su buena «manderecha» y fortuna!

Aquella noche terminaron sultán musulmán y rey cristiano roncando juntos sobre mullidos almohadones.

Al día siguiente regresamos a Sevilla. Allí me dejó Sancho para parir, ya que no le pude seguir a Badajoz. Corría el día 6 de diciembre. Sentada sobre el suelo jugaba con mi hija Isabel a las muñecas. Mi dueña, doña María, me reprendió.

–Mi señora, deberíais reposar. Os mostráis inquieta y no deberíais arrodillaros en la fría piedra, sino más bien postraros en la cama como la comadrona os indicó.

La ignoré por completo. El lecho estaba para el cansado o el enfermo y aquél no era mi caso. Tomé a Isabel en mi regazo y aproveché para relatarle cómo aconteció el nacimiento de Nuestro Señor. Bautizamos a cada muñeco de nuevo y le dimos un papel en la historia del Niño Dios. Ella disfrutaba escuchando atónita cada uno de los pasajes. Al terminar me así del escapulario que pendía de mi cuello y dejando los juguetes a un lado la tomé en mi regazo, acariciándola.

–Mi niña. Aunque no os lo creáis, san Francisco fue el único que consiguió llegar a Tierra Santa en la Quinta Cruzada. Cuentan que quedó tan atónito por lo que vio en Belén, que pidió permiso al Santo Padre para reproducirlo en el altar de su leprosería con pequeñas tallas a imagen y semejanza de la Virgen, San José y el Niño. Así compartió su dicha con todos los enfermos y sus ayudantes.

Repentinamente, el primer dolor indicativo del parto me atenazó las entrañas. Con delicadeza senté a Isabel en el suelo y besando el relicario, lo guardé junto a mi pecho encomendándome a él.

A las pocas horas nació Fernando en el alcázar de Sevilla. Lo bautizamos con este nombre para recuerdo y gloria de su bisabuelo, que digno sería de santificar. Fernando era el segundo monarca que nacía en la ciudad hispalense y el primero en bautizarse en la catedral cristiana que fue mezquita. Quiso ser doña Beatriz de Guzmán, reina de Portugal y hermanastra de Sancho, su madrina. No la había visto desde que don Alfonso me recibió en el mismo alcázar y recordando precisamente el apoyo moral que me brindó durante aquella degradante entrevista, no pude objetar nada ante su insistencia. Con sumo cariño, tomó en brazos al niño, después de remangarse, y lo sumergió desnudo en la pila bautismal mientras don Raimundo, como arzobispo de este templo, se encargaba de oficiar el sacramento.

El zamorano Fernán Ponce de León sería el ayo del príncipe y Samuel de Belorado su almojarife o administrador. Nada mejor que un judío rescatado de su aljama para engrosar sus arcas. Así quedó fundada la casa del príncipe y Sevilla no tardó en salir a la calle a celebrar el nacimiento del nuevo heredero. Todos lo vitorearon. Intenté eludir el temor a que este mi hijo no fuese legítimo pero no pude. Se hacía urgente y necesario que el papa nos dispensase. Tenía que declarar válido nuestro matrimonio como fuese. Lejos de ser reincidente, la angustia en este aspecto me quitaba el sueño. Recién restablecida, partiría hacia Zamora, donde Fernando sería jurado como sucesor de Sancho. Como la madre del vástago que era insistiría, mal que le pesara a Sancho en este aspecto.

Así como fueron tiempos de comienzos, también lo fueron de finales. Mientras celebrábamos el nacimiento de un futuro rey en Castilla, en otros parajes tañían las campanas a muerto. El primero fue Pedro de Aragón, a quien sucedió su hijo Alfonso y a éste, casi de inmediato, Jaime, que sin dudarlo reconoció como heredero de nuestro reino al infante de la Cerda. Simplemente con ello abría la brecha de la contienda.

En Francia, a Felipe, el ya conocido como el Atrevido, le sucedió su hijo y tocayo Felipe, destacado por su hermosura y primo carnal de los de la Cerda. En el Vaticano también el papa Honorio IV tomó el relevo al trono pontifical. Para nuestra desdichada empresa y en lo que a él nos incumbía, su política no se diferenciaba en mucho de la de Martín, su antecesor. Al otro lado del mar moría Abu-Yussuf y le sucedía el impenetrable Abu-Yacub. Mal que nos pesase, tendríamos que renovar los pactos que en su día acordamos con unos y otros. Al menos así lo pretendíamos, pues bien sabido era que muchos hombres no prosiguen la labor de sus antecesores. Como si la consecución de lo ya iniciado fuese algo indigno de loar. Quizá el que obtuvo algo sin luchar por ello, no lo considera y lo infravalora.

Felipe de Francia sería el primero con el que hablaríamos, ya que de él dependía nuestra legitimación matrimonial. Todos sabían que el papa se rendía a su voluntad. No había muchas esperanzas para este acuerdo, pero aun así no perdí la esperanza. La designación sobre el hombre que habría de portar esta embajada estaba clara. Sería don Gome García de Toledo, el abad de Valladolid, que se había ganado poco a poco el favor de Sancho. Como su consejero más fiel, fue depositada en él la confianza precisa para cumplir con la difícil empresa junto al obispo de la Calahorra. Ambos viajarían a la corte francesa, cargados de tesoros, en pos de un encuentro previamente pactado.

Nuestra intención debía quedar clara. En primer lugar, solicitábamos el otorgamiento por parte del santo pontífice de la ansiada bula que legitimara nuestro matrimonio, como segunda premisa la anulación de la excomunión que padecíamos y, por último, la firma de una alianza en contra de Aragón y de los infantes de la Cerda.

Don Gome García de Toledo cumplió con su cometido y se convirtió en el principal consejero del rey; siempre cabalgaba a nuestro lado y, ojo avizor, estaba pendiente de todo y de todos. Cualquier causa o probabilidad era calculada con la anterioridad necesaria como para enmendar un mal posible o una equivocación

Nuestro fiel servidor regresó con el lugar y la fecha en la que se daría la entrevista. Sería en Bayona a principios de abril del siguiente año.

7

DOS CONTROVERTIDOS ALIADOS, FELIPE EL HERMOSO Y SANCHO EL BRAVO

¿Quién eres tú que me hablas? Dime quién te ha mandado
Que cuando del mensaje, me será demandado
Quién es el querelloso, o quién el soterrado.

GONZALO DE BERCEO, *El clérigo y la flor*

El agudo alarido de mi dueña navegó sobre aquel mar de viñedos. Muy a mi pesar tenía los riñones destrozados por el traqueteo del carro y el gaznate demasiado seco como para gritar. La comitiva se detuvo de inmediato junto a un grupo de campesinos que vendimiaban cantando. A pesar de que todavía quedaba un buen trecho hasta San Sebastián, nadie se opuso a mi orden porque todos andaban cansados.

Al bajar a estirar las piernas, una niña me ofreció un racimo de uvas. Se lo agradecí y lo probé. La dulzura de la fruta alimentó una alegre intuición que me animó más aún, a pesar del cansancio. Muy pronto llegaríamos a Bayona y el rey francés nos ayudaría en nuestro propósito, la concesión de la bula, que haría válido nuestro matrimonio a los ojos de la Iglesia y nos liberaría de la excomunión que soportábamos.

Se lo comenté a doña María. Ésta tímidamente disintió al respecto.

–No es por contrariaros, mi señora, pero no es propio de vuestra majestad anticipar la buena nueva ya que, como siempre decís, la premeditación puede tornarla vana.

La miré de reojo sin querer escucharla pero no pude eludir el oírla. Su prevención era clara y su mirada hacía un buen rato que andaba clavada en mi fiel consejero, el abad de Valladolid. Seguí su trayectoria. Éste charlaba animadamente con Sancho a la espera de que sus respectivos escuderos les ayudasen a desmontar.

Me senté sobre un tapiz que la servidumbre tendió sobre la tierra. Con cariño admiré cómo el pequeño Fernando se enganchaba fuertemente al pezón de su ama de cría. Hubiese querido amamantarle yo misma, pero mi obligación era parir de nuevo y bien sabido es que la mujer que cría no es fértil. Disfruté del momento e interrumpí a María, que, por su expresión, estaba dispuesta a amargarme.

–No quiero saberlo, María. Ésta es una jornada feliz y así quiero que anochezca.

Me reverenció y se calló. Las dos quedamos mirando en lontananza. Se acercaba el ocaso y yo sabía que no pronunciaría palabra hasta que el sol hubiese desaparecido. Cuando la penumbra sobrevino, ella me miró con los ojos vidriosos. Temerosa de hablar, permanecía con la llama del sol clavada en sus pupilas. La tomé de las manos y la animé a comenzar.

–Adelante, estoy preparada para escuchar.

Con un hilo de voz susurró:

–Mi señora, don Gome no ha querido decíroslo por pensar que eso turbaría una posible avenencia y por creer que cuando el rey francés os viese junto a vuestro esposo, todo cambiaría.

Enmudeció de nuevo y la tuve que instigar para que prosiguiera. Tragó saliva.

–No os entiendo.

Aquella mujer que tan comedida se mostró en un primer momento, repentinamente echó para afuera lo que la atragantaba con una verborrea incontinente. Las palabras le ardían en el gaznate.

–Felipe de Francia aconsejó al abad don Gome que convenciese al rey, mi señor, para que os abandonase. Pretendió que os repudiase como los musulmanes lo hacen con algunas de sus mujeres. El gabacho no comprende el empecinamiento del rey Sancho al querer mantener un matrimonio de pecado como el de vuestras majestades. Sin duda, ignora que el amor bien se puede dar en un matrimonio avenido.

La incredulidad ante lo escuchado desató en mí la soberbia y el sarcasmo.

–¡Repetídmelo otra vez! Creo que el diablo cojuelo anda cerca y juega travieso, confundiendo mis sentidos.

Sin poder remediarlo la agarré fuertemente del antebrazo y la zarandeé para que me respondiese de inmediato. Ella cerraba los ojos, temerosa de la represalia.

–¡No estaréis insinuando que el francés quiere nuestra separación!

La solté, consciente de que la hería. Ella se sujetó el brazo dolorido. Una de mis uñas la arañó en profundidad y una gota de sangre surcó su blanca piel. La tendí mi pañuelo para que se limpiase y así lo hizo sin atreverse a contestar. Sólo asintió.

El pequeño Fernando sollozó. El ama de cría rogó silencio con el dedo sobre sus labios mientras se guardaba el pecho. Inspiré profundamente para calmarme. Procuraría dominar así mi ira pausando el tono de mi voz.

–¿Me estáis diciendo que vamos a entrevistarnos con un hombre que, lejos de mi expectativa, más que actuar como nuestro salvador se propone lapidarnos?

Asintió de nuevo. Inconscientemente, yo me negaba a aceptarlo sin más. Demostré mi duda al respecto mirando a mi alrededor.

–Sin duda, os mostráis embrujada y fantasiosa. ¿Por qué el monarca francés tiene tanto empeño en truncar un matrimonio feliz? No hay razón aparente y si es así, decidme: ¿Qué hacemos en esta tesitura? ¿Qué esconde el monarca francés que nuestro abad vallisoletano nos lo ha de ocultar? ¿Ha olvidado acaso de quién es vasallo?

Por primera vez, doña María rompió su temeroso silencio exponiendo su defensa en torno al agraviado.

–No se lo echéis en cara. Ya sabéis que si hay alguien que daría su vida por la vuestra es don Gome García. Ya lo demostró cuando el francés, empeñado en alcanzar su propósito, intentó comprar su voluntad. Le ofreció un trueque tan tentador como el de su fidelidad a cambio del arzobispado de Santiago. No es necesario decir que lo rechazó. Bien sabéis que es un hueso duro de roer.

Doña María tragó saliva y bajó el rostro mirando la punta de sus escarpines. Mi querida dueña se mostraba incapaz de continuar mirándome directamente a los ojos. Dubitativa, balbuceó:

–La intención del rey francés no es otra que la de declarar nulo vuestro matrimonio y casar al rey nuestro señor y vuestro marido con una de sus hermanas; la que más le agrade, Margarita o Blanca. En este preciso momento, el mismo abad se lo comunica al rey, tan acongojado como yo lo estoy al confesarlo. El rey francés dejó muy claro que él debía repudiaros para casarse como la Iglesia manda.

Me quedé pensativa analizando todo lo que acababa de oír. Mi desconfianza hacia el abad de Valladolid se acrecentó a pesar de los intentos de doña María por ampararle.

¿A qué venía si no tanto temor? Quizá intuía que el rey mi señor no dudaría en partir un palo sobre su lomo como portador de malas noticias. La verdad era que el abad no me inspiraba la más mínima compasión. ¿Por qué se habría mostrado tan ambicioso y oscuro en su proceder? ¿Sería capaz Sancho de abandonarme? Se lo ponían en bandeja. Si aceptaba tan tentadora oferta, Francia dejaría a un lado su apoyo a Aragón y la alianza estaría garantizada. La opresión de la angustia comenzó a limitarme la respiración.

Silenciosas mi dueña, el ama y yo, dirigimos de nuevo la mirada hacia donde se encontraban clérigo y rey. En ese preciso momento, el abad dejaba de susurrarle al oído a Sancho y contuvo la respiración. Su tonsurado cráneo brillaba húmedo por el nerviosismo de la espera. El silencio duró un eterno segundo durante el cual el rostro del rey fue tornándose purpúreo, su ceño se frunció y en su mirada se dibujó la ira. Culminó la transformación de su semblante con un rugido grave que asustó a las bestias de la comitiva.

Su preocupante acceso de furor por una vez, lejos de preocuparme, me alegró. Suponía el final de mi inseguridad. Insultos, venablos y gritos disiparon de inmediato mis temores al respecto.

Galopando, se dirigió a la cabeza de la comitiva que andaba descansando como nosotras. No sabíamos qué pretendía, pero la luna llena nos permitió vislumbrar en la penumbra cómo los cuarenta y tantos infanzones fueron los primeros que a sus órdenes se dispusieron a reiniciar la frenética marcha. El resto recogimos a toda prisa y montamos en los carros.

Dado el enfado de Sancho, nadie se atrevió a contradecir al rey. Los más vagos necesitaban descanso y me miraron brindándome una muda súplica para que intercediese. Al comprobar la dirección que tomábamos, me callé como una muerta. Dábamos la vuelta. Sancho dejaba plantado al francés en Bayona en señal de desprecio ante su ignominiosa proposición.

Una vez en marcha, Sancho cabalgó hacia mi carro. No hicieron falta palabras, simplemente asió las riendas junto a mi asiento y anduvo en silencio. El crujir de las ruedas y el ruido de los cascos de los caballos se hicieron a mis oídos música celestial.

Lo miré agradecida y me sentí la mujer más afortunada de la tierra. Más que nunca y después de la década transcurrida en común desde nuestra boda en Toledo, me demostraba su cariño incondicional, su amor y su fidelidad. Me juré a mí misma que nunca caeríamos en la monotonía de un matrimonio abrasado por la única obligación del querer impuesto y el parir descendencia. Sancho me tendía día a día todo lo que una rica hembra pudiese ansiar y yo lo tomaba con gozo.

Sabía que su hombría y bravuconería no le permitían relatarme lo acontecido, no fuese a creérmelo demasiado. El romanticismo quedaba para los poetas y juglares. Preferí seguirle el juego y hacerme la ingenua, a pesar de que ansiaba abrazarle.

–¿Por qué regresamos, mi señor?

–Hay cambio de designios, me han comunicado que los moros atacan de nuevo la frontera. Como sabéis, están antes los asuntos internos que los externos. Regresamos a Valladolid.

Se dio la vuelta y cuando se disponía a espolear al corcel se detuvo de nuevo, extrañado.

–No me rebatís la decisión, María. Para vos, la legitimación de nuestro matrimonio es lo primero y dejando plantado al rey francés nunca lo lograremos. Ya sabéis que el nuevo papa, Honorio IV, come de su mano.

Me limité a sonreír. Sancho ignoraba que lo supiese todo pero lo intuyó. Podría haberle demostrado mi ofuscado talante con respecto al francés, pero preferí callarme. Haciéndolo sólo atentaría contra su orgullo como un punzón, ahondando en una herida abierta imposible de cicatrizar.

–No os entiendo, María. No os falta ocasión para taladrarme la sesera gota a gota solicitándome una y otra vez una solución para legitimar nuestro enlace. Ahora que estamos tan cerca no os mostráis ni siquiera ansiosa. A veces pienso que disfrutáis torturándome.

Sólo sonreí de nuevo.

–¿De veras queréis que os interrogue sobre el verdadero motivo de nuestro cambio de dirección?

Fingiendo estar enfurecido, espoleó a su caballo y salió galopando como si no me hubiese escuchado. Sólo gritó al viento:

–¡Que la Iglesia se someta al fallo de Dios si no nos otorga la dispensa!

Su paciencia se estaba agotando y el escarmiento estaba por llegar. Muchos príncipes, duques y condes de los que nos rodeaban habían obtenido sin mayores problemas ni dilaciones una dispensa similar a la que solicitábamos. Sin embargo, a nosotros, los reyes de Castilla y León, nos tenían en ascuas y sin contestación oportuna. ¿A qué se debía semejante desaire? ¿Esperaban, acaso, algo a cambio de la prebenda? El chantaje no casaba muy bien con la idea que yo tenía de Dios, por lo cual me prometí a mí misma no sentirme ligada a la Iglesia en el caso de que esto sucediese. ¡No transigiría!, ya les habíamos entregado gruesas sumas para aquistar lo mismo que otros obtuvieron sin apenas esfuerzo. Como mi señor Sancho decía, muchos de nuestros antepasados se casaron en semejante situación y fueron reyes buenos, venturados conquistadores contra los enemigos de la fe y ensanchadores de sus reinos. La historia lo probaba.

Dos sentimientos me atenazaron el corazón. Uno de frustración por no haber conseguido nuestro objetivo. El segundo de profunda alegría por la demostración de amor incondicional que mi señor esposo me demostraba, anteponiendo la unidad de nuestra familia a los intereses del reino. El segundo anuló al primero y me sentí dichosa. Sin duda, era una mujer con suerte pues destacaba en un mundo en donde las ricas hembras renunciaban al amor, casándose siempre por el bien de su familia y linaje.

Cogí en brazos a Fernando, mi hijo, y le murmuré al oído, apretándole contra mi pecho: «Ése es tu padre, el rey de Castilla y León digan lo que digan los terrenales. Dios lo sabe y no hace falta más para que lleguéis a ser su sucesor en estos reinos».

El niño dormido no se movió. Me dirigí a María, mi dueña, y repetí con orgullo las palabras de Sancho.

–Para mí no hay matrimonio en Castilla más sólido que el real, ni reina mejor casada que la reina de Castilla y León. ¡Que la Iglesia se someta al fallo de Dios si no nos otorga la dispensa!

8

EL AMBICIOSO SEÑOR DE VIZCAYA, 1286

Nunca encontré en el siglo lugar tan deleitoso,
Ni sombra tan templada, ni un olor tan sabroso.
Me quité mi ropilla para estar más vicioso
Y me tendí a la sombra de un árbol hermoso.

GONZALO DE BERCEO,
Los milagros de Nuestra Señora

Aquella mañana acudimos a unos baños cercanos al Pisuerga. Sumergida en el agua y en silencio, escuchaba relajada junto a mis dueñas el murmullo del exterior. Por extraño que pueda parecer, aquel lugar era mi mejor consejero. A través de las celosías que nos separaban de la orilla, moras, judías y católicas procedían a escamondar sus vestimentas, lenguas y conciencias. Acudían cargando sobre sus cabezas grandes cestos llenos de ropas. Ellas ignoraban mi presencia.

Todas se arremangaban los sayos, se arrodillaban y comenzaban a chismorrear entre ellas, al tiempo que friccionaban con sus cuarteadas manos los humildes lienzos acarreados. El ritual era el mismo para todas, a pesar de sus profundas diferencias culturales y religiosas. Comenzaban tímidamente a comentar asuntos de mercado, de cosechas, de hijos o enfermedades que a todas incumbían. Finalmente, cuando el frío de un primer encuentro se mitigaba, la conversación se caldeaba. Olvidaban de inmediato los desabridos saludos que se dirigían al cruzarse en las callejas y se convertían en verdaderas confesoras las unas de las otras.

La corriente del río hervía entre tanto secreto. Yo conseguía enterarme de todo lo que a mis súbditos preocupaba o disgustaba para mejor gobernar. Las lenguas se soltaban como las de los borrachos en las posadas y todas parecían olvidar lo virtuoso de la discreción.

Repentinamente, todas callaron. Escuchamos las trompetas y el repicar de campanas. Salí del agua envuelta en una toalla de fino lino que se me adhirió a la piel, perfumada por las esencias. Me asomé a la celosía de la ventana para atisbar qué era lo que ocurría y no pude contener un grito de alegría.

–¡El rey regresa de Santiago!

En la penumbra de la mágica estancia, me vestí tan rápido que no di tiempo a mis doncellas para que me secaran. La humedad del ambiente y el vapor que flotaba en el aire quedaron apresados entre mi sayo y la piel.

Ya hacía más de cuatro meses que regresamos a Valladolid desde nuestra frustrada entrevista con el francés. Fue por aquel entonces cuando Sancho decidió partir de inmediato hacia Santiago. Antes de ser coronado, se encomendó al Apóstol y le prometió peregrinar a su ciudad si le ayudaba en su propósito y la lucha contra el moro. Había llegado el momento para cumplir con la promesa y darle gracias por todo lo otorgado. Sin solicitar mi opinión al respecto, se cargó con la venera y el bastón usual en los peregrinos. Se vistió con un hábito mendicante para más penitencia y se despidió de mí con un beso en la frente. Pendí de su cinto la cruz que guardaba la reliquia de san Francisco para que le protegiese. Sancho necesitaba tiempo para pensar. El camino hacia la gratitud en silencio y soledad serenarían su mente y abrirían su recalcitrada sesera. Además, aprovecharía para visitar esos sus reinos gallegos.

Aquel día regresaba Sancho. Los vallisoletanos salieron animados y en paz a celebrarlo a las calles. Ya habían olvidado los resquemores que unos días atrás me manifestaron por haber revocado parte de los privilegios que les otorgamos cuando andábamos en guerra. Se sentían defraudados y nos acusaban de desagradecidos en tiempos de paz. Con la sutileza con la que se trabajan los hilos en un encaje de bolillos, fui amansando a las reivindicativas hermandades concejiles y conseguí mitigar sus demandas. Me sentí orgullosa por haber podido atajar el problema sin la ayuda de Sancho. Por fin regresaba la paz a la ciudad y su rey, al trono.

Entré corriendo en el salón del trono e ignorando a los demás abracé a Sancho como si regresara de las cruzadas después de varios años. No pudo evitar el separar sus labios de los míos para toser. Fue entonces cuando me percaté de su recaída. Aun así, le tomé de la mano y procuré conducirle hacia el lecho. Esta vez nos reuniríamos en sus aposentos, puesto que no le veía con fuerzas para acudir a los míos.

Era costumbre entre nosotros ansiar la intimidad después de una larga ausencia y quise más que nunca demostrarle lo que le había echado de menos pero no pude. Sancho se deshizo de mi mano e interrumpió mi propósito.

–Antes, María, os he de comunicar algo importante que os incumbe a vos y a todos los presentes en la corte.

Me senté en mi trono junto a él. Su tono de voz sonaba demasiado solemne como para rebatir.

–Como todos sabéis, don Gome, el abad de esta ciudad, fue destituido como mi mayordomo real por su lamentable actuación en la entrevista con el rey francés y por habernos ocultado información al respecto. Su asiento está aún caliente y muchos son los que ansían tomarle el relevo, más ahora que ha muerto en Toledo y es imposible su regreso. Hoy he tomado una determinación al respecto.

Todos contuvimos la respiración porque sabíamos quién andaba como ávido codicioso tras ese puesto. Su sonrisa le delató antes de que Sancho se pronunciase.

–¡Nombro mayordomo real a don Lope Díaz de Haro, señor de Vizcaya, y le entrego la llave de la chancillería!

El corazón me dio un vuelco. Sancho, en vez de meditar durante el peregrinaje a Santiago, se había dejado influenciar por semejante mequetrefe. El nombramiento fue tan inesperado como frustrante. Estaba todo perfectamente trazado. La ciudad andaba en fiestas por su llegada y la noticia pasaría desapercibida para la mayoría, a pesar de que don Lope se pavonearía inflado por callejas y pasadizos. Mi hermanastra, su mujer, pegó un brinco de alegría. A nadie pareció importarle lo más mínimo la noticia de la muerte del abad de Valladolid. Muchos se abalanzaban hacia don Lope para darle la enhorabuena. Los mismos que antaño abrazaban a su inmediato antecesor como sus mejores amigos. Aquellos necios ni siquiera acudirían al mísero funeral por el alma del difunto. Fue cuando me di cuenta verdaderamente de lo efímero que es el poder en manos de un hombre y de lo pobre que es la ambición como su único sostén. Desde entonces alabé la sinceridad y repudié el interés solapado.

Sancho no parecía entender que la ambición del señor de Vizcaya era tanta como su enemistad con los Lara. Desde hacía tiempo luchábamos por conseguir la paz y ese nombramiento sólo reavivaría las brasas incandescentes del odio entre las dos familias más importantes de nuestros reinos. El señor de Vizcaya me ofuscaba. No era hombre de palabra y ya lo había demostrado en muchas ocasiones. Como tantos otros, era fácil de comprar y se vendía al mejor postor. ¿Cómo era posible que Sancho no lo intuyese?

El pésimo gobierno de don Lope no se hizo esperar. El trabajo que me costó amansar a las hermandades concejiles se vino abajo, puesto que la primera propuesta del majadero fue el suspenderles los permisos para la recaudación de impuestos, algo que yo les prometí conservar en su momento. La respuesta fue inmediata. No hizo falta que bajase al río a enterarme de los rumores. El pueblo se echó a la calle para abuchear la propuesta. Don Lope había atentado contra mi propia palabra. Intenté que Sancho se percatase de aquello y pusiese remedio. Sólo conseguí su permiso para dialogar de nuevo con las hermandades.

El pueblo llano me veía como una mujer accesible y comprendieron que no fue mía la culpa de retirarles el favor del cobro de los pechos. Siempre dejé clara mi intención para luchar y conseguir algo mejor para ellos. Pronto me tomaron como su mejor mediadora en las cortes. En mis exposiciones, los hombres buenos de Castilla me escuchaban con cautela, algo inusitado cuando la gracia solicitada iba en beneficio de los más desfavorecidos. La tarea se hizo ardua y el señor de Vizcaya cada vez adquiría más poder. En el mismo palacio de la Magdalena, a principios de enero del año siguiente, se le agració con el otorgamiento del título de conde de Haro y el nombramiento de alférez mayor de Castilla, mercedes que unía a su mayordomía real.

Sancho cambiaba cada día más. Temí por nuestro distanciamiento, más en ese momento en que estaba de nuevo a punto de parir al que sería mi tercer hijo. Decidí esperar este acontecimiento para hacer entrar en razón a mi señor con sutileza y sin caer en el insulto hacia Haro, pues eso era lo que menos consentía.

La ostentación y la suntuosidad comenzaron a ganar terreno a la sencillez y austeridad en la que hasta entonces vivíamos. Su mayordomo le tentaba continuamente con caprichos que el rey aceptaba gustoso, por lo que acabó gustando más de la presencia de éste que de la mía. Olvidaba las cosas de la moral y el interior de la persona para regodearse en la vanidad frívola. Sancho, enfermo y temeroso de perder la vida, se entregó a los placeres terrenales dejando a un lado la política, la guerra y su ejercicio. El pueblo se rebelaba y yo ya no podía hacer nada más. Los nobles se carcomían las entrañas de envidia viendo cómo el rey vestía de gracias unos caballeros nada merecedores de sus regalos y olvidaba a los que por él dieron la vida. Abraham *el Barlichón* ya no sólo recaudaba y administraba las rentas reales sino que, además, acuñaba moneda con el solo permiso de don Lope.

El de Haro no dejaba de jugármela. Fuera ya de cuentas y cuando más cuidado ha de tener toda mujer para tener un niño sano, vi cómo desterraba a mi dueña, María Fernández de Coronel, separándola de los miembros de mi casa. Sólo fue la primera de una larga lista de nombres queridos que llevaban mucho tiempo a mi lado. Todos, por un motivo u otro, eran apartados de mi lado y no nos atrevimos a rechistar, pues los dos primeros lacayos que pidieron audiencia al rey para quejarse murieron repentinamente la noche anterior.

A escondidas despedí a doña María Fernández y la mandé a Toro, donde debía aguardar mis instrucciones, con la certeza de que la echaría de menos a mi lado durante el inminente parto.

–El tiempo lo esclarece todo y el rey pronto sabrá a quién colocó a su lado; yo me encargaré de ello.

Mi dueña con un pañuelo se enjugó las lágrimas.

–Mi señora, el pueblo dice que el rey está embrujado por el conde. Dicen que ya no es *Bravo* y que hemos de cambiarle el nombre. Los más imaginativos aseguran que allá en los bosques de los valles de Vizcaya abundan las brujas y al de Haro no le ha debido ser difícil encontrar una que alterase el entendimiento del rey con pócimas y acuerdos demoníacos.

Le acaricié la toca como una nieta a su abuela.

–No os preocupéis, María, que nada de eso sucede. A la vista está que el señor de Vizcaya se está excediendo. Yo espero silenciosa a que cave su propia tumba. La ambición le ciega y lejos de buscar aliados como un hombre de entendederas, se crea enemigos a mansalva. Ha retirado exenciones y privilegios a las órdenes militares sin mediar reunión ni proporcionarles una explicación. Además, a los ricoshombres que en su día le ayudaron les da la espalda y a las hermandades concejiles les prohíbe adquirir los dominios y derechos productivos que un día les prometió. ¿Quién le apoyará cuando las tornas cambien? Sólo tenemos que dar tiempo al tiempo porque los mismos que le empujaron al poder, mañana le lapidarán. Todo es cuestión de paciencia y os prometo que en cuanto pueda os llamaré a mi corte de nuevo. Sin vos, doña María, me siento inconfesa.

Hipando me reverenció, se subió a la carreta y desapareció en la noche.

Repentinamente, una sombra surgió de la nada y la voz del susodicho osó reprenderme.

–Mi señora, no es eso lo que he ordenado para esa mujer.

Ni siquiera le miré, estaba demasiado triste para discutir y sabía que no podía contar con la ayuda de Sancho. Sólo musité cansada:

–Dios os juzgará.

Al día siguiente, y gracias a la desazón, quiso venir al mundo mi hijo Alfonso. Aproveché la alegría de Sancho al tomarle en sus brazos para pedirle el regreso de doña María Fernández Coronel, que, como aya que fue de mis dos hijos mayores, también debía cuidar al recién nacido. Sorprendentemente, accedió a mi petición.

9

MUERTE EN ALFARO, 1288

> Duum bon cavaleiro
> d'armas, que senlleiro
> con seu escudeiro
> aun tornei ya
> e viu mui fremosa
> menyna en terreiro
> e muit'amorosa.
>
> ALFONSO X EL SABIO,
> *Cantigas a Santa María*

Corría el día de San Juan. De camino a Astorga, nos detuvimos en una posada para descansar y escuchar misa en la ermita que encumbraba su colina. El portón cerrado del pequeño templo cayó estrepitosamente. Alguien desde fuera lo había arrancado de cuajo. Cuando la polvareda se posó, pudimos adivinar a contraluz las figuras de cuatro hombres que aguardaban firmes, cubiertos y pertrechados bajo el quicio astillado de la pequeña iglesia.

El obispo de Astorga, que se había acercado en mula a oficiar, avanzó dando la espalda al retablo y sin miedo hacia los irrespetuosos.

–¡No admito la amenaza en la casa del Señor!

El personaje central dio un paso adelante y la poca luz que se filtraba a través del alabastro de la lucerna de la bóveda le iluminó el rostro. Permanecíamos arrodillados mirando al altar. Su peana estaba adornada por incrustaciones de espejos y a través de su reflejo veíamos a pedazos lo que acontecía a nuestras espaldas sin necesidad de darnos la vuelta. Era el infante don Juan, mi eterno enemigo, que ahora se tornaba amigo gracias al odio que los dos profesábamos al de Haro. Junto a él, los hermanos Lara, enemigos claros del señor de Vizcaya, y tras ellos, otros muchos caballeros leoneses y gallegos. Su voz resonó.

–Solicitamos audiencia con don Sancho.

Sancho le contestó sin darse la vuelta:

–¡Aguardad a que terminemos! Y a que llegue el conde Haro.

La voz de don Juan contestó:

–Sí a lo primero. No a lo segundo.

Diciendo esto se dio la vuelta y el sonido de las armaduras se fue alejando. El obispo de Astorga prosiguió con su labor y yo me alegré. Por fin, alguien acudía al rey para quejarse de los desmanes de don Lope. En esta ocasión no se podía negar a escuchar, dada la importancia de los presentes.

Media hora después se reunían a las orillas del río Ebro. Discreta, me mantuve bajo un sombrío pórtico de parra junto a la posada. A finales de junio, el calor empezaba a arreciar. Desde allí no podía escuchar, pero sí ver la expresión de los parlamentarios.

Las gallinas picoteaban en mis pies. La posadera escanciaba vino en las escudillas y nos ofrecía pan con queso. Los niños jugaban a mi alrededor y retozaban sobre el césped, sintiendo su aroma y frescor.

Don Juan, Sancho y don Álvar Núñez de Lara gesticulaban enfurecidos. Este último era impaciente e impulsivo y fue el primero en desistir, enfadándose y montando a caballo para desaparecer entre la espesura del bosque. Los demás, incluido el infante don Juan, le imitaron a los pocos minutos. En sus rostros se dibujaba la desesperación. Sin duda, ellos tampoco pudieron convencerle de lo equivocado que andaba. Sancho se quedó solo por no admitir consejos.

La tos le sobrevino y tropezó, cayendo al suelo por el peso del arnés tranzado de su armadura. Su escudero estaba lejos y no acudió presto como era de esperar. Corrí en su ayuda, sacudiendo las migajas de pan de mi regazo. Al llegar le pregunté:

–¿Qué os dijo el de Lara? ¿A qué venía?

No me contestó, me miró con recelo. Insistí:

–¿Acaso os ha pedido que os unáis a la rebeldía de Alfonso de Portugal en contra de vuestro sobrino Dionis?

Se limitó a gruñir, sujetándose el costillar mientras su rezagado escudero le liberaba del yelmo y el peto de aquella coraza de hierro bruñido. No me di por vencida.

–Mira, Sancho, que don Alvar es el único del linaje de los Lara que os es fiel. No convendría enemistarse con él, ya que siempre acude con valiosa información.

Me quedé callada un segundo. Apretaba las mandíbulas y cerraba los ojos, retorciéndose por el dolor. Continué.

–Si lo pensáis bien, veréis cómo os es más útil que aquel en quien depositáis tanta confianza. Quizá el único error del de Lara sea que es demasiado directo. No os lisonjea y piropea para más tarde vapulearos a su antojo.

Con un quejido se puso de pie y se enfureció.

–Vos también, María. Ya os advertí en nuestra última discusión y aun así, insistís. Pues si tan curiosa os mostráis, os diré que vino a pedirme que me uniese a los rebeldes en contra de Dionis. El incauto no sabe que he concertado una entrevista con el portugués para ayudarle. Al negarme a sus propósitos, me alertó en contra del conde de Haro. Tanto me exasperó que sin pensarlo le dije que mantengo una alianza con Dionis y que no es mi intención romperla.

Repentinamente, recuperó su bravura y me agarró fuertemente de la mano para que no huyera de sus gritos.

–¡Decidme, María! ¿Por qué todo el mundo se empeña en culpar al conde? ¿Es que tan poca estima me tienen que creen que no sirvo y soy su marioneta? ¿Piensan todos que no tengo libre albedrío?

Le miré enojada. Sin el valor suficiente para contestarle. ¡Cómo podía mostrarse tan sordo y necio! No se daba cuenta de que estaba perdiendo con su obcecada actitud a sus mejores y más leales hombres. Con esfuerzo me deshice de su garra e inicié el camino rumbo al castillo.

Sancho se limitó a gritar improperios sin sentido.

–¡Vuestra obligación como reina es parir y callar! ¡Poco os han de importar los negocios de Estado y más la salud de vuestro rey y marido!

De nuevo comenzó a toser. No me di la vuelta. Continué caminando, preocupada por la enfermedad que le estrujaba por dentro la parte alta del pecho. Clamó de nuevo:

–¡Ni siquiera me habéis preguntado si me había herido!

Hice caso omiso a su indicación. Por el tono grave de su voz, se encontraba bien a pesar de todo. Su obsesión por mantener a Haro a su derecha era incomprensible para cualquier mente sana.

Con el tiempo daría gracias a Dios por no haberle escuchado. Jamás dejé de entrometerme y husmear en los negocios de Estado, era algo superior a mis fuerzas. Gracias a mi inquietud y hambre de saber, adelanté aprendizaje para lo que el destino me deparaba.

Mi cabeza bullía y, olvidando la discusión, comencé a cavilar. Estaba claro que Sancho se disponía a acercarse a la frontera portuguesa para dialogar con el rey.

Repentinamente, una llama iluminó mi desesperada sesera. Llamé de inmediato al escribano, le pagué para que guardase sumo secreto y me dispuse a dictarle. La destinataria de la misiva no era otra que Isabel, la mujer de Dionis y mi gran amiga de antaño. Como tal y conociendo bien su proceder sibilino, le expuse mis temores hacia el de Haro y medio en broma la reté a contárselo al rey su marido en la privacidad del lecho conyugal. Más tarde sabríamos las dos, según su proceder en la audiencia con Sancho, si ella de veras influía tanto como alardeaba en el talante de Dionis.

Me reuní de nuevo con Sancho en la villa de Alfaro. No me preguntéis qué sucedió en Portugal, lo único que sé es que cuando Sancho regresó de su reunión con los portugueses, todo había cambiado. Sin duda, la reina de Portugal mandaba tanto o más de lo que presumía. Intrigada por los tejemanejes de mi amiga Isabel y ya postrados descansando, no pude eludir el preguntarle cariñosamente por este cambio. Por primera vez desde hacía meses me abrazó y no puso objeción en contestarme.

–Sólo os puedo decir que quizá tuvierais razón. Son muchas las quejas que estoy recibiendo del conde de Haro. Lejos de demostrar su nobleza espiritual rezuma en él la villanía. Veja a todos los que se le acercan y alimenta la disputa allá en donde posa el pie. No duda en asesinar a cualquiera que le contradiga, ya sea noble, hidalgo o vasallo. Incluso al obispo de Astorga le ha tenido amenazado. ¡Cuanta razón teníais, María!

Desolado, bajó la cabeza, preso de su pesar. Le acaricié compasiva. Me hubiese gustado alimentar su descubrimiento informándole sobre lo que hizo el susodicho en su ausencia. Contarle cómo en Extremadura acusó y castigó, sin dejar un hueco a la defensa, a unos pobres campesinos de esconderle el pago de los pechos a los que se obligaron. El asesino quemó sus aldeas con los moradores dentro, sin respetar ni siquiera a los niños.

Hubiese disfrutado narrándole todos y cada uno de los desmanes del señor de Vizcaya a sus espaldas, pero para qué. Por su expresión, Sancho estaba arrepentido del empecinamiento que sufrió al defender contra viento y marea a semejante mequetrefe. Mi obligación era consolarle en el error y poner todos los medios para su enmienda. Yo sabía mejor que nadie que no le sería nada fácil prescindir del conde de Haro. En cierta manera, había dependido demasiado de él.

Pasó Sancho aquella noche intranquilo y sudoroso. Las pesadillas le asaltaban constantemente. Al amanecer, cansado para salir de caza, le propuse un entretenimiento para disipar sus temores. Dado que todos sus caballeros estaban reunidos en Alfaro, podríamos divertirnos resolviendo las diferencias de un bando y otro con un juego parecido al de las justas pero que no implicase riesgo alguno para el contrincante, ya que no era menester que nadie muriese. Las cañas le aburrían y por ello agudicé el ingenio.

Subida en un podio, me dispuse a hacer los equipos. No me importó mi avanzado estado de gestación. Nada mejor que recordarles su enemistad en las cortes, para que no hubiese conflicto en el buen hacer de los grupos.

–¡A un lado los partidarios de un alianza indiscutible con Aragón!

El señor de Haro don Lope, su yerno el infante don Juan, don Diego el primo de éste y otros muchos defensores de Aragón, dieron un paso adelante. No supe el motivo de su unión, ni qué le había prometido el señor de Vizcaya al infante don Juan, pero lo cierto es que habían pasado de ser enemigos a ser amigos inseparables sin razón aparente. El de Haro, al tomar su distintivo de color azur, me miró con odio. Entre él y yo existía un rencor tácito, que demostrábamos sin temor en privado pero nunca en público. Su mal talante se acentuaba cada día más. Emitió un leve gruñido al recogerlo y comprobar el número.

–A unos no les gusta el trece. A mí, en cambio, no me gustan los juegos y menos si se practican durante un año bisiesto como el corriente.

¿A qué venía semejante idiotez? Le sonreí sarcásticamente, consciente de su inminente caída, e ignorándole proseguí.

–¡Al otro lado los que aboguen por la paz con Francia!

El arzobispo de Toledo, don Gonzalo Pérez de Gudiel, los obispos de la Calahorra, Tuy, Palencia, Astorga y Osma junto a los Laras, don Alfonso de Meneses mi hermano y otros muchos caballeros. Estos últimos, entremetidos entre tanto hábito clerical, dieron un paso al lado contrario de donde yo me encontraba, tomando el vencejo púrpura y atándolo a la altura de su antebrazo para distinguirse de los contrarios.

Tanto Sancho como yo estábamos del lado del arzobispo. No hacía mucho tiempo que el papa había reiniciado los trámites para levantar nuestra excomunión. Así que el rey francés nos tendió la mano. Yo estaba dispuesta a tomarla en signo de paz y amistad, a pesar de la angustia que en su momento me hizo pasar proponiendo a Sancho que me repudiase como mujer.

Sancho permaneció sentado en el palco. No era lógico que tomase partido en ningún bando. Sus ojeras pronunciadas hacían intuir la falta de sueño que padecía. Agradeció ser un mero espectador. Así daría tregua al odio que cada uno albergaba en su interior.

Frente a mí aguardaba empalado un muñeco con el que usualmente se entrenaban para las justas. Como inventora y árbitro del reto, expliqué las reglas.

–Cada caballero u hombre de la Iglesia montará en su respectivo caballo debidamente armado. El sonido del timbal señalará la salida de cada participante. El aludido, en ese preciso instante y no antes, espoleará a su corcel y se dispondrá a atacar al galope. Advierto a todos que el pelele de trapo y paja es traicionero y rencoroso. Al recibir el impacto de la lanza gira con fuerza sobre sí mismo devolviendo raudo el golpe sobre el que le atacó. El saco con el que atiza está lleno de piedras que estimularán el dolor de la derrota. Al alzar mi brazo elegiré el orden de salida de cada una de vuestras mercedes. Si mi pañuelo es azur, saldrá un caballero de mi diestra, si es púrpura, uno del contrario. Con este ábaco señalaré los puntos de los vencedores y de los derribados de uno y otro bando. ¿Está claro?

La voz grave de todos sonó al unísono y los pájaros, asustados alzaron el vuelo desde las copas de los árboles.

–¡Lo está!

El juego transcurrió tranquilo, a pesar de que la furia en la mirada de los dos bandos trazaba una línea de fuego en sus trayectorias. El muñeco giró una y otra vez hasta casi astillarse. Toda la saña que albergaban sus ánimas se derramaba en la punta de sus lanzas al atravesarlo. Más de uno cayó de su caballo por derrochar sus fuerzas sin medirlas previamente. Aquel juego absurdo escondía más enjundia de la que en realidad aparentaba. No sólo servía a los caballeros para demostrar su maestría en el dominio de las armas, también ayudaba a liberar la rabia contenida de cada concursante. Así aprendían a encajar los mismos golpes que asestaban. Aquel insignificante monigote giraba crujiendo incesantemente sobre su eje y contestando siempre a quien le asestaba. De esta forma quise enseñar a los más obstinados el derecho y el revés de la baraja. Desgraciadamente, a algunos el rencor les cegaba ante una escenificación tan clara de lo que podría acontecer entre los dos bandos si la lucha continuaba. Ganó el púrpura contra el azur.

Al terminar, los lacayos dispusieron un almuerzo agradable al son de la música. Algunos de los contrincantes, sudorosos como estaban, se despojaron de yelmos y parte de sus armaduras para descansar; otros, en cambio, liberaron la cólera reprimida durante el juego sin resignarse a perder. Se respiraba en el ambiente el recelo que los unos por los otros sentían. A mi sitial se acercó contento el arzobispo de Toledo y me pidió permiso discreto para comentarme una albricia. Mediante una seña, le indiqué que me lo murmurase en el oído. Cometí un error imperdonable, pues por un segundo olvidé su tenaz sordera.

El mismo que nos casó en contra de la voluntad del papa, se acercó con sigilo, atendiendo diligentemente a mi indicación. Puso las manos alrededor de su boca para mantener aún más el secreto y pegó sus labios a mi oreja. Inconscientemente me separé un poco ya que sentía cómo su fétido aliento calentaba mi conducto auditivo. Sólo eso le sirvió para comenzar alzando la voz.

–¡Buenas son las mangas después de Pascua, pues sólo traigo albricias! ¡Mi señora, como esperábamos, fray Jerónimo de Ascoli, aquel franciscano amigo de don Sancho, ha sido elegido papa con el nombre de Nicolás IV! ¡Quizá al fin se pueda alcanzar la legitimidad de vuestro matrimonio!

Pegué un brinco y le empujé. Por un espacio muy breve de tiempo, el grito punzó mis sentidos. Con la mano en el oído y aún con los ojos cerrados, rogué a Dios porque aquel alarido hubiese pasado inadvertido.

Todavía sorda, abrí los ojos lentamente y pude comprobar cómo sentado sobre el suelo me miraba el arzobispo de Toledo, sonrojado por su falta. Aparentemente, era el único que centraba su atención en mi persona, los demás estaban atentos a otra cosa. Poco a poco recuperé la audición y supe lo que les tenía extasiados. Lara y Haro se hallaban enzarzados en una acalorada discusión. No pude eludir el escucharles. El de Lara exigía explicaciones como si estuviesen solos y los aludidos no estuviesen presentes.

–Decidme, señor, ¿por qué últimamente os mostráis inseparables el infante don Juan y vuestra merced cuando deberíais ser enemigos? ¿Qué os ha prometido? ¿Es capaz, acaso, el infante don Juan de superar las mercedes que el mismo rey os concedió? ¿A quién creéis que engañáis? No tenéis límite, don

Lope. ¡Como señor de Vizcaya os mostráis traicionero al señor que todo os lo dio!

El de Haro rió a carcajadas.

–Pobre iluso. Acaso ignoráis que el infante sólo cumple mi mandato. ¿Olvidáis que si quisiera podría aliarme con el infante de la Cerda y aportar a su causa todas mis huestes en contra de Castilla?

Se oyó un fuerte golpe. Sancho, con la espada desnuda, golpeó la mesa con toda su saña. Los doscientos cortesanos que nos acompañaban murmuraron mientras abrían un círculo con el sabor de la sangre en sus paladares. Los protagonistas de la disputa quedaron en el medio y todos callaron. Sancho, desesperado ante semejante y pública demostración de rebeldía, tomó al fin cartas en el asunto. Su voz se hizo casi omnipresente.

–¡Todo os lo di, don Lope! Y sin duda me excedí. Confié en vos. Os agracié con mercedes que ni siquiera pedisteis y os cedí cargos que sin duda no merecíais. Os engalané, esperando y confiando en vos. ¿Así me lo agradecéis? ¿Acudiendo a la amenaza? Pues bien, hay algo que pasasteis por alto. El que otorga también despoja y castiga. Es algo que parecéis haber olvidado de pleno. ¡Hoy mismo me devolveréis plazas, castillos y fortalezas, así como todas las posesiones y tierras que obtuvisteis en el desempeño del cargo de alférez mayor!

El de Haro en un principio quedó en silencio y el diablo repentinamente le poseyó. Su semblante se transformó, tiñéndose de púrpura. La sangre inyectó sus ojos y todos los músculos de su cuerpo se tensaron. Del cinto sacó una daga y se abalanzó hacia su señor. Todos contuvimos la respiración. Al llegar frente a su víctima se detuvo en seco, ya que el rey le apuntaba al centro del pecho con su espada. Sancho dio un paso adelante, lo que obligó al de Haro a darlo hacia atrás para no ser ensartado. Sancho se dispuso a avanzar de nuevo pero tropezó. Se pisó la toga y cayó de bruces. El diestro señor de Vizcaya esquivó la espada y aprovechó la torpeza de su contrincante para abalanzarse a matarlo. La guardia real estaba prevenida y el soldado que solía ocupar el lugar de la sombra del rey actuó raudo en defensa de su señor, segando de un solo mandoble la mano que asía la daga.

El de Haro, sin aparentar dolor, miró al suelo, donde puñal y mano yacían. Indefenso como estaba, sintió cómo la punta de una espada le pinchaba el vientre. Alzó la mirada y se encontró con la de Sancho, que ya derecho se defendía. La voz del monarca resonó como si estuviésemos a cubierto.

–Esto, don Lope, por haber abusado de vuestra autoridad en los campos de Salamanca y Ciudad Rodrigo. Mancillasteis, robasteis y asesinasteis a vuestros vasallos. Os pago con la misma moneda y sin adehala, que no es menester pasarse.

Sancho le atravesó y mantuvo su mirada hasta que se derrumbó.

Después, se hizo el silencio más absoluto. Era como, si además de los presentes, los pájaros, las cigarras y el mismo manar del río se hubiesen paralizado ante la escena. El ánima del mayordomo mayor de Sancho descendía irremediablemente a los infiernos.

Un bramido nos trajo a la realidad. Don Juan corría espada en mano hacia Sancho. Sancho, rápidamente, se deshizo del cadáver para dejar libre el arma. Ensangrentada como estaba, la alzó al aire para recibir al nuevo agresor, hambriento de venganza. Las gotas de sangre se desprendieron de su filo y me salpicaron la cara, ya que estaba muy cerca. Dos hombres de la guardia que intentaron detenerle en su carrera yacían entre quejidos sujetándose las entrañas. Viendo que seguía avanzando amenazador hacia Sancho, corrí a detenerle. Tuve tiempo para ponerme justo en la línea que separaba a los dos contrincantes. Dos arqueros inmovilizaron al infante don Juan. Sancho, alzando la espada, gritó desaforado:

–¡Apartaos inmediatamente, María! ¡Guardias, soltadle para que le pueda matar dignamente!

Tragué saliva. Sabía que cuando la bravura de Sancho emergía era difícil de contener, pero insistí, suplicándole clemencia para el desdichado.

–Mirad, Sancho, que nunca se obra bien con el ánimo enardecido.

Contrariado, envainó mirándome con un viso de odio, pero comprendiendo que la razón se nubla cuando la mente se obceca. Tengo que reconocer que me sorprendió, sin duda estaba envejeciendo. Me acerqué a él para conseguir mayor privacidad. Acariciándole en público, le besé en la mejilla susurrándole al oído:

–Habéis hecho bien y una vez más me siento orgullosa del hombre que mora a mi lado. Todos saben que es más difícil reinar declinando y absteniéndose de ciertos deseos banales, que os hubiesen proporcionado gran placer, que abusando del poder que tenéis sobre todos. Don Juan no es un contrincante digno de probar el filo de vuestra espada. Si queréis herirle, hacedlo de verdad. Prolongad su agonía encerrándole en el calabozo más lúgubre y triste que conozcáis y dejadle enterarse solamente de lo que a vuestra majestad le convenga para mermar su osadía y amainar su talante agresivo. Os aseguro que sufrirá más que si le asestáis un mandoble.

Me sentí como un diablo susurrante pero conseguí mi cometido: salvar la vida de don Juan. De lo contrario, los altercados entre los dos partidos se hubiesen caldeado.

Sancho sonrió. Alzó la voz para que todos los presentes le escuchasen.

–¡Hacedlo preso, colocadle los grilletes y llevadlo lejos de aquí! No quiero saber dónde para, por lo que dejo en vuestras manos su presidio.

Después de mucho pensarlo lo tuve claro. El castillo de Burgos sería el idóneo. Estaba lo suficientemente apartado como para que sus cómplices lo rescatasen y no demasiado alejado de nuestro alcance por si decidíamos un cambio de destino en su vida. La hostilidad de la fortaleza le pudriría la sesera. Una vez dispuesta la orden, sólo me quedaba templar gaitas con la otra parte ofendida por mi señor don Sancho, mi hermana Juana, la viuda de Haro, así como con Diego, su huérfano sucesor.

A los pocos días nació, en Santo Domingo de la Calzada, Enrique. Pronto nos dimos cuenta de que su llanto no hacía ruido ni emitía sonido. Las monjas que me atendieron en el parto lo notaron aína. El párvulo era mudo y enclenque. Sin duda, el grave incidente de Alfaro me encogió las entrañas y aquello le afectó. Sólo once años disfrutaría de su presencia.

10

ESTANCIA EN BURGOS

> Pesóle a la gloriosa por este enterramiento,
> porque yacía su siervo fuera del convento;
> aparecióle a un clérigo de buen entendimiento
> y le dijo que hicieron un yerro muy violento.
>
> GONZALO DE BERCEO, *El clérigo y la flor*

Nada más parir me fui a Logroño. Procuraría por todos los medios que la viuda y el hijo del recién fallecido señor de Vizcaya no fuesen vengativos con Sancho. Bien encauzada y razonada, quizá la muerte de don Lope sirviese más para calmar ánimos que para enardecerlos. Noramala la señora viuda de Haro estaba dispuesta a tomar represalias. Intenté convencerla del abuso de su señor marido y de que el ímpetu del rey causó el desafortunado accidente pero todo fue en vano.

Las monjas me abrieron la puerta silenciosas. Sólo algo me venía a la mente: apaciguar los ánimos para que la guerra no se iniciase después de lo acontecido en Alfaro. Me guiaron por los pasillos hasta el coro. Allí, en el más absoluto silencio, hacia el claustro. En el centro, entre los naranjos, cuatro monjas recogían verduras del huerto; otra, desriñonándose, sacaba un cubo de agua del pozo para regarlos.

Inspirando el fuerte olor a azahar, vi la sombra de una mujer que cruzaba el soportal contrario. Seguía a una monja que la guiaba hacia donde yo me encontraba. Necesitaba discreción para la entrevista y no se me ocurrió mejor sitio que una clausura.

Mi hermana doña Juana estaba demacrada. No quería que me odiase o al menos darle motivo para ello. Me miró con rencor. La venganza se reflejó en su rostro. El sayo blanco de viuda y su toca delataban su estado. El cerrado barbuquejo hasta casi el labio inferior y la frente tapada hasta los ojos enmarcaban su pálido rostro, dibujando su dramático contorno. No podía ver su cabello pero estaba segura de que también se lo habría rasurado.

Al abrazarla sentí la frialdad de su pasividad. Ni siquiera hizo el amago de corresponderme y, por un segundo, estuve a punto de desistir en mi propósito.

–Juana, sé que estáis enfadada, pero fue en legítima defensa.

La mala sangre tornó rojo el blanco de sus ojos.

–Estoy aquí por no faltaros al respeto como mi reina que sois. No me pidáis nada más. No es un secreto que nadie más que vuestra majestad fue la que emponzoñó la relación de mi difunto esposo, el señor de Vizcaya, con el rey.

Suspiré.

–Estáis tan equivocada. Fue él quien abusó de sus vasallos, el que asoló tierras, el que recaudó impuestos de la mano del judío Barlichón sin compasión ni medida. El que urdió un millón de argucias que saciasen su ambición, importándole poco su obligación.

Juana se tapó los oídos. Continué.

–Como su viuda que sois, en vuestra mano está el evitar más sangre. Habéis de calmar la furia de la juventud de vuestro hijo Diego y hacerle ver que la muerte de su padre fue fortuita.

–¿Fortuita? Sólo os faltó sonreír cuando cayó al suelo.

–Os lo ruego, Juana, olvidad la venganza y pensad con la sesera, que el entendimiento se equivoca con frecuencia al guiarse por las pasiones del corazón. Bien haríais en dirigir a vuestro hijo por derroteros diferentes de los que estimularon el mal hacer de su padre, que así le cundió. Nada más que penuria es lo que os dejó. Si conseguís convencerle de que ceje en su intento, yo procuraré hablar con don Sancho para que os devuelva parte de las plazas, fortificaciones y tierras de las que os despojó.

Sin contestarme, se dio la vuelta. Sus pasos resonaron sobre la fría y silenciosa piedra.

No lo pude evitar. Desesperada ante su falta de aprecio, alcé la voz, perturbando el silencio de la clausura.

–¡No seré yo la culpable de que vuestro hijo caiga en cualquier campo de batalla, os lo aseguro! ¡Recordad que Dios no ve con buenos ojos que sigamos en una permanente contienda entre los cristianos, quedando aún infieles en nuestro terreno y la casa por barrer!

No se detuvo. Ni siquiera me escuchó. El odio alimentaba su andar. Aun así, yo la conocía desde que éramos niñas y no me podía engañar. Sabía que al menos lo pensaría.

Me convencí a mí misma repitiendo la reflexión. Juana le daría vueltas y más vueltas antes de llegar a una resolución. Pero lo pensaría.

La incertidumbre sobre lo que estaría tramando el hijo de Haro no se prolongó en demasía. De nada sirvieron mis desvelos ante lo inminente. Los nervios y las tensiones se enardecieron. Los vasallos de Haro junto con los zaragozanos defensores de los infantes de la Cerda, recientemente liberados, se alzaron en contra de Sancho. Corría el rumor de que buscaban desesperadamente más aliados. Gastón de Bearne, el padre de Guillermina, la primera mujer de Sancho, aquella que mugía en vez de hablar, fue uno más de los que se unieron a don Diego de Haro. Fueron muchas las villas sublevadas en el señorío de Vizcaya.

Sancho estaba dispuesto a ceder ante todos. Con tal de conseguir más en contra del pretendiente usurpador. Al final, el acuerdo llegó con los mismos vizcaínos. Muchos procuradores se pasaron a nuestro bando a cambio de la condonación de sus pechos. Para ellos fue digno de celebrar el prescindir para siempre de la mano férrea del recaudador judío Barchilón, que disfrutaba esquilmándoles. A partir de aquel acuerdo, el rey, mi señor, asumía sus funciones directamente, sin la intención y compromiso de ejercerlas. Sancho aceptó a sabiendas de que eran tan pobres y estaban tan aislados que resultaba más costoso mandar a alguien a recaudar que lo que obtenían en su empresa. Incluso llegamos a plantearnos el concederles la hidalguía a todos para no dejar pecheros. Así terminaríamos rápido con el problema.

Una vez conseguida la alianza con las villas del norte, seguiríamos con el designio trazado, firmando un tratado con Francia, Portugal e incluso Marruecos si se hacía necesario. Si lo conseguíamos, Aragón sería un enemigo insignificante. A los mismos embajadores de Felipe, que partieron desde Burgos con una fecha fijada para la entrevista en Bayona, les entregué a escondidas de Sancho una misiva dirigida al papa. Sólo me permitía recordarle nuestro desmán matrimonial para que pusiese remedio. Desde el último fiasco no había insistido e incluso le prometí a Sancho no hablar nunca más de aquello. Pero eso no significaba que el problema no me preocupase. La necesidad de la ansiada bula se hacía imperiosa, más ahora que el rey se mostraba cada vez más enfermo. Sus sanguinolentos estornudos ya eran demasiado asiduos, por no decir constantes. Mi señor marido agonizaba sin remedio entre tanta contienda y habría que estar ciego para no intuir una vida corta en su haber. Todos recordamos el intento de la reunión anterior pero nadie lo mencionó. Francia debía ser nuestro aliado por pura necesidad y no podíamos cejar en el intento aunque atentasen contra nuestro propio orgullo.

Nos hallábamos finalizando la partida de dados cuando llegaron las noticias de la mano de un bufón enano y negro. Al parecer, el mensajero venía tan agotado que se había desmayado por el cansancio. El bufón comenzó a tartamudear.

–¡El, el, el rey de Aragón ha liberado a los infantes de la Cerda y en Ja, Ja, Jaca ha coronado rey de Castilla a don Alfonso, vuestro primo!

El incauto sonrió como si hubiese terminado con su propia hazaña.

Me levanté sujetándome los riñones por mi nuevo estado de gestación. Tan rápido quedé preñada del siguiente que mis lomos no se recuperaron del peso del anterior. Estiré la espalda cargada y entumecida por la falta de cambio de posición.

Las cosas se enquistaban, sólo podíamos fortalecernos en contra de Aragón añadiendo a nuestros futuras alianzas la renovación de la tregua con Aben-Yussuf de Marruecos y, si fuese preciso, con Lara el Gordo, que, ahora que sabía que estábamos enfrentados a los Haro, pactaría gustoso con nosotros.

A los dos días el camino estaba trazado para cada uno de nuestros fieles. Aquel mismo anochecer, mi hermano, Alfonso de Meneses, partió hacia Andalucía como alférez real que era de sus ejércitos llevando un mensaje al rey moro, y Sancho, hacia Cuenca para hablar con los vasallos del Gordo. Me hubiese gustado acompañarle, dado que le encontraba debilitado y cansado, pero no pude. Hubiese sido una locura. Mi obligación como reina en ese momento era parir al siguiente niño sano.

No me separé de la ventana hasta que el polvoriento rastro de las respectivas comitivas hubo desaparecido. Almojarifes, despenseros, especieros, posaderos, llaveros, porteros, acemileros, alguaciles, cameros, panaderos, cocineros, alfayates, escribanos, chancilleres, camareras, cantores, clérigos y capellanes se trasladaron conmigo a Valladolid.

11

LA MUERTE DE UN INFANTE

> Salía de su boca, muy fermosa una flor,
> de muy grande hermosura, de muy fresco color,
> henchía la plaza con su sabroso olor,
> que no sentía del cuerpo ni un punto de hedor.
>
> GONZALO DE BERCEO, *El clérigo y la flor*

A pesar del ambiente familiar y tranquilo que vivíamos, el desorden generalizado invadía nuestros reinos como las plagas de babosas los huertos. Necesitaba a mi señor más que nunca. Los ánimos se enardecían por días. Sola en Valladolid, recibía muchas noticias que iban dirigidas al rey, mi señor, y me estremecía.

En Badajoz los caballeros y monjes soldados de las órdenes militares, incluida la del Temple, terminaron con la sublevación en nombre de Sancho. El escarmiento que se les brindó a los simpatizantes de los infantes de la Cerda fue ejemplar para el resto de las villas circundantes. Quedo así demostrado una vez más que la presencia palpable de la muerte y el olor a sangre siempre metían en razón a los más sediciosos. Sancho era su rey y el que no lo admitiera sin vacilaciones se atendría a las consecuencias. En pocos días se ajusticiaron cerca de cuatro mil almas, sin distinción entre hombres y mujeres.

No era extraño encontrarse, a los lados de los caminos, ahorcados putrefactos pendiendo de los árboles o empalados en lanzas que recordasen el camino a seguir. Ni siquiera los parientes de aquellos miserables osaban recogerlos para sepultarlos, no fuese alguien a verlos y acusarlos. El brazo armado del rey, una vez más, había dejado claro su sentido de la justicia. La insurrección quedaba así apagada sólo por el temor al castigo. El sosiego poco a poco regresaba a las poblaciones.

Pedro no tardó mucho en nacer en Valladolid. Su padre no estuvo presente para tomarle en sus brazos y reconocerle como propio. En un principio pensamos que era un niño sano, pero un poco más tarde nos percatamos de que comía poco. Sediento de vida, no lograba agarrarse al pecho de su ama y en vez de llorar a pleno pulmón se limitaba a gemir. Nada digno del gallardo infante que debía haber sido.

Ansiaba el momento en el que los médicos nos considerasen al niño y a mí restablecidos para partir junto a Sancho. Lamentablemente, la maltrecha salud del pequeño rezagaba mis propósitos. Isabel, asomada a la cuna, miraba con preocupación a su hermano recién nacido. Se peleaba con Fernando junto a mi lecho cuando llegó el mensajero real. Por el lacre de sus armas, portaba una carta de Sancho. Lo rompí con cuidado y la desdoblé con la esperanza de que al fin hubiese terminado con éxito sus negociaciones con Juan Núñez de Lara el Gordo y regresase junto a nosotros desde Cuenca.

No fue así. Simplemente me daba la enhorabuena por el nacimiento de Pedro y me deseaba un pronto restablecimiento. No quiso escribiente para ejecutarla y reconocí el trazo imperfecto de su escritura. De repente, un mal presentimiento me asoló. Llamé inmediatamente al portador del billete para interrogarlo.

Me costó convencerle para que se explayase, dado que había recibido órdenes al respecto muy determinantes. Al final, como casi siempre, el simple resplandor de una moneda en la palma extendida de mi mano produjo el efecto ansiado. El susodicho soltó la lengua como un camaleón al cazar una mosca.

–Su majestad está muy enfermo, según dicen los barberos, de cuartanas, y así debe de ser porque la fiebre le atenaza cada cuatro días sin piedad.

Aquello me hizo reaccionar. No pensaba aguardar tumbada en la cama después de un simple parto a que Sancho agonizase solo. Salté del lecho y ordené nuestra inmediata partida. Era menester que el pequeño Pedro aguantase el viaje de Valladolid a Cuenca si quería conocer a su padre con vida. Sancho no sería el primero en morir de esta grave enfermedad, que venía desde hacía dos meses asolando a villas enteras hasta diezmar el número de sus almas, y es que cuando la peste no mata siempre hay otros males que se encargan de suplirla. Si el mal agüero se cumplía, Sancho nos tendría a su lado durante su último latido. Si no lo era, se curaría con nuestra compañía ya que la risa de un niño es la mejor medicina y su sonrisa la mueca premonitoria de la felicidad.

Los físicos quisieron impedir mi partida, dado que no se había cumplido la cuarentena desde el parto, por lo que tuve que imponerme. Siempre fui sana y fuerte como un roble y aquella minucia no iba a detenerme. Mandé avituallar los carros lo mejor posible para nuestro duro viaje y me propuse a mí misma no quejarme ni gemir aunque el dolor me estrangulase. Así fue, ya que el traqueteo del carro me punzaba los riñones, lo que me obligó a recostarme en un catre de heno cubierto con sedas brocadas. Apoyado en mi hombro y dormido, viajaba Pedro.

Sancho no podría morir ahora que estábamos tan cerca de legitimar nuestro matrimonio. La intercesión del rey de Francia ante el papa Nicolás IV al fin daba sus frutos. A los ojos de la Iglesia, todos y cada uno de mis hijos eran ilegítimos y eso era algo que teníamos que solucionar con premura. Sabía que Sancho se enfadaría al verme aparecer en Cuenca, pero no me importaba. Él ya sabía por el roce y el cariño de nuestra convivencia que a tozudo no me ganaba.

Seguí cavilando desde la quietud, inmersa en el movimiento del carromato. Le había ocultado que antes de parir tuve otra entrevista clandestina en el convento de Santo Domingo de Valladolid. Aquella vez fue con el Gordo, el mismo que él fue a ver a Cuenca. Sólo quise allanarle el terreno, como lo hice un día con su padre, don Alfonso, y como lo haría si se terciaba con mi sobrino, el de la Cerda. Si había algo que ansiaba después del reconocimiento de nuestro matrimonio, era la paz de nuestro reino.

Estaba ensimismada en mis pensamientos, cuando el carro saltó debido a una gran piedra en el camino. El pequeño Pedro se despertó y rompió a llorar. Me incorporé y se lo pasé a doña María, su ama de cría. El resto de mis hijos aprovecharon la ocasión para ocupar el lugar vacío y caliente que dejó la criatura. Todos apretados, se empujaban para abrazarme. Fernando, Alfonso y Enrique luchaban por aventajar su posición con respecto a mí, clavándose huesudos codazos en los costillares. Isabel, divertida, reía a los pies del improvisado camastro. Zarandeada por tanto enfrentamiento fraternal, pegué un puñetazo en el cabecero. El fuerte sonido silenció la algarabía. Incluso el cochero tiró de las riendas pensando que algo sucedía. Al ver que todo se reducía a una trifulca infantil arreó de nuevo a los jamelgos.

Era lógico el alboroto, ya que Fernando sólo tenía cinco años y era discutidor desde que comenzó a razonar. A pesar de su corta edad, intuían mi preocupación e intentaban distraerme. Fue precisamente el príncipe heredero el que rompió el silencio.

–¿Adónde nos dirigimos, madre?

El constante devenir y trashumancia a los que nos sentíamos ligados, hacía que aquella pregunta resultase extraña en sus labios. Los niños estaban tan habituados al viaje que no solían interesarse por nuestra dirección o meta.

–A Cuenca, mi niño.

Le acaricié la cabeza. Pegó un brinco y ladeándose se arrancó una chinche que le picaba a través de la pedorrera. La miró un segundo y después la apachurró entre el índice y pulgar, prosiguiendo con su empresa. Su afán por apaciguar una curiosidad desmedida se hacía en algunas ocasiones tediosa.

–Si nuestro señor padre se halla tan enfermo, ¿por qué no regresa con nosotros en vez de perseguir al Gordo?

Sonreí.

–Su apodo no debe hacer que le pierdas el respeto, es vuestro tío, por lo tanto tenéis sangre en común. Se llama don Juan Núñez de Lara.

Me miró sorprendido.

–Madre, ¿cómo es posible que me reprendáis por eso? ¿No fue el mismo que juró al padre de los de la Cerda, en su lecho de muerte al caer contra el moro en Ciudad Real, fidelidad eterna? ¿No fue el mismo que juró al hermano mayor de nuestro padre luchar por siempre por los derechos hereditarios al trono de su hijo Alfonso en contra de los de nuestro padre? Ahora que nuestros enemigos han coronado rey en Jaca a su protegido, ¿por qué habría de aliarse con nosotros?

Sólo asentí divertida. Él se alteró. Enrojeciendo, pegó con el puño sobre la sábana de picote expresando su rabia.

–Pues entonces, ¡no sé a qué viene el presentar tanto respeto a un traidor, por mucha sangre que compartamos! No es digno, madre, de nuestro acatamiento, ni siquiera lo es de nuestra compasión. Bien haríamos en apresarlo y darle su merecido.

Sonreí de nuevo. Como párvulo heredero era lógico que no entendiese nada. Fernando tendría que aprender muchas cosas antes de cernirse la corona. Buen principio sería el comenzar conteniendo su rabia, pues de ésta ya andábamos sobrados. Tenía a quién salir, si a su padre le apodaban el Bravo era por algo. Lo acaricié y lo obligué a recostarse de nuevo a mi lado. Sus hermanos miraban embelesados al mayor.

–No es tan sencillo, Fernando. El Gordo es hombre que cambia de camisa y pensamiento con bastante asiduidad. Ha luchado por Francia y Aragón en unas ocasiones y junto al señor de Vizcaya en otras, aunque fuese enemigo de su propia familia; junto a Castilla ha lidiado las que menos. El Gordo, además, ha participado en la Cruzada de San Luis en Túnez, por lo que le hemos de respetar. Es de ese tipo de hombres que sin contienda ni sangre en ciernes se ven privados del respirar que les da la vida y se ahogan. Necesitan alzar sus armas permanentemente, como el pájaro las alas para volar.

Inspirando, tomé aire para proseguir con el panegírico, ya que no era de caballero inteligente el menospreciar al enemigo.

–Ha sido destacado adalid en todas y cada una de las contiendas en las que ha participado. Respira por boca o nariz según le convenga o le dicten la sesera o el saco de las monedas. No le podemos entregar el Albarracín y hacerle señor de esas tierras como quiere, pero sí podemos darle otra cosa que se me acaba de ocurrir y que él ni siquiera ha pensado. Mi querido Fernando, en muchas ocasiones y para el bien de nuestro reino, tenemos que guardar el orgullo en el bolsillo y no sólo olvidar, sino además premiar.

Suspiré.

–Al Gordo le propondré, si vuestro padre está de acuerdo, que su hijo el Mozo se case con vuestra prima Isabel, la hija de la tía Blanca de Molina. Es una buena opción para mi hermana. Vuestra tía no podrá desestimar la oferta, ya que por orden de vuestro padre anda cautiva en el alcázar de Segovia desde que nos enteramos de que iba a casar a su hija Isabel con el rey de Aragón, nuestro enemigo. De haberlo consentido, las tierras que me vieron nacer en el señorío de Molina hubiesen pasado al reino de Aragón.

Me quedé pensativa ante mi mayor sueño, poseer el señorío que un día fue de mi padre. Sacudí la cabeza despegando esos pensamientos y proseguí, dado que mi hermana nunca me los otorgaría al morir.

–El Gordo tendrá que aceptar el desposorio, pues la mujer que se le ofrece es rica hembra, poseedora de castillos como el de San Esteban de Gormaz y otros muchos. Su ambicioso paladar se endulzará al conocer el patrimonio de Isabel. Con este enlace conseguiremos encarrilar dos ánimas de un solo golpe. Blanca ganará su libertad y el de Lara se sentirá más ligado a nosotros por gratitud.

Fernando me escuchaba en silencio y sonreía asintiendo, a pesar de su corta edad. Estaba aprendiendo cómo saciar la codicia de un ambicioso.

–¿Si nuestro señor padre consigue aliarse con el de Lara, seremos más fuertes y podremos aprovechar sus huestes en nuestra contienda contra los enemigos?

Asentí de nuevo. Él sabía que el infante don Juan estaba preso desde que había atentado contra Sancho en Alfaro. Pero su pena pasaba y muy pronto saldría del calabozo. Sólo le quedaba un año para cumplir su condena. Para entonces, y por cómo podría reaccionar, tendríamos que contar con el mayor número de aliados y andar pertrechados.

El pequeño me abrazó con fuerza y quedamos de nuevo todos en silencio, al son del mecimiento del carromato. Casi no pude deleitarme con la dicha de su abrazo ya que al tocar la frente a su hermano Alfonso lo sentí ardiendo. Su tez era marmórea y las ojeras enmarcaban sus ojos. Todos percibimos el olor de los montes de Cabrejas. El tomillo, el romero y el pinar nos deleitaron en el balanceo que nos condujo hasta la cercana Cuenca. Pronto vimos sus pronunciados riscos alzándose vertiginosamente hacia los cielos. Entre tanta grandiosidad supe que todo saldría bien.

Sancho mejoró en cuanto llegamos y el acuerdo con el Gordo quedó perfectamente hilvanado para firmarlo pasado un tiempo en Toledo. Tomando el relicario que pendía de mi cuello, recé para que el de Lara fuese consecuente y fiel a su promesa.

Como siempre, unas cosas se arreglan y otras se tuercen. Alfonso no soportó aquel viaje a Cuenca. Empeoró en el regreso a Valladolid y el esqueleto de la muerte no tardó en arrebatármelo, sentándolo en su regazo.

Aquel ocaso velaba a mi pequeño, que yacía acostado en una caja de color bermellón sobre el altar mayor de la ermita de Nuestra Señora del Pino, y allí permanecería hasta su sepultura en el convento de San Pablo. ¿Por qué Dios sólo le concedió cinco años de vida? Junto a mí, su desposada, doña Juana Núñez de Lara, le miraba sorprendida, cumpliendo las órdenes de su dueña. A sus tres años y viviendo ya en la corte, no comprendía que aquel niño muerto con el que asiduamente compartía juegos de pelota, de haber sobrevivido a la enfermedad, hubiese sido con toda seguridad su señor marido.

El reflejo de las velas tamizaba su pequeño y dulce rostro. Los frailes dominicos dejaron de predicar aquella noche para velarle a mi lado. Ellos serían desde aquel preciso momento los ángeles custodios del párvulo despojo. Murmuraban sus oraciones ronroneando al unísono. Los mil doscientos maravedíes que les entregamos para la sepultura, más la designación de otros cuatro mil anuales para cubrir el portazgo de la ciudad, colmarían de rezos el ánima de Alfonso. El orto siguió a aquella eterna noche y le besé en la frente por última vez, dibujando en ella la señal de la cruz. Al ponerme de pie, sentí dolor en las rodillas, que, entumecidas, me advertían de su cansancio al haber aguantado tantas horas hincadas e inmóviles. En ese preciso momento entró un correo con las últimas noticias.

El rey de Aragón había muerto y le sucedía Jaime II, su hermano. Sobre la mesa dicté una carta de pésame. Mi escribano, don Pedro Martínez, esperaba pacientemente a que le entregase el sello para lacrarla. Distraída y con los ojos hinchados por el llanto y el sueño, observaba detenidamente el sello. En aquel pesaroso momento no me sentía identificada con la figura que lo marcaba. Aquel símbolo regio con forma ojival tenía labrada la imagen de una mujer altiva y fuerte que de pie portaba un cetro, como ha de ser en el retrato de una reina. En el anverso del sello observé las armas de Castilla y León en su escudo heráldico. El carraspeo del escribano me trajo a la realidad. Me quité el anillo y, dándole la vuelta, lo lacré con fuerza, apretando el líquido aún blando y caliente.

El escribano se vio obligado a advertirme:

–Mi señora, tened cuidado. No apretéis demasiado o el papel de lino se romperá.

Hice caso omiso a la advertencia y volqué mi rabia con fuerza sobre el lacre hasta casi traspasar el documento. Inconscientemente se me emborronó la vista. La vida seguía. Miré por última vez a mi hijo Alfonso cuando a mi espalda sonaron unos pasos seguros. Sancho, desesperado ante mi tristeza, me levantó de un tirón.

–Animaos, hay algo que deberíais leer para elevar el ánimo que tan afligido se halla.

Le miré de reojo. El padre de mi hijo era demasiado duro ante la muerte. Tanto que ni siquiera parecía estar dispuesto a dedicar un último adiós al niño. Frente a mí expuso un pliego del legajo que portaba. Aparté el documento de mi vista de un manotazo. Sancho me agarró de la barbilla y me obligó a centrar la mirada en él.

–Escuchadme, María. Este pedazo de papel contiene el deseo que aguardabais desde hace mucho tiempo y deberíais verlo. Las armas son las pontificias, quizá eso consiga estimular vuestra curiosidad.

Pegué un brinco. ¿Sería posible que al fin nos hubiesen concedido la bula que tanto ansiábamos para legitimar a nuestros hijos? No me gustaría morir sin saberlo, a pesar de que ya hacía tiempo que me prometía a mí misma olvidarlo. Con el pico de mi bocamanga me limpié las lágrimas para poder leer y, sin aguardar un segundo más, le arranqué el mensaje de las manos. Sancho sonrió.

Las manos me temblaron. ¡Llevaba tanto tiempo esperándolo que ya se me había tornado imposible el poseerlo! Comencé a leer lentamente, segura de poder encontrar entre esas líneas el viso de consuelo que necesitaba durante la enlutada jornada. La vista acuosa se me nubló. Una desesperanza detuvo mi lectura. Tiré el documento al suelo y me desmoroné sobre la silla. Luché para alzar mis pesados párpados hacia Sancho, pero la triste frustración me lo impidió. No pude levantar la mirada más allá de la punta de mis enjoyados borceguíes. Sucumbí en el infortunio y por un breve instante ansié la muerte. Sólo pude musitar sin rencor:

–Por un momento pensé que se trataba de la bula Propósita Nobis con la que soñábamos. Sin duda, el papa permanece indeciso. Ve demasiados intereses contrapuestos. Dejadme sola, Sancho, porque nada podrá ya consolarme. Muchas veces pienso que esto forma parte de nuestro castigo por haber dispuesto del trono castellano en contra de vuestros sobrinos, los de la Cerda. Quizá Dios no quiere que nuestros hijos reinen.

La desesperación sonó angustiada en la voz de mi señor. Se arrodilló frente a mí y tomándome de los hombros me zarandeó.

–Nunca más digáis eso, María. Sois una mujer fuerte y siempre lo demostrasteis. Somos los legítimos reyes de Castilla y León, al igual que marido y mujer. Todo es cuestión de que observéis con otros ojos la noticia. ¡Es que no leéis entre líneas! El Santo Padre, Nicolás IV, alisa el camino pedregoso y angosto que hasta el momento hemos recorrido en la espera a su determinación.

Rodeó con sus ásperas y rudas manos mis mejillas y enjugó las lágrimas que humedecían mis labios con los suyos.

–No han de ser saladas sino dulces vuestras lágrimas. Según esta carta, absuelve de la excomunión al arzobispo de Toledo y a todos los clérigos y caballeros que como él nos ayudaron eludiendo el mandato de su antecesor. ¡Nuestra alianza con el rey de Francia da resultado! Pronto seremos marido y mujer no sólo ante Dios sino también ante su Iglesia.

Hice un esfuerzo ímprobo por sonreír. Quizá Sancho tenía razón. No era propio de mi talante rendirme y no lo haría. El rey me besó una y otra vez recorriendo mi rostro y eso me tranquilizó. Como a un niño, tuve que detenerle para que no me borrase la faz. Cariñoso como el primer día de nuestro largo convivir, me acarició apartando de mi frente un mechón húmedo y escapado de mi toca. Dicen que del llanto a la carcajada hay un paso. Yo no pasé de la sonrisa, puesto que la presencia dolorosa de mi difunto hijo aún se me clavaba en las entrañas, pero sí puedo asegurar que Sancho me proporcionó cierto sosiego y a la noche siguiente pude dormir tranquila. La puerta a nuestro reconocimiento matrimonial estaba entornada. Sólo era cuestión de que una ráfaga aún más fuerte la abriese del todo sin dar portazo. El rey me tomó en sus brazos y me llevó al lecho con toda la serenidad que nos abrigaba. Mi niño desde su ataúd nos bendijo porque aquella misma noche engendramos, como era menester, otro sucesor para la corona de Castilla y León. Me es grato reconocer que en aquella ocasión la obligación se hizo placer y gozo.

A los nueve meses casi exactos de aquella noche nació Felipe en Sevilla. La muerte dejaba su espacio a la vida y ése sería el devenir de los tiempos en paz o en guerra.

12

RECONCILIACIÓN EN BAYONA (1290)

Andaban las redomas con vino perfumado,
Comían los presentes conduchos (manjares) adobados;
Quien tomarlo quisiere no sería engañado,
Ninguno en este pleito quedaría burlado.

GONZALO DE BERCEO, *La deuda pagada*

Los parteros que me atendieron en la gran ciudad hispalense me despidieron a regañadientes junto a las puertas del alcázar sevillano. Al fin comprendieron que un leve malestar no detendría a su reina. Como en otras ocasiones, no les serviría de nada el intentar retenerme. De nuevo corría en pos de mi señor, eludiendo con brío cualquier obstáculo que se interpusiese en mi camino.

Cruzamos una vez más nuestros reinos de sur a norte. El viaje fue tranquilo y sosegado hasta aproximarnos a la frontera. Los vítores de los campesinos en Andalucía, La Mancha, Castilla y León fueron silenciándose según las millas fuesen más norteñas. Al acercarnos a la frontera con Aragón, el clamor que nos profesó el pueblo se tornó mudo, desconfiado y odioso. No les podíamos echar en cara la suspicacia que nos demostraban ya que, bien mirado, razón no les faltaba.

No existía aldehuela, poblado o caserío en la linde de Aragón que no padeciese saqueos y pillajes constantes a manos de los vándalos. Nuestros vasallos esperaban protección a cambio del pago de sus pechos. Cansados ya de dar tiempo al tiempo con la esperanza de ver algún día que las huestes de su rey aparecieran de improviso defendiéndoles, la desilusión enardeció sus resquemores hacia Sancho. Les prometí que no les dejaríamos de la mano de Dios y les ayudaríamos. Esperaban que aquella promesa bien se pudiera cumplir de camino hacia Bayona, pero el desengaño les atizó de nuevo.

Aquella mañana me desperté entre sudores. No fue el causante el calor, sino las pesadillas, que me acuciaban de nuevo. Así mi mano a la cruz que pendía en mi pecho y apreté la reliquia en el interior de mi puño, rogando a san Francisco que me librase del susto. Siempre ocurría lo mismo. Los infantes de la Cerda entraban una noche en mis aposentos y ensañaban su venganza en nuestros cuerpos, guiados por el resentimiento.

Aterrada, busqué a tientas el fornido cuerpo de Sancho para cobijarme entre sus brazos, pero entre pieles y sábanas no lo hallé. La cabeza estaba a punto de estallarme. Cerré los ojos con fuerza y me concentré para ubicarme. Entreabrí el cortinaje del dosel. Al penetrar la luz en el lecho recordé que el dolor de cabeza bien podría deberse a la resaca. Miré alrededor y extrañé el aposento hasta que mi sesera despertó del todo y recordó que nos hallábamos en Bayona.

El día anterior fue largo. Después de haber cerrado tratos con el francés, comenzaron las fastuosas celebraciones. Fueron tan intensas que Sancho aún no se había acostado. Miré el reloj que había labrado en el muro: su aguja centraba la sombra en el medio día.

Pedí ayuda a mis doncellas para que me vistiesen rápido y bajé a la sala del trono. No había que ser sabio para intuir lo que allí había acontecido. Multitud de copas y escudillas rotas quedaban esparcidas por los suelos. Perros patosos tropezaban con sus propias patas mientras lamían las alfombras, empapadas por los charcos de vino. El hedor del ambiente embriagaba. Algún que otro juglar exhausto roncaba mientras entre sueños abrazaban a la musa imaginaria e inexistente de sus trovas. Todo aquello era el resquicio de una larga e inconclusa velada en la que los poetas nos enamoraron con sus jarchas y romances. Los músicos amainaron los ánimos de los fatídicos, los juglares amenizaron a los apáticos y los más ávidos bailamos al son de las notas, soslayando las columnas que sujetan los arcos mudéjares. Todo fue divertimiento, un comer pantagruélico y un abrevar sin medida. Los tapices de lana y seda se hicieron los únicos espectadores inertes de la escena. Pendían de los muros de piedra como testigos del lado más humano y decadente de los cortesanos. Al fondo, dos reyes inclinados sobre el brazo de sus tronos hacían esfuerzos ímprobos por mantenerse verticales.

En un principio, fui reacia a la alianza con Francia, pero pensándolo más detenidamente, la admití, ante la posibilidad de poder ver hecho realidad mi deseo más profundo. Olvidado quedaba el desaire que me propinó Felipe cuando quiso casar a su propia hermana con Sancho. En el centro de todo aquel contubernio, dos reyes compartían su alegría y reconciliación. Sancho, ingenioso, fuerte, espontáneo y bravo. Felipe, astuto, calculador y de hermoso rostro, que a mí no me lo pareció. Se me hizo imposible el evitar la comparación al ver unidos tan regios semblantes. Eran tan diferentes que se hacía difícil un justo entendimiento entre los dos sin apelar a su nobleza.

Felipe de Francia y Sancho de Castilla y León reían borrachos entre bufonadas, músicas de laúdes y chistes malsonantes. Para el resto de la humanidad se acercaba la hora del almuerzo; para ellos, la de acostarse antes de probar bocado, pues ya no se tenían en pie. Habían enlazado la noche con la mañana. La humareda desprendida de las antorchas consumidas hacía costoso el respirar y tenebroso el atisbar, pero los reyes no lo percibían. El francés, alzando la copa, reiteró con lengua de estropajo lo que en serio había afirmado el día anterior.

–¡Os lo juro por Francia! Nunca más apoyaré a vuestro sobrino el infante de la Cerda. Se puede coronar rey de un millón de lugares, pero sus reinos no llegarán más allá de Murcia o Ciudad Real, según vuestro buen delegar. ¿Por qué no le casáis con vuestra hija Isabel? Así tendréis garantizado su buen proceder. A cambio, recordad lo que me dijisteis, mi hermana Blanca, su madre, no ha de pasar penurias o quedar desvalida. Me prometisteis que le otorgaríais rentas cuantiosas. ¿Lo recordáis?

Pegó un codazo a Sancho, que le miraba atontado y procurando mantener los párpados abiertos. Mi señor ni siquiera notó que la mitad del contenido de la copa del francés fue a mancharle el jubón. Con cara de idiota vituperado, le contestó:

–¡Me ofende la duda! No sabéis que la palabra del rey de Castilla y León es conocida por su honestidad y vale más que nada en mi reino.

Esta vez fue Sancho el que dio un empujón al francés. Bebió derramando la mitad de la copa por la comisura de su boca y con la barba chorreando, continuó:

–Mucho recordáis mis obligaciones y poco las vuestras. Espero de corazón que cumpláis la promesa de interceder de una vez por todas por nuestra causa. Mi matrimonio con María es claro y puro. ¡El papa ha de decirlo claramente! Ahora lo tenéis más fácil que nunca, fray Jerónimo de Ascoli es en este momento Nicolás IV y nos es favorable. Mirad que es franciscano y bien sabe nuestra predilección por su orden. Sabe que procuramos ayudar con nuestro menguado tesoro a las órdenes mendicantes. Decidle al Santo Padre, si es menester, que incluso he dispuesto en mi testamento el deseo de ser amortajado con el hábito de sus monjes para agradecerles todo lo que hacen por los más necesitados. Espero consigáis que firme pronto, pues los papas cambian tan rápido que cuando llega el nombramiento de uno a Castilla, éste en realidad ya ha muerto y se debate en conclave quién será su sucesor.

Felipe le contestó desganado:

–Os juro que haré lo posible.

–Bien haréis porque si no María, mi señora, no os lo perdonará.

Contenta ante la insistencia de Sancho, a punto estuve de intervenir pero me callé a tiempo. Tan borrachos andaban que se atropellaban en el hablar y sólo les faltaba un tercero en discordia.

A mi lado, don Gonzalo Pérez, el arzobispo de Toledo y el obispo de Astorga compartían el espectáculo. Optimista de mí, les pedí que encamasen al rey. Al dirigirse hacia el lugar donde se encontraba su señor, tropezaron con el trovador que andaba tumbado en el suelo y cayeron de bruces. Comprendí entonces que ellos tampoco andaban en condiciones de cumplir mi petición y desistí de mi intento. En ese momento, al ver Sancho en el suelo al arzobispo se levantó torpemente con una pata grasienta de pollo en las manos y le armó caballero, nombrándole además mayordomo mayor de Castilla, León y Andalucía.

Aturdido, el premiado le miró despegando la cara del suelo y arrodillándose sumiso ante su rey.

–Os lo agradecería, mi señor, si no fuera porque me otorgáis mercedes que ya poseo. Sancho se tambaleó y, sorprendido, le contestó:

–Admito que lo olvidé. Os nombro, entonces, canciller mayor de todos los reinos.

Mientras el arzobispo de Toledo le reverenciaba, Felipe de Francia se levantó farfullando:

–No será de los míos.

Sancho se apoyó en él, mirándole con ironía. Pegó un bocado al manjar que portaba y con la cara entera impregnada de grasa rió a carcajadas. Tanto que a punto estuvo de perder el contenido de su boca.

–No, sire, no. Aunque si queréis os lo presto para que le hagáis mercedes y regalos. Gracias a su embajada aquí nos encontramos.

Felipe de Francia gritó repentinamente enfurecido:

–¡Tened cuidado con tantas mercedes y posesiones a los hombres de la Iglesia! Recordad que son tan hombres como los otros y a ellos también les corrompe el poder. Algunos, incluso, pueden llegar a pretender ser más poderosos que vuestra majestad.

Sancho le miró perplejo.

–No os sorprendáis. El ejemplo claro lo tenéis en los caballeros del Temple, que han olvidado cuál es su verdadera misión y pretenden en la sombra gobernar mis reinos.

Sancho le dio una fuerte palmada en la espalda. Felipe, tan ebrio como andaba, se balanceó y cayó de nuevo sobre el trono.

–No digáis sandeces, sire, que Dios los protege y ampara. Es bien conocido que se desplegaron desde la santa ciudad de Jerusalén hasta estas tierras para asegurar todos los mares y caminos que al Santo Sepulcro nos llevan. En Castilla, Toledo y León poseen ya muchos conventos y fortalezas. Mal haríais poniéndolos en vuestra contra. Son monjes soldados y cumplen con severidad la regla que san Bernardo les impuso. Se rigen por la castidad, la pobreza y la obediencia más férrea.

Felipe se encogió de hombros y dio otro sorbo a la copa.

–La verdad es que no sé qué haré con los del Temple.

Estaban tan borrachos que ni siquiera conseguían hilar palabra con pensamiento. Cansada de tanta estupidez, los ignoré y me retiré con una sonrisa en la boca. Los ánimos eran tan buenos que ni siquiera me importó que Sancho, a pesar de su deteriorada salud, abusase de la carne y el vino. El que hacía poco era nuestro enemigo ahora se mostraba el mayor coadjutor del mundo, a pesar de lo acontecido en el pasado.

Inspiré profundamente. La primavera asomaba y sus aromas empapujaban el ambiente. Decidí subir la escalera para dar un paseo por la muralla del castillo. Jadeando por el esfuerzo de la subida, me apoyé a descansar junto a una tronera. Me asomé a ella pegando la mejilla sudorosa a la piedra. Entorné los párpados concentrándome en el frescor que manaba de la piedra y di gracias a Dios por ayudarnos a colocar cada cosa en su lugar.

Era día de mercado. Seguí atisbando por entre dos almenas. Fisgué con el privilegio de no ser vista por el movimiento que a los pies de nuestra muralla se cocía. Hebreos opulentos montaban sus tenderetes al candor de los rayos de sol. Entre los toldos de los tenderetes, un millón de alegres colores provenientes de las especias más variopintas teñían mis pupilas. Los mercaderes desplegaban sus mercancías, tentando a los demás con su delicadeza. Al lado de la sombra, en la plaza, se admiraban preciados paños de palmilla azul de Cuenca, tejidos brocados, bordados con colores nada habituales, de Limoges o de Flandes. En el lado del sol, expuestas sobre alfombras, escudillas de plata finamente ornamentadas, esculpidas y bruñidas. Piezas de armaduras relucientes, espadas, escudos y cotas de malla. Ganaderos y labriegos mostraban sus hortalizas, frutas y animales al público para mejor acceder al trueque o a la venta.

Junto a la puerta principal de la fortaleza, un pequeño hombre con rasgos orientales colocaba con sumo cuidado los perfumeros de alabastro y roca. Le reconocí por sus peculiares facciones. Ya le había visto con su mercancía en algún lugar de Castilla. Sus preciados y aromáticos líquidos eran tan selectos que muy pocos podían permitírselos. El antojo me tentó y pedí a una de mis dueñas que bajase a comprar un pequeño frasco que deleitase nuestros olfatos.

Andaba aquella mujer olfateando las esencias y haciéndome señas desde ayuso, cuando el galopar de unos cascos me distrajo. La casualidad quiso que desde mi posición divisara a un templario de los que el rey francés mentó. Aquellos hombres, mitad monjes, mitad soldados, vagaban solemnes por todos los recovecos de la cristiandad. Sobre el calzón, sólo una túnica blanca enjaezada por la cruz roja de san Juan le distinguía como miembro de su orden, al igual que un escudo heráldico a su señor. El caballero en cuestión cabalgaba hacia las puertas de salida de la ciudad. Asido por cadenas a su cabalgadura portaba un cofre. Su contenido me era indiferente pero la importancia de éste era segura, dada la inquebrantable voluntad e integridad del templario custodio.

Sus juramentos los conocíamos y sabíamos que fuese el que fuese su secreto estaría bien guardado. Ni siquiera la mujer más bella de esta tierra podría tentarle a lo contrario. El día de su ordenación juró abrazar la castidad y renunciar así a sus instintos naturales. Después de aquello no miraría nunca más a los ojos de ninguna mujer, a pesar de que ésta fuese su hermana, madre o hija, en el caso de tenerla. Despidiéndole en silencio, como mandaba la regla, estaban dos hermanos de su propia orden a la puerta de uno de sus conventos. Los distinguí por su austero hábito y la cabeza tonsurada. Despertaban mi admiración por aceptar el combate de uno contra tres y por renunciar de antemano a un posible rescate si fueran hechos presos, aunque hubiesen entregado todas sus tierras y fortalezas a la orden.

¿Cómo podía insultar el francés a estos hombres? ¿Cómo les podía tachar de ambiciosos? No lo pensé más, sin duda la lengua y la sesera le menguaron por el vino y no quiso decir lo que dijo. Al poco tiempo comprobaría lo equivocada que estaba. Bucólica y pensativa, dejé que el ajetreo de abajo me invadiese como un hálito de vida renovadora. La capa del jinete ondeaba al viento.

Más allá de la muralla vi cómo el templario, que acababa de abandonar la ciudad, se cruzaba con otro noble caballero. El nuevo iba acompañado por un grupo de seis hombres y una pequeña niña a los lomos de una mula. Al acercarse un poco más, pude afinar la visión. Por la cansina posición de la párvula sobre el animal y el brillante sudor de los jamelgos debían de haber recorrido un buen trecho sin descanso antes de llegar.

El rastrillo estaba alzado. Los dos se saludaron justo sobre el puente que cruzaba el foso junto a la muralla. Al fin distinguí al forastero. Era don Juan Núñez de Lara, apodado el Gordo, que llegaba sin previo aviso. Le llamé. Alzó la vista y me vio. La niña tras de sí me saludó desde la lejanía. Supuse entonces que sería su hija, dada la familiaridad que demostraba. El padre desmontó y la ayudó a bajar de la mula, tomándola por la cintura. Sin dejarla descansar la asió fuertemente de la mano y entró. No habrían pasado cinco minutos cuando oí su voz subiendo por la angosta escalera hacia donde yo me encontraba.

–Vamos, Juana. La reina ha de verte fuerte y resuelta si queremos que te admita en la corte.

La niña sólo se quejaba. Al llegar arriba, los dos jadeaban. Los últimos peldaños de la escalera de caracol eran anchos y empinados, por lo que la pobre Juana los subió casi en volandas.

El Gordo empujó a la niña frente a él. Ella me reverenció. Le alcé el rostro para verla mejor y noté cómo temblaba y se sonrojaba, tímida. La besé en la frente.

Me dirigí entonces a una de mis dueñas:

–Bajad y dadle aposento cerca de los demás pajes y meninas. En esta nuestra corte se quedará esta hermosa niña.

Dirigiéndome a la niña, continué:

–La infanta Isabel estará contenta de tener una nueva compañera de juegos y avatares.

La niña no había recuperado el resuello cuando ya estaba bajando. Miré entonces al Gordo, su padre.

–Os lo agradezco, mi señora. Os aseguro que no os arrepentiréis.

Quedé en silencio. Era halagador ver cómo aquel hombre que llegó a ser valedor de los infantes de la Cerda ahora depositaba a los de su sangre en nuestras manos. Primero, su hijo el Mozo, sucesor de su casa, tomó a mi sobrina Isabel como esposa y ahora nos entregaba para ser criada en la corte a su hija. Consolidaba, como era costumbre, su reciente juramento de pleitesía hacia Sancho.

–Creo que el rey os quiere nombrar frontero mayor de Aragón. ¿Os place el cargo?

Sonrió.

–No le defraudaré, pero para ser sinceros os diré que me extraña esa decisión. Pensé que mi destino estaría en el sur, ya que corren rumores de que el rey fragua un nuevo enfrentamiento contra el moro. Según dicen, quiere controlar definitivamente el paso por mar con África. Corre la voz de que incluso ha conseguido el favor de Jaime de Aragón para ello. Decidme, mi reina, ¿cómo es que me manda a mí encambronar la frontera de sus ataques y luego se alía con el supuesto ofensor para otras empresas? Se dice incluso que tenéis la intención de desposar a la infanta Isabel, vuestra hija mayor, con don Jaime, rey de Aragón. ¿Es cierto?

Era suspicaz.

–Bien sabéis que nada tienen que ver las contiendas que podamos tener entre los reinos cristianos con la cruzada que nos enfrenta a los moros. La reconquista ha de ser culminada y los infieles desterrados para siempre de estos reinos. Podemos luchar entre nosotros y al mismo tiempo aliarnos para expulsarles. ¿Es tan difícil de entender? Tanto es el afán de don Sancho por conseguir tomar Tarifa que no ha sido el de Aragón su único aliado. Ha pactado también con el rey de Granada, a cambio de víveres. Aben Olahmar, como sultán del reino nazarí, nos ayuda frente al marroquí Abu-Yussuf, fingiéndose neutral mientras abastece a nuestras huestes. Sé que no es propio aliarse con otro moro, pero si vencemos, nuestros sucesores, pasado un tiempo, ya se encargarán de culminar la reconquista con Granada. La experiencia nos enseña que en los tiempos que corren, el amigo de hoy es lo contrario mañana. Bien lo sabéis vos, como ejemplo claro de lo que os digo.

No se dio por aludido. Seguro de sí mismo, sonrió. Proseguí.

–Estamos intentando llenar las arcas para acometer. Don Sancho está enfermo, pero a pesar de ello no ceja en su intento. Todos colaboran con el propósito. Los prelados castellanoleoneses han concedido millón y medio de maravedíes. Aragón nos brinda diez galeras, cada una de ellas de tres palos y más de cuarenta remos, que se unirán a las genovesas que ya aguardan órdenes de ataque desde sus fondeaderos en la bahía de Cádiz. Por otro lado, el rey Dionis, desde Portugal, posiblemente nos ayudará. No podrá negarse después de haber acordado el matrimonio de su hija Constanza con el príncipe Fernando, nuestro sucesor.

«Como sabréis, los benimerines africanos nos embisten de nuevo. No hará más de dos semanas que desembarcaron en las costas de Vejer, asolando todo puerto, pueblo o villa que encontraron. Queda claro que no se dan por vencidos. Mientras puedan, seguirán cruzando las aguas del estrecho de Gibraltar hacia el norte. Constituyen una constante amenaza. Para ellos, Andalucía es sólo una muralla que flanquear para seguir avanzando hacia las tierras ya reconquistadas. Los reyes católicos lo sabemos y hemos de unirnos para expulsarles definitivamente. Abu-Yussuf ha de recibir su merecido ante la ofensa. Todo está planeado y bien trazado. El almirante Benito Zaccaria dirigirá a la armada. Aislaremos Tarifa por mar mientras que por tierra los caballeros e infanzones de nuestras huestes demostrarán de una vez por todas a los benimerines de qué somos capaces.

El Gordo me miraba extasiado. Era hombre de armas y le sorprendía que una mujer como yo estuviese al tanto de las estrategias militares y económicas. Le miré fijamente. Le estaba demostrando dos cosas claras con mi monólogo. En primer lugar, que era una mujer capaz de todo y en segundo, que confiaba en él. Posé mi mano sobre su hombro.

–Es vuestra oportunidad. Quién sabe, quizá, y si movéis bien vuestras piezas, podréis llegar a ser un valido para el rey como en su día lo fue Haro.

Sonrió por mi suspicacia.

–Mi señora, no es mi deseo morir a manos de su majestad. Mi ambición tiene límite, no como la de otros incautos que por no calcular perecieron.

La desconfianza me asaltó repentinamente. Le miré de reojo.

–Me alegro de que midáis vuestra ambición, pero decidme a qué vinisteis realmente. Un hombre como vos no sólo se acerca a la corte para dejar en depósito a su hija. Algo más escondéis. Importante ha de ser el secreto cuando vuestra valentía lo retiene y no lo arroja con facilidad.

Dudó un segundo, rascándose la papada que bajo su barba asomaba.

–Mi señora, no es temor lo que detiene mi petición sino sensatez. Precisamente la medida que al de Haro le faltó y le costó la vida.

Muchos ricoshombres de Castilla hubiesen triunfado con sólo la mitad de la reticencia que el Gordo demostraba. Se oyeron pasos por la escalera que daba a la almena y me impacienté, pues nuestra conversación muy pronto perdería su privacidad.

–¡Rápido! Si queréis hacerme partícipe de lo que traéis, sed claro y conciso o perderéis la oportunidad.

El de Lara giró la cabeza, asomándose a la angosta escalera. Tras comprobar la distancia del que subía, musitó rápidamente su petición.

–Mi señora, como bien habéis apuntado, para combatir al moro y tomar Tarifa es necesaria toda alma cristiana que se preste. Es tiempo de paz entre los nuestros y no vendría mal que el infante don Juan fuese liberado. Convenced, vuestra majestad, al rey don Sancho de ello y yo me encargaré de hablar con su hermano para que, a cambio de su libertad, consienta en apaciguar las voluntades de los que aún dudan sobre quién es su verdadero rey.

Dudé un segundo. El eco de los pasos cansinos se detuvo y apareció un soldado que acudía al cambio de guardia. Saludó como era menester y continuó. Con una leve inclinación de cabeza retomé la conversación.

–Haré lo que pueda al respecto. No sé si ello nos traerá más complicaciones de las que ya tenemos, pero aun así abogaré por la paz. Daré trámite a vuestra solicitud a pesar de que desconfío del infante don Juan y no hay nada que le defienda. Lo importante es que todos hemos de estar unidos en contra de Marruecos para alcanzar la victoria definitiva en Tarifa. Espero que vuestro hijo el Mozo responda a nuestro favor. Como su padre que sois, debéis meterle en vereda.

El Gordo me reverenció satisfecho por un lado y entristecido por el otro. No era un secreto que su propio hijo conspiraba a nuestras espaldas, a pesar de haberse casado con mi sobrina. Dimos por terminada nuestra conversación y a los pocos días partimos rumbo a Sevilla.

A finales de junio despedí a Sancho postrada en el alcázar hispalense. Con cariño persignó con la señal de la cruz en la frente al pequeño Felipe. Era el sexto de nuestros hijos. El recién nacido dormía tranquilo en mi regazo. Su padre, sin pronunciar palabra, me besó en los labios. Los sentí ardiendo pero no dije nada, hacía días que sabía que estaba ansioso de partir hacia Tarifa pero por una vez esperó a que alumbrase a su hijo antes de despedirse. Le di gracias a Dios porque debido a ello se recuperó levemente de la recaída que sufría. Las ojeras oscurecían su mirada, su piel se tornó cetrina y las calenturas le acompañaban a diario, produciéndole constantes escalofríos y tiritonas que creía esconder a los ojos de los que le rodeábamos. Sancho nunca se quejaría aun a punto de morir.

A pesar de su lamentable estado, su empeño le dio fuerzas para cabalgar y partió. Al cerrarse la puerta, un mal auspicio se apropió de mi presentimiento. La contienda fue más larga de lo esperado y el camino de rosas que supusimos se tornó de cardos. Seis meses nos distanciaron las trifulcas hasta que Sancho cruzó en sentido opuesto la misma puerta de mi alcoba. Reconquistada Tarifa, pronto empezaron los problemas. Los que nos auxiliaron cobraban por ello. Jaime de Aragón pedía una fuerte suma que ascendía a medio millón de maravedíes. No se lo pudimos negar, pero tampoco se lo podíamos entregar por falta de caudal en nuestro mermado tesoro y, por otro lado, el rey de Granada insistía en trocar la plaza fuerte de Tarifa por Algeciras y Ronda, entre otras. Si nos negábamos a ello, nos amenazaba con pactar con los benimerines. No aceptamos a pesar de nuestra precariedad.

13

JÚBILO EN GUADALAJARA Y EL SEÑORÍO DE MOLINA (1293)

Hablar mujer en plaza es cosa muy descubierta
Y, a veces. Mal perro atado está tras la puerta abierta
Es bueno disimular echar alguna cubierta,
Pues sólo en lugar seguro se puede hablar cosa cierta.

JUAN RUIZ, ARCIPRESTE DE HITA
El libro del buen Amor

El fraile se asomó cauteloso al ventanuco atisbador que centraba el portegado del acceso. La desgastada capucha que escondía su rostro se le resbaló y mostró por un instante las miserias de su expresión. Si lo que buscaba la congregación era un despide huéspedes que cumpliese su misión sin demasiado trabajo, atinaron plenamente. La tonsura de su pelo se confundía con las calvas de su tiñoso cráneo y su blanca tez resaltaba la cicatriz sonrosada que cruzaba de oreja a oreja su faz. Sus bizcas pupilas fueron incapaces de fijar la mirada o, al menos, eso nos pareció.

Aquel hombre de aspecto macabro cerró la mirilla sin mencionar palabra. La pesada puerta del monasterio en el que almorzaríamos, camino de Guadalajara, se abrió acompañada por el sonido de abrir cerrojos y el crujir de sus bornes. Discreta como debía mostrarme en un monasterio de hombres, quedé silenciosa en un rincón junto a mis dueñas, a la espera de que nos sirvieran.

Sancho se mostraba nervioso ante algo que el padre superior le susurró al oído. Quise escuchar, pero sólo pude oír unas pocas palabras desbrozadas y sin sentido. Charlaron un largo rato. A mí me extrañó su interés por parar justo allí y no en algún otro lugar, sin duda, la entrevista estaba concertada de antemano. Terminada su conversación, vino a sentarse a mi lado aparentemente contento y jovial.

–Mi señora, nunca pensé que lo conseguiríamos. La empresa ha sido cara pero ha merecido la pena. Dios nos ha ayudado.

–¿A qué os referís, Sancho?

Disimuló, dudó un segundo y continuó.

–A nada y a todo en general. Al devenir de los tiempos y al buen marchar de los matrimonios de nuestros hijos. ¿O es que necesitamos un motivo para dar gracias al Señor?

Una bandeja de metal cayó en ese momento al suelo, derramando todas las escudillas que portaba sobre ella. El monje se sonrojó y salió corriendo de la estancia. Todos reímos y no seguí indagando. Tenía ganas de ver a Isabel en Guadalajara.

Cuando ya abandonábamos el monasterio, el padre superior apareció de nuevo a despedirnos y le entregó disimuladamente una carta a Sancho, éste sonrió y se la guardó en el jubón. El monje tenía los dedos manchados de lacre.

Me pareció extraño, mis ansias por llegar me acuciaban el intelecto y no quería por nada del mundo detenerme a indagar. Seguramente sería un escapulario portador de alguna reliquia parecida a la que yo portaba en la cruz junto a mi pecho. Una reliquia tan valiosa como la tela que cubrió el estigma del costado de san Francisco de Asís.

No era un secreto que algún que otro miembro del clero, ante la necesidad, vendía sin remilgos pedazos de sayos o incluso de cuerpos de alguno de los difuntos que a su cargo tenía en los sepulcros de iglesias y monasterios. Cada día era mas difícil obtener tan preciados recuerdos, y sus precios se disparaban tanto que muy pocos eran los afortunados que podían disponer de la cobertura que un trozo de santo da al espíritu de un hombre vivo. Por eso, Sancho lo debió de guardar junto al corazón. Con el tiempo me arrepentiría de no haber indagado con mayor curiosidad, pues el documento que custodiaba era de dudosa procedencia e importante remitente.

Aquel incidente se me olvidó en cuanto abracé a Isabel en Guadalajara. Ni siquiera hubiese sido digno de narrar si no fuese porque, mucho tiempo después, me vi obligada a recordarlo desde lo más recóndito de la memoria. Apreté contra mi pecho a mi pequeña niña, hacía casi tres años que había partido. La echaba de menos desde que la entregamos en Calatayud en aquellos lances que dirigió Roger de Lauría. Estaba claro que mi fiel servidora María Fernández de Coronel había cuidado de ella con la diligencia de una buena madre, como mi aya que fue en su día.

Era la única entre cinco varones. Salió a nuestro encuentro junto a su desposado don Jaime, el rey de Aragón, que bajo su cargo y tutela la tenía hasta que el matrimonio pudiese fraguar. A Isabel le restaban dos años para cumplir los doce, edad núbil en que podría desposarse como la santa madre Iglesia permitía, y Jaime lo respetaría.

La primera noche de celebraciones en la ciudad alcarreña, Sancho ordenó silencio y a su escribano que leyese una carta en alta voz. Contuve la respiración y escuché muda como todos los presentes el recitar en latín del lector.

Fechada el 25 de marzo del corriente llegaba la Propósita Nobis. En ella se decía que nos casamos conscientes de nuestro parentesco, pero que después de haber consumado nos arrepentimos de haber contraído matrimonio sin todos los permisos que la santa madre Iglesia manda. El arrepentimiento, unido a los grandes logros que conseguimos en la cruzada en contra de la herejía mora, nos capacitaba para obtener la bula que consideraba legítimo y lícito nuestro enlace, así como a los herederos fruto de esta unión. Me agarré al escapulario y le di las gracias alzando la mirada al cielo. Me hubiese gustado que la noticia fuese más secreta en un primer momento, pero no me podía quejar. La emoción me invadió y un escalofrío de gozo me paralizó. Sin duda, nuestra alianza había merecido la pena.

No supe hasta mucho más tarde que había trampa en ello. Un artificio de los que más frustran y hieren. Una falacia basada en una ilusión.

Pasados unos días de festejos y jolgorios, decidimos partir. Tan contentos estábamos al ver a nuestra hija feliz que accedimos a las peticiones de nuestros vasallos de Guadalajara. Confirmamos los fueros, privilegios y libertades de la ciudad de Guadalajara, incluida la exención del pago del portazgo y alguna que otra adehala. ¿Por qué no hacerlo si sus hombres nos habían demostrado su valentía en la toma de Écija?

A la salida de aquella ciudad cruzamos el río Henares por el puente. Al atravesarlo miré para atrás. Isabel se despedía aireando su pequeña mano. A sus diez años recién cumplidos, no miraba con recelo ni amor a Jaime de Aragón. Simplemente, se mostraba sumisa ante su obligación. Ahora sólo restaba que nuestro mejor embajador, el arzobispo de Toledo, informase al papa sobre el matrimonio de Isabel con Jaime y el de Alfonso, nuestro hijo, con Constanza de Portugal. Una vez conseguida nuestra bula, no sería gran cosa para el sumo pontífice otorgar las dispensas que nuestros hijos necesitaban para contraer debidamente. Definitivamente y a partir de aquel instante, andaríamos a bien con la Iglesia.

Desde hacía mucho tiempo nada podía ir mejor. Se respiraba paz y rogué porque no fuese tan efímera como la última vez. Confiada, no debí de poner demasiado empeño en ello.

El causante de los nuevos desvelos no podría ser otro que el infatigable e insistente infante don Juan. Como me comprometí con el Gordo en lo alto de la almena, cumplí con mi palabra. Convencí a Sancho para que le liberase de su encarcelamiento. Me sentí altruista hacia mi cuñado y me impliqué de lleno. Una vez le salvé la vida en Alfaro y ahora, después de haber purgado por su falta hacia Sancho, le devolvía generosamente la libertad. Ingenua, me convencí de que aquel hombre nunca más me incordiaría ya que andaba demasiado en deuda con su benefactora y reina. Ni que decir tiene que me equivoqué de lleno. Su primera huella a las afueras de la prisión no había posado el polvo levantado cuando el infante don Juan ya confabulaba con el Mozo. Noramala me arrepentí de haber truncado su ajusticiamiento en Alfaro. Sin ninguna duda, muerto no nos hubiera causado tantos quebraderos de cabeza.

Su afán por destronarnos superaba en mucho al de los de la Cerda. Por ello, el pueblo y las comunidades empezaron a hacer mella en mí como los únicos íntegros y consecuentes.

Los ricoshombres, fuesen de la tierra que fuesen, estaban cegados por la ambición y su palabra tenía menos valor que un grano de trigo en un molino repleto. Don Juan, viendo frustrado un intento más de sedición, huyó cual blanco y cobarde rumbo a África, sabía sólo Dios con qué intenciones.

Sancho inmediatamente convocó a las cortes en Valladolid para celebrar el triunfo contra la sedición y pasados los fastos, me llegó la inesperada noticia de la muerte de mi hermana doña Blanca de Molina, señora de estas tierras. El testamento de Blanca nos otorgaba sus posesiones. ¡El señorío de Molina quedaba a nuestra disposición! Sancho lo confirmó mediante un privilegio rodado que me otorgó. Le agradecí aquel presente como ninguno, ya que aquellas villas y tierras fueron las que me vieron nacer y a ellas me sentía arraigada.

Indagué sobre la muerte de mi hermana. Al parecer Blanca estaba tan triste que no quiso seguir viviendo y se lanzó al vacío, partiéndose la crisma. No lo pude entender, ya que vivió tiempos peores cuando Sancho la tuvo presa en Segovia junto a Isabel, su hija. Siempre fue demasiado impulsiva, probablemente fue éste el motivo que la empujó a semejante infortunio o quizá el suicidio no fuese tan voluntario como aseguraban. Ya no lo sabríamos nunca. De todos modos, circulaban un millón de historias sobre este trágico suceso. Quise regresar a este mi ansiado señorío y averiguar la verdad.

Recién llegada a Molina de Aragón, me detuve sobre el puente romano que facilitaba el paso a la ciudad e inspiré. Aquellas tierras que me vieron nacer no envejecían. Desprendían los mismos aromas y recibían de igual modo al caminante. El tiempo podría haberse detenido y nadie hubiese notado la diferencia. En aquel momento la nueva señora de aquellas tierras venía a recibirlas como era menester pero a la naturaleza aquello no la alteraba. Alcé la vista y admiré una vez más la más hermosa torre de entre las seis que guarnecían la fortaleza: la de Aragón. Con su planta pentagonal unida a la muralla, se imponía disuasoria a las voluntades de los forasteros no gratos. Vigía constante, intimidaba a cualquiera mal venido. Pensé entonces que, después de tomar posesión del señorío, tendría que nombrar un nuevo alcaide para el alcázar. A mi mente acudió irremediablemente el nombre del hombre más justo y querido que recordaba por aquellos lugares. Don Alonso Ruiz de Carrillo gobernaría con buen tino.

Las campanas de la iglesia de San Martín anunciaron las doce del mediodía y el bullicio que bajo mis pies se oía captó mi atención. Entre los pilares que sostenían el paso hacia la entrada de Molina fluía el río Gallo. Arrodilladas en su orilla, las lavanderas cantaban mientras sus niños chapoteaban, jugando a modelar figuras con el fango hallado bajo la mermada corriente estival. Sabiéndome oculta, me detuve a escuchar; sabía que, por alguna extraña razón, las mujeres soltaban sus lenguas en los lavaderos. La información no se hizo esperar. Con un gesto rogué silencio al séquito que me acompañaba.

–Como os lo digo. No es un secreto que doña Blanca se apasionaba con la cetrería. ¡Hasta una veintena de aquellos pájaros cuidaba! Dicen que ellos al iniciar el vuelo la ayudaban a olvidar su largo cautiverio en Segovia. Soñando ser uno de ellos, deja a un lado la soledad a la que se vio obligada por orden del rey don Sancho, al tener que desposar a su hija Isabel con el Mozo para obtener la libertad.

Junto a ella, una más joven la interrumpió.

–Me diréis qué tiene que ver eso con su muerte.

La vieja se enfadó.

–¡Mira que sois mentecata! Todas sabéis que mi hermana, la Herminia, la servía desde que regresó de su cautiverio y jura que la noche de su muerte bebió mucho vino, tanto que, antes de acostarla, tres veces se acercó a la ventana asegurando saber volar. ¿No fue clara su intención?

La joven rió a carcajadas, pegándole un empujón que incomodó aún más a su calaña, y se puso en jarras para imponer su criterio.

–¿Suponéis que nos lo creeremos? Lo que tiene vuestra hermana son muchas ganas de salir de entre los pucheros e imagina lo que no ve. Lo cierto es que de la muerte de doña Blanca nunca se sabrá lo cierto. El escribano ayer en la noche, y después de quedar satisfecho con mis favores, me hizo una confidencia, convencido el pánfilo de mi discreción.

Bajó de inmediato el tono de voz para dar más confidencialidad a su secreto pero la sordera de su compañera la obligó a alzarlo de nuevo, desesperada. A la tercera gritó:

–¡Estáis como una tapia! El escribano asegura que el yerno de doña Blanca, el Mozo Lara, anda enfrentado con el rey don Sancho y a favor del infante don Juan, por eso se enfadó cuando se enteró de que doña Blanca tenía la intención de entregarle a la reina doña María, su hermana, el señorío de Molina, ignorando la debida sucesión en la posesión de estas tierras por parte de su hija Isabel. Las afiladas lenguas aseguran que ordenó matar a su suegra sin dudarlo, pero lo cierto es que nadie vio al supuesto asesino de la señora.

La tercera en discordia la interrumpió.

–¿Quiere eso decir que la próxima señora que tendremos será doña María la reina?

Asintió.

Al apartarme de la barandilla del puente di sin querer un codazo a una china que había posada sobre la barandilla. Ésta se precipitó al vacío como un mes antes lo hiciera Blanca. Al tocar fondo, causó un estrépito delatador. Las tres mujeres alzaron la vista. La que más desparpajo mostraba se tapó la boca, temerosa de haber sido escuchada. Me fingí sorda y crucé la muralla con el séquito. Sorprendida por lo que escuché y consciente de que la última conjetura podría ser la más acertada, me dispuse a entrar en Molina.

Pasamos frente al convento de las clarisas y entramos en la plaza de improviso y sin previo aviso. El pregonero, subido al pozo que centraba la plaza, vociferaba las nuevas a todos sus habitantes. Todas las caras que conmigo compartieron infancia, le escuchaban atentos. Los hijos del viejo mesonero, de los molineros, de los lecheros, hortelanos, herreros, pastores y muchos más eran hombres y mujeres que me resultaban familiares. Unos mellados, otros calvos y otros tan viejos que no se tenían en pie sin balancearse sobre sus bastones permanecían silenciosos en la plaza. No hubo alma en la villa que no viese el cuerpo inerte de doña Blanca despanzurrado sobre la base de la torre más alta. Desde hacía días especulaban sobre quién la sucedería.

–¡Como es menester, es mi deber informar a todas las almas de esta villa y plaza que tenemos nueva señora! Como sabréis, no hay dos sin tres y dado que a don Alfonso de Meneses le sucedieron doña Mafalda y doña Blanca, está por llegar la que será la sexta señora de Molina y Mesa.

–¡Isabel!

Gritó desde la multitud una marisabidilla.

El pregonero sonrió feliz por su precipitado error.

–¡Doña María Alfonso de Meneses! Que es la reina de Castilla y León y mujer de don Sancho, nuestro rey. Os leo ahora una copia del privilegio que el rey nuestro señor le otorgó.

Todos quedaron mudos y el hombre sacó el documento que en pajizo pergamino secular, ornado con la ritual rueda miniada en vivos colores, impresionó a los presentes.

– Por hacer bien y honra a la reina mi señora doña María mi mujer, le doy la villa de Molina con su alcázar, por juro de heredad, en toda su vida.

Contuve la respiración a la espera de la reacción de mis vasallos. Se oyó un murmullo de sorpresa hasta que alguien de mi propio séquito osó romper el incómodo silencio.

–¡Viva nuestra señora doña María!

La contestación no se hizo esperar.

–¡Viva!

El cabildo de la iglesia fue el primero que me vio y aína hizo pública mi discreta posición. La multitud se apartó y algunos me reverenciaron, abriéndome un camino hacia el pozo que marcaba el centro de la plaza. Avancé solemnemente saludando a todos los que me presentaban sus respetos. Subí al improvisado lugar, que instantes antes ocupaba el pregonero. A mis treinta y tres años y con la experiencia que portaba en mis lomos, me sentí cohibida. Sólo el revuelo de una leve brisa estival y el zumbido de una mosca parecían ignorar mi presencia. Cientos de ojos se centraron en mí y no sé por qué los sentí más escrutadores que usualmente en los lugares públicos. Todos aguardaban a escuchar mis primeras palabras. Tragué saliva, dispuesta a ser escueta.

–Como vuestra señora que soy por el testamento de doña Blanca, mi hermana, no sólo confirmo todas las mercedes y privilegios que en su día ella os otorgó sino que, además, los amplío por mi posición de reina.

Los vítores me impidieron momentáneamente proseguir. Aguardé dos minutos y aprovechando un silencio, continué dirigiéndome al cabildo y al futuro alcaide.

–A vos, como representante de la iglesia y los clérigos en Molina, os autorizo para que cada año por el día de San Miguel toméis maravedíes del pecho que a los judíos se les cobra. En el caso de que éstos se negasen a colaborar, autorizo a don Alonso como alcaide, que lo es desde este preciso momento del alcázar, para que prenda a los mencionados judíos y los encierre y no les dé de comer ni de beber hasta que os den estos mil maravedíes.

Hice un breve silencio mientras el cabildo y don Alonso me reverenciaban agradecidos. Los responsables del orden espiritual por un lado y del orden público por el otro ya estaban nombrados y, al parecer, satisfechos. El siguiente paso sería premiar a todos y cada uno de mis vasallos, independientemente de su estado o posición.

–Además, a partir de este momento, mediaré para que los ganados atraviesen Aragón sin pago alguno. Concedo el mercado franco a Molina y, por último, os eximo a todos sus vecinos de pagar portazgo en todo el reino excepto en Toledo, Sevilla y Murcia, que no son plazas que puedan prescindir de ello.

Al callarme los vítores se reanudaron y así continuaron durante mucho tiempo.

Disfrutamos de todas y cada una de las tradiciones que el pueblo solía acostumbrar en las celebraciones conmemorativas.

El calor estival de finales de junio no importó a nadie. Durante el día se sucedían lidias de toros, moros salteadores provistos de palos, espadines y cadenas que nos deleitaron con sus danzas y piruetas. Fastuosas representaciones de los autos sacramentales escenificaron el triunfo del bien contra el mal y como colofón, una inmensa torre humana coronada por un niño disfrazado de ángel en su altísima cima. Al anochecer, las luminarias mantenían vivo el espíritu festivo de todos hasta la madrugada.

Ordené que a nadie le faltase de nada durante aquellos homenajes. Las relucientes bandejas resplandecían vacías segundos después de haber circulado por entre las callejas de la villa. No faltaron truchas asalmonadas o escabechadas, bolos con morro, setas, migas, gachas, leche frita o carne adobada, entre mis vasallos. Incluso los mendigos olvidaron durante aquellos eventos el usual sentir vacío de sus entrañas. Me propuse acabar con el hambre por aquellos lares, al menos durante mi estancia en ellos.

A los pocos días nació Beatriz en Toro, imitando a su hermana Isabel. La dicha de Sancho fue grande, ya que deseaba otra niña después de tanto varón. Sólo Dios sabía que ésta sería mi última hija. Aquella niña nació de la mano del maestre Nicolás y de fray Gil de Zamora, que como ayo de Sancho presenció el parto junto a él.

El historiador Jofre de Loaysa tomó buena nota como cronista del suceso y el astrónomo Juan de Cremona auguró la buena suerte en la niña, ya que aseguró que nacía con estrella. Los pintores Rodrigo y Alfonso Esteban tampoco quisieron perderse el evento y como excusa para entrar me trajeron una virgen policromada para el pequeño altar trashumante que viajaba conmigo. Tanto nos influyeron por aquel entonces tan sabias mentes que, al pasar por Alcalá de Henares, quiso Sancho fundar una universidad para que todos ellos tuviesen un lugar donde reunirse y compartir su cognición con otros sedientos de sapiencia. Su cancelario ya estaba nombrado y la primera piedra bien cimentada.

14

LOS SUCESOS DE TARIFA

A veces son castigados los justos por pecadores,
Muchos sufren perjuicios por los ajenos errores;
La culpa del malo daña a los buenos y mejores
Sobre éstos caer el castigo, no sobre los malhechores.

Mester de Clerecía

Como todo lo bueno, el final del sosiego llegó demasiado pronto. Tuvimos que partir de inmediato hacia Sevilla. Al parecer, el infante don Juan se había aliado en Marruecos con el rey sarraceno Abu-Yussuf en contra de Sancho. Para más inri, el sultán de Granada se unía a la confabulación y amenazaba con recuperar Tarifa.

El alcaide de Tarifa, don Alfonso Pérez de Guzmán, solicitaba nuestra ayuda y el envío de provisiones. Pedimos ayuda a Jaime pero dijo que no mandaría las galeras hasta que no le prestáramos lo que nos pidió. Nuestro yerno no creía que no tuviésemos los quinientos mil maravedíes solicitados. No nos sorprendió su negativa, pues las malas lenguas aseguraban que el aragonés andaba dialogando con mi suegra, la reina viuda del Sabio, para casar a su hija la infanta Violante con el infante Alfonso de la Cerda. No estaba mal pensado ya que, unido don Jaime al de la Cerda, bien podría vencernos en su lidia y así llegar a ser rey de Castilla y León. Casado con la infanta de Aragón, en su descendencia unirían las dos coronas. Pero entonces ¿qué pasaría con mi hija Isabel? La pequeña aún aguardaba el momento de cumplir la edad núbil para consumar su desposorio. ¿Sería don Jaime capaz de repudiarla?

Mil preguntas sin respuesta acudían a mi mente. Se hacía urgente el conseguir caudales para la guerra y, negada la ayuda de Aragón, tendríamos que recurrir a los judíos, a sabiendas de que lo entregado lo recuperarían con usura. Conseguido el peculio, la respuesta fue inmediata. Juan Mathé de Luna zarpó del puerto de Sevilla con las bodegas de sus barcos repletas y aprendidas las instrucciones que Sancho le repitió una y mil veces. Como su camarero mayor, las cumpliría fielmente ya que estaba acostumbrado a cuidar con diligencia de la persona y las posesiones del rey. Lo mismo haría, con discreción y prudencia, con el cargamento que custodiaba. Le surtimos con muchos quintales de cáñamo para lanzas, flechas, azconas y más de dos mil quintales de hierro para construir todas las armas necesarias. Sancho sufrió por primera vez la recaída de su enfermedad; compungido, desde su lecho veía cómo las huestes partían sin él a la cabeza. Entre toses, flemas y gargajos trazó la ofensiva. Esta vez don Alonso Pérez de Guzmán no contaría con su presencia.

En noviembre, como era de esperar, llegaron las primeras noticias. Tarifa soportaba estoicamente el asedio de moros granadinos y africanos. La pesadilla se repetía. Cinco mil jinetes de a caballo desembarcaron en las playas de Tarifa, provenientes de Fez, armados con todo tipo de máquinas e ingeniosos artilugios para romper las murallas de la ciudad.

Era doloroso escuchar desde el interior de la plaza al infante don Juan, que, desde afuera, daba órdenes a los herejes. Deambulaba entre su campamento vestido como ellos para no destacar; no fuese algún arquero a ensartarle desde la fortaleza. Era tanto el odio que albergaba el descastado a su rey que ni siquiera parecía recordar a qué Dios debía su vida.

Todos los días rezábamos para que nuestro señor resolviese con firmeza y rápidamente el conflicto. Don Alonso Pérez de Guzmán vencería. Quería creerlo e intuirlo como un niño cree que un deseo siempre es posible. Como reina de Castilla, veía agonizar al rey y ansiaba más que nada que muriese con el dulce sabor de la victoria en sus labios. Mi querida dueña, doña María Fernández de Coronel, por parentesco y cercanía, conocía bien al alcaide de Tarifa. No había en nuestros reinos señor más idóneo para el cargo. Nos demostró su lealtad cuando tuvo que huir a Fez junto a su mujer en tiempos de guerra contra el Sabio. Hubo una época en que supo hacerse amigo en África de Abu-Yussuf y ganar fortuna con ello. Pérez de Guzmán conocía mejor que nadie las intenciones del sarraceno para poderle combatir.

Aquella mañana regresó Juan Mathé de la contienda. Portaba la cara desencajada y temimos lo peor cuando comenzó a narrarnos lo acontecido.

–Los hombres luchan con brío y patriotismo. Pero de entre todos el más loable es don Alonso, pues Dios ha querido ponerle a prueba y todos hemos presenciado un juicio parecido al de Abraham.

Sancho frunció el ceño sin entender nada. Mathé continuó:

–Don Alonso tiene varios hijos, entre los cuales se encontraba su paje, don Pedro Alonso de Guzmán. Este niño, a sus nueve años, fue prendido por el enemigo y todos andábamos calculando el precio que como rescate podríamos ofrecer. Éste tendría que ser alto, ya que el infante don Juan lo reconoció y le dijo al enemigo su vinculación con el alcaide. Mandamos una misiva con la oferta y aquello aceleró el desgraciado acontecimiento, pues don Juan, asiendo de los pelos al pequeño, gritó desde las afueras llamando a don Alonso. Pérez de Guzmán, apretando puños y mandíbulas, se asomó a la muralla y vio a su hijo mesado por el pelo pero sin queja en su voz.

»Todos, con las entrañas presas por la congoja, nos mantuvimos en silencio esperando la aceptación y fue entonces cuando más sufrimos. El infante don Juan gritó alto y claro:

»–¡No es vuestro dinero lo que quiero, sino que me entreguéis la plaza de Tarifa! Si no lo hacéis, bien podréis presenciar desde vuestra alta posición el degollamiento de este vuestro hijo y sucesor.

»Sin duda, andaba tan desesperado que no se le ocurrió peor artimaña. Don Alonso Pérez de Guzmán no dudó un segundo. Echó mano a su cinto y arrojó con fiereza desde el adarve su propio cuchillo.

»–Ni por éstas, ni por las otras. Antes querré que me matéis ese hijo y otros cinco si los tuvieseis que daros la villa que tengo por el rey.

»Diciendo esto, don Alonso se dio la vuelta y no quiso ver más. Todos albergábamos la secreta esperanza de que el infante don Juan no siguiese con su ofuscación. No fue así. La barbarie que portaba en su interior no se hizo esperar. Los que permanecimos asomados vimos con los ojos entreabiertos cómo el afilado cuchillo recorría de lado a lado el cuello de la criatura. El pequeño, como hijo de su padre que era, no gritó al ver segada su corta vida. Al comprobar el asesino que el padre no lo había visto, le decapitó y catapultó la cabeza al centro de la plaza, sobrevolando la muralla.

»Mientras, don Alonso había bajado para abrazar a su mujer y compartir con ella su dolor. El destino quiso ensañarse aún más con su pesar y el despojo de su propio hijo rodó por el suelo hasta topar con sus pies. Con los ojos nublados por lágrimas de furia la alzó para que todos la viesen y apretando las mandíbulas chilló:

»–¡Os juro, hijo mío, que os vengaré como es menester!

»No necesitó dar la orden. Todos los que allí estábamos nos vimos cubiertos por un manto de rabia que alimentó nuestras fuerzas. El enemigo no tardó mucho en huir. Abu-Yussuf embarcó de regreso a África y el cobarde del infante don Juan desapareció para esconderse en la Alpujarra granadina junto al único sarraceno que quedaba en la Península.

Sobrecogida por la narración y con el corazón en un puño, miré a Fernando. Él era casi de la misma edad que el mancebo asesinado y sufrí un profundo desconsuelo sólo al imaginar su probable pérdida. Sin querer, recordé al pequeño Alfonso, su hermano muerto, y me juré a mí misma no entregar nunca a un hijo mío como rehén. Debí de recordar el refrán que dice «de esta agua no beberé», porque en poco tiempo serían varios los otorgados. Sin duda, la muerte del hijo del Bueno no fue en vano.

Sancho, tan impresionado como yo, se incorporó y alzando el tono para que todos le escuchasen, dictó al escribano una carta para don Alonso:

–«Por la muerte de vuestro hijo, en que fuisteis similar a nuestro padre Abraham, dando vos el cuchillo para que los moros degollasen a vuestro hijo, por guardar lealtad, fidelidad, juramento y pleito homenaje que me teníais hecho por la villa de Tarifa, mando que os llamen de ahora en adelante el Bueno y os entrego las villas de Sanlúcar de Barrameda, el Puerto de Santa María, Rota, Trebujena y otras muchas posesiones y haciendas en Sevilla y Andalucía.»

15

LA MUERTE DEL REY SANCHO (TOLEDO, ABRIL DE 1295)

Vieron que este paso gracias a la gloriosa,
Porque otro no podía hacer tamaña cosa:
Trasladaron el cuerpo cantando Especiosas
Más cerca de la iglesia a tumba más preciosa.

GONZALO DE BERCEO, *El clérigo y la flor*

Camino de Alcalá de Henares para visitar las obras de inicio de la universidad, nos vimos obligados a interrumpir nuestro camino en la pequeña villa de Madrid. Sancho fue llevado en andas al convento de las dominicas para descansar. El motivo de nuestra parada era evidente en nuestro penoso transitar. Sancho, muy a su pesar, ya no se sentía capaz de disimular el dolor. La enfermedad carcomía sus entrañas como la peste al apestado. Para más desesperanza, no existía barbero o físico judío capaz de detener semejante deterioro. Los físicos Nicolás y Abraham se esforzaban inútilmente en calmar su dolor con mejunjes y brebajes. Después de muchas pruebas, el único remedio que encontraron provenía de la copia de un manuscrito boloñés llamado *Chirurgia,* escrito por el prestigioso cirujano Teodorico Borgognoni. Se limitaban a amainar su sufrimiento induciéndole al sueño mediante la aspiración de una mezcla de mandrágora, beleño y opio. Los célebres barberos y cirujanos llegaron a una conclusión en común. El rey se moría de tisis *vocatu* y los malos humores se lo comían por dentro.

Como buena esposa, velaba su enfermedad y sólo consentí en trasladarle a Toledo tras una aparente mejoría y por no negarle un último capricho. Sancho quería recibir sepultura en la misma ciudad que nos vio desposarnos.

Procuraba a diario entretenerle, evitándole disgustos al esconderle muchos de los dolorosos acontecimientos que atentaban contra su persona. Sólo eran vanos intentos, pues todos los días, nada más amanecer, se empeñaba en que todos le informasen. Postrado en la cama gracias a mi petición, sus asesores le engañaban como el mejor belitre, convirtiendo lo malo en bueno sólo porque los médicos así me lo aconsejaron. Eran mentiras piadosas que le ayudarían a morir en paz. Así lograríamos que su alma volase libremente y sin ataduras terrenales hacia el camino eterno.

Él se sujetaba a la victoria de Tarifa y no se enteraba de nada más. Lo cierto era muy diferente y yo me limitaba a lidiar con cada uno de los problemas en la sombra. Francia cada día se separaba más de nosotros. Corría el rumor de que Jaime, el rey de Aragón, casado con nuestra hija Isabel, quería anularse de ella para casarse con una infanta francesa; además, se acercaba a Portugal para poner a Dionis en nuestra contra. Me hubiese gustado recurrir al Santo Padre pero, para más complicar el devenir, el papa Clemente V renunció a la tiara y le sucedió Bonifacio VIII, pontífice al que yo no sabía muy bien cómo recurrir y si me escucharía. Todo se unía a la eterna amenaza de los infantes de la Cerda y el infante don Juan.

Sentada a la cabecera, le observaba en silencio, cavilando sobre todos y cada uno de los problemas que nos asolaban. La tos y la sangre brotaban de su boca y sus sienes se hinchaban con frecuencia por el esfuerzo del estornudo continuado. Un pitido cada vez más fuerte sonaba en cada inspirar y espirar. Al comenzar a toser, se agarraba fuertemente al pellote que le abrigaba el lecho y después de casi morir en el intento, soltaba la manta para tumbarse desfallecido.

En uno de aquellos ataques me acerqué para limpiarle la sangre de la comisura de la boca y el sudor de la frente. Con esfuerzo y una mirada de ternura, me acarició la mejilla y sonrió. Todo el pelo que arrancó al pellote seguía adherido a la palma de su mano en el puño cerrado y me lo pegó en la cara. En cuanto pudo recuperar el resuello, bromeó.

–María, tenéis tanto pelo en la cara que casi os puedo mesar la barba.

No le contesté, sólo sonreí con lágrimas en los ojos. Prosiguió jadeando.

–Estoy muriéndome y quiero testar. Llamad al escribano, a don Gonzalo, el arzobispo de Toledo, y a todos los prelados y maestres de las órdenes militares para que atestigüen por escrito y de palabra mi última voluntad para con mi reino. Todos han de saber que, en cuanto yo perezca ante esta mi última cruzada, vuestra majestad será la tutora de Fernando, nuestro sucesor, hasta su mayoría de edad. Muero, María, a sabiendas de que vuestra prudencia y entendimiento defenderán a nuestro hijo de todo mal y ambición.

El calor del cuarto era increíble a pesar de no haber estallado aún la primavera. Todos y cada uno de los nombrados estaban ya presentes pero Sancho no los veía, pues la muerte le cegaba. La luz se filtraba a través del alabastro del ventanuco y los rayos iluminaban tenuemente la habitación hasta el punto de que no se diferenciaba el amanecer, del mediodía o la noche. La penumbra hacía que pareciéramos transparentes y difuminados por una mágica niebla que invadía el aposento.

Consciente de la inminente pérdida, me di la vuelta y rogué a los presentes, que como yo aguardaban desde hacía horas lo inevitable, se aproximaran al lecho para la despedida.

De entre los mancebos que sin duda formarían parte del siguiente reinado, el primero en acercarse sigilosamente para hincar rodilla al suelo junto a su rey fue el infante don Juan Manuel. Contaba el mozo con catorce años cumplidos y me fue inevitable recordar su bautizo, casi al tiempo de nuestro desposorio. Con un gesto mudo reverenció a Sancho y lo besó. Le agradecí su sensible despedida y sin pronunciar palabra se retiró. Aquel hombre en ciernes mostraba un empaque digno de recordar. Su incipiente personalidad daría mucho que hablar en un futuro. Le siguió el Mozo Lara, pues simbolizaba la muleta en la que mi hijo Fernando, cumplida la mayoría, podría apoyarse. Tras una larga cola, nos sorprendió la aparición de un personaje fantasmal, ya que le creíamos muerto desde hacía años. El infante don Enrique, hermano de don Alfonso X. Venía como contrapartida de los garzones y representando a una generación ya extinta. A sus sesenta años era el único hermano vivo de los hijos de don Fernando el Santo. Hacía lustros que había desaparecido de Castilla y algunos juraban que la causa fue precisamente la defensa que planteó ante su hermano a favor de la sucesión de Sancho y en contra de los de la Cerda. Al menos, eso es lo que alegó para entrar a despedirse del moribundo. La realidad era que nosotros nunca tuvimos constancia certera de ello. El verdadero motivo por el que se marchó fue más bien su promiscuidad, pues las lenguas viperinas aseguraban que cuando era joven yacía asiduamente con su propia madrastra, Juana de Ponthieu. Sabíamos que partió primero a África y que más tarde fue a Italia. Había luchado con el güelfo en Nápoles y el gibelino en Florencia sin conseguir apaciguar su perpetuo ánimo de perturbador y rebelde, pasándose de un bando a otro sin aparente razón.

Al verle, pensé que venía a dar sosiego al carácter indómito que le definía. Grande fue mi error, pues a su vetusta edad pretendía mantener en jaque a todo el que se le pusiese delante. Con la faz curtida por las cicatrices y la espalda marcada por los latigazos que en los presidios recibió, seguía sintiéndose único. Al aproximarse a Sancho me sentí en el deber de presentarle por si no le reconocía. Ante la sorpresa de todos, pues le creíamos inconsciente, entornó sus párpados y le saludó.

–Don Enrique, vos que tan alejado estuvisteis de estos reinos. ¿Juráis ser consejero fiel de la reina mi señora doña María y el príncipe don Fernando?

En la silenciosa estancia se escuchó una inspiración de sorpresa. ¿Cómo podía Sancho confiar tan grande empresa a un hombre tan imprevisto y desconocido? La respuesta fue inmediata.

–Os lo juro, mi señor. La experiencia que porto en mi vida me ayudará en la duda. No hay mejor aliado, más leal y fiel que el que ha sufrido las penas de la oscuridad de una fortaleza y yo juro amar a mi rey como si con él hubiese compartido calabozo. El hambre, el dolor y el devenir de los días y de las noches incontables curten a un hombre. Os aseguro que grandes caballeros fueron presos conmigo y gustosos darían por mí la vida, al igual que yo la daría por ellos. A todos ellos antepongo mi fidelidad a doña María la reina y a vuestro hijo don Fernando.

Hasta el momento me mordí los labios, pero la pantomima me obligó a interrumpir. Sin duda, don Enrique estaba abusando del dramático instante en el que nos encontrábamos con promesas demasiado impulsivas como para ser cumplidas.

–Don Enrique, acaso olvidáis, vos que tanto alarde de experiencia cacareáis, que la fidelidad es un bien desconocido en este mundo interesado. Os puedo citar un millón de hombres que me han defraudado o que sé que andan a mi lado solamente por quien soy y el puesto que ocupo. Os aseguro que daría la mitad de mi reino por contar con un solo hombre que me inspirase la confianza y lealtad de la que me habláis. Mencionáis estas cualidades con tanta ligereza que las presupongo inexistentes e imaginarias. A pesar de todo, os diré que no desestimo vuestra ayuda, ya que es la voluntad del rey mi señor que permanezcáis en la corte. Si así lo hicieseis, Dios os lo premiará y si no, os lo demandará.

Don Enrique me reverenció, aparentemente sumiso. Echó rodilla al suelo y besó la mano de su sobrino Sancho en sentido de gratitud. Al intentar incorporarse se sujetó los riñones costosamente y me miró, con un hilo de reto pendiendo de su voz.

–Como veis, mi señora, con respecto al estado de mis huesos y sesera no andáis del todo desencaminada. Por todo lo demás os rindo pleito homenaje para cumplir y si no es así, como bien decís, que Dios me lo demande.

Todos rieron.

Me pareció distinguir un viso de malicia en su mirada. Parecía haber conseguido lo que perseguía. Estaba convencida de que

Enrique era un pájaro de mal agüero. Pronto lo demostraría. Después de aquello, me retiré a rezar a la estancia contigua. Rogué a Dios para que intercediese por una agonía corta. Junto a Sancho, sólo quedaban los médicos barberos. El rey necesitaba intimidad para confesar, comulgar y para ser ungido con los santos óleos de manos de don Gonzalo, el arzobispo de Toledo. La extremaunción se hacía urgente.

A medianoche me despertaron. Aquel bravo corazón detuvo eternamente su latido. Su boca ya no escupiría más gargajos sanguinolentos. A los treinta y siete años, el rey don Sancho dejaba volar su ánima hacia el cielo un 25 de abril de 1295.

Quedaba yo sola con seis hijos, el heredero de sólo nueve años contados. Aquel hombre que yacía inerte me había entregado trece años de su vida y once de su reinado. Ahora me dejaba sin más, frente a un gobierno difícil de solventar por sus trifulcas y traiciones. Reflejaba la serenidad que el descanso en paz otorga, amortajado con el hábito franciscano como fue su voluntad. Apreté con fuerza la reliquia de san Francisco e imploré fuerza para afrontar el futuro. En aquel preciso momento me hice una promesa a mí misma. Lucharía por Fernando, nuestro hijo, hasta que le creciese la barba.

Arrodillada junto al lecho, le besé por última vez con una mueca de dolor en la cara y la boca seca de recitar plegarias. El pulso me tembló al cerrarle los párpados y tomar a nuestro hijo, el futuro rey, de la mano para que se acercase a su padre. Fernando, a sus nueve años, quedó estático observándole fijamente. Supongo que su infancia le impidió asimilar la realidad de sopetón. Él no podía ni siquiera imaginar que en muy poco tiempo tendría a su alrededor a un centenar de depredadores ansiosos de poder. Muchos hombres de los que hasta entonces habían pasado a su lado limitándose a saludar protocolariamente, desde aquel preciso momento se convertirían en sus mejores amigos con tal de alcanzar lo ansiado. En silencio le observé esperando su reacción, pero ésta no llegó. Al poco tiempo y aburrido de mirar a su padre con tanta intensidad, se dio la vuelta y sin derramar una lágrima se arropó con la falda de mi sayo, como cuando era más niño. Al abrazarle sentí un temblor casi imperceptible en su delgado cuerpo. Sin duda, Fernando sentía un pánico similar al que yo padecía. Gracias al Señor, aprendió la lección que antaño recibió y no quiso demostrarlo ante los demás, no fuese que alguien aprovechase su debilidad para darle en donde más duele.

Se aferraba a mí con fuerza, intuyendo que a partir de ese preciso momento el uno dependería del otro. Me necesitaba tanto como yo a él. Retraído y tímido, callaba desconfiado lo que en ocasiones le hacía estallar en cólera. Fernando se casaría muy pronto con Constanza de Portugal y sólo entonces se separaría de mí.

Seguí a pie la comitiva fúnebre hacia la catedral, la misma que nos vio convertirnos en marido y mujer, la misma que nos aceptó como reyes. Fernando continuaba asido a mi blanco sayal de viuda, como un polluelo a su nido. Regia y mirando al frente, le abrazaba con ternura. El duro tocado me cubría, como era menester, cabello y cuello. Así vestida me sentí más monja que reina. Sin la intención de la clausura, no existían otras vestiduras que reflejasen mejor mi sentimiento. Las miradas compasivas de los unos y las ambiciosas de los otros, se me clavaban en el cogote a mi paso. ¡Incautos! Podría parecer inofensiva, débil y desvalida, pero no me sentía como tal. Todo el que confiase en ello bien se merecía un escarmiento y quedaría con el tiempo defraudado en sus suposiciones.

Los demás hijos de Sancho, hallados en mí o no, vivían para perpetuar su memoria a través de los siglos y por ello ordené que todos acudiesen a su entierro. Unos me seguían en brazos de sus amas y otros a pie. Enrique, Pedro, Felipe, Isabel y Beatriz se mantuvieron en silencio a pesar de su corta edad, como si la Virgen con su manto los apaciguase en un momento tan doloroso. Observándolos, a mi recuerdo llegaron los que ya habían muerto, pues sus ánimas ya estarían junto a la de su padre.

En tercera posición y callados, los bastardos lloraban en silencio a su padre. Todos ellos eran mayores que mis hijos, ya que habían nacido antes de nuestro desposorio, y sabían que no serían descuidados por mi parte. La primera iba Violante, mi ahijada, y gracias a la cual en su bautizo nos conocimos su padre y yo. Teresa y Alfonso la acompañaban y tras ellos sus respectivas madres, incluida María Alfonso de Uceda, mi prima, la madre de Violante, que salió del convento para acudir al entierro. Sin musitar palabra y con el dolor de un adiós para siempre, rodeamos el féretro. Éste aguardaba a ser sepultado en el mismo enterramiento que Sancho mandó construir junto al de Alfonso VII. Con harto dolor de mi alma me despedí eternamente del único hombre al que pertenecí y pertenecería. Bien sabía Dios que, si algo dejaba en claro la incertidumbre en la que me hallaba, era precisamente que a mis treinta y seis no ansiaba tomar estado de nuevo ni enclaustrarme. Demasiado afortunada sería, de entre todas las mujeres, si en esta vida terrenal conociese a otro hombre que me otorgase lo mismo que Sancho me procuró. Muchos de los que ansiaban el poder ya barajaban esa posibilidad para quitarme de en medio. Algunos, incluso, estaban dispuestos a comprar un pretendiente bueno para la reina viuda pero lo que ignoraban era que, lejos de sentirme desvalida y desmalazada como la mayoría de las mujeres solas, me sentía fuerte y vigorosa para afrontar cualquier altercado que pudiese atentar contra los derechos adquiridos de mi hijo Fernando. ¡Como reina viuda de Castilla y León ya no tenía por qué someterme a la voluntad obligada de un matrimonio amañado!

Cuando procedieron a cerrar la tapa del féretro, cerré con fuerza los ojos para retener el rostro de Sancho en mi mente. El ruido que produjo el mármol de la lápida raspando la piedra de abajo resonó en toda la catedral hasta que se acopló a la perfección en el enterramiento. A partir de ese momento, Sancho sería pasto del hambre putrefacta de los gusanos. Insignificantes animales, comparados con las serpientes que rodearon en círculo a Fernando en cuanto el entierro se dio por concluido. El rey tocó fondo y ahora habría que dedicarse a su sucesor.

Aquellas víboras, lideradas por el infante don Enrique, arrancaron al pequeño de mi sayo y se lo llevaron en andas y a regañadientes. Le miré desolada, pero sin impedir que le arrastrasen a la fuerza. A pesar de su tierna edad ya se daría cuenta de lo que se le venía encima. Por mi parte, tendría que mirar hacia delante con ímpetu, fortaleza y prudencia. A la mente me vino el dicho de «Lo que has de dar al ratón dalo al gato» cuando oí la impaciente voz de don Enrique, su tío abuelo.

–Dejad ya de gimotear. Sois el futuro rey y como tal habréis de quitaros estos paños de luto de márfaga y vestiros con unos más nobles de Tartarí. ¿O es que queréis ser coronado con estas tristes vestiduras?

Nada más salir de la catedral resonaron los vítores y clamores no sólo de los toledanos; también de los que, enterados del fallecimiento de Sancho, habían acudido desde diversos puntos del reino para llorar en su entierro y reír y comer en los festejos de la subsiguiente coronación. Fueron precisamente los representantes del vulgo, más conocidos como «los personeros», los primeros que jurarían a Fernando como rey. Ellos eran el contrapeso del poder nobiliario. En vista de lo acontecido, los mismos que en un primer momento le vistieron para la ocasión sin perder un minuto, repentinamente se negaron a jurarle. Desde entonces nos veríamos madre e hijo entre dos bandos. De un lado, los nobles y del otro, «los personeros». Unos y otros me asaltaban con sus peticiones y condiciones. Necesitaba tiempo para pensar y así se lo hice saber a todos durante la cena subsiguiente al entierro.

A la hora de los postres, me levanté, mostrándome altiva y fuerte. Se hizo el silencio en el comedor. Procuré que mi cansino estado de ánimo no se notase y que el temor no me embriagara a la hora de demostrar solemnidad en mis palabras. Un centenar de ojos expectantes se fijaron en mi figura.

–Sólo os pido que rindáis nueve días de duelo por la muerte de vuestro rey Sancho. Yo rezaré por su ánima en el alcázar de esta ciudad antes de irme a Valladolid. Después, os ruego que me otorguéis otros cuarenta para reflexionar. Pasado el plazo, hablaremos. Mientras transcurre este tiempo no lleguéis a conjeturas erróneas. La decisión final sobre la tutoría del rey don Fernando durante su minoría será determinada muy pronto. Ya os adelanto que no somos débiles a pesar de nuestra apariencia. Muchos de vosotros ya me visteis obrar como diplomática, mujer guerrera y mujer de Estado. Como tal seguiré comportándome, incluso con más cautela y desconfianza que antes. Nunca olvidéis que yo tengo la guardia y custodia del rey.

Como su madre que soy, cumpliré y velaré por su reino como lo he hecho por él mismo y por su vida.

Un murmullo me detuvo. Bebí un sorbo de vino de la copa y continué, mirando fijamente a cada uno de los presentes.

–A vos, don Diego López de Haro, espero que no se os ocurra recuperar el señorío de Vizcaya. Como espero también que el infante don Juan no se esté preparando para incordiar de nuevo. Cuentan que tiempo tuvo para preparar la ofensiva en tierra de moros mientras don Sancho agonizó. Sé, además, que mi suegra, doña Violante, aprovecha la muerte de Sancho para defender y fomentar el liderazgo de sus nietos, los infantes de la Cerda. ¿Quién más me traicionará?

No pude evitarlo. Miré de reojo al infante don Enrique, que, achacoso como estaba, salía de la estancia en silencio con el ceño fruncido. Los pensamientos tergiversados de unos y otros armaban un revuelo sordo que todos escuchábamos. Como una manada de lobos hambrientos, los ansiosos nos acechaban creyéndonos corderos. En defensa de los derechos de mi hijo Fernando, rey de Castilla y León, yo me encargaría de convertir sus ambiciosos sueños en pesadillas.

SEGUNDA PARTE

MADRE, REINA, CONSEJERA: FERNANDO IV EL EMPLAZADO

16

LA JURA DE FERNANDO VALLADOLID, 24 DE JUNIO, SAN JUAN

He de razonar con ella y decirle mi quejura,
He de hacer que mis palabras la inclinen a la blandura;
Hablándole de mis cuitas entenderá mi amargura;
A veces con chica frase se consigue gran holgura.

JUAN RUIZ, ARCIPRESTE DE HITA
El libro del buen amor

Faltaba una milla para divisar las puertas de mi ciudad más querida. Valladolid no era una simple plaza más. Aquél era mi lugar preferido, como Toledo lo fue para Sancho o Sevilla, para su padre.

Mi pensamiento no divagaba y perseveraba en mi propósito inicial: el hacer entrar en razón a los que no admitían a Fernando como rey. Sabía que, como en otras muchas ocasiones, al final y con paciencia todos los reticentes terminarían por jurar pleitesía a su rey. Hacía casi dos meses que lo hicimos Fernando y yo en la misma catedral en la que enterramos a su padre y desde entonces supimos a lo que nos enfrentaríamos.

La jura por parte de prelados y señores a favor de Fernando no sería fácil.

A sabiendas de que muchos nos dedicaban graves calumnias e injurias intentando traicionarnos, procuraba convencerme a mí misma de todo lo contrario. ¿Por qué no habría de lograr el beneplácito de mi reino? Me puse en el pellejo de nuestros enemigos e intenté pensar como ellos. Era lógico que todos mirasen por encontrar su beneficio y quisiesen aumentar la prebendas de sus fueros y patrimonios en detrimento del poder real, pero siempre se podría llegar a un buen acuerdo.

Los que más contribuyeron a tornar nuestro duro transitar en un verdadero calvario fueron precisamente los más falsos. Aquellos que, habiendo precedido en el juramento a los demás, aprovechaban la confianza depositada en ellos para adelantarse en nuestra contra con un solo propósito: convencer a todo ser humano de que nuestras intenciones no eran otras que las de gravarlos con más peso del que pudiesen soportar.

¡Qué mejor manera para asustarles que la amenaza de una merma en sus esqueros si nos juraban! No les costó alzar altos y gruesos muros frente a Fernando.

De los que dialogaron con ellos, pocos pensaban que lo correcto y más beneficioso sería aceptar incondicionalmente a Fernando como rey. Con aplomo y tranquilidad conseguimos derribar en unos casos y sortear en otros todos los impedimentos que a nuestro paso surgían.

Les convencí en Zamora de que sólo nos abrieran una rendija de sus puertas para que pasase yo sola junto a cuatro de mi séquito. Como en el resto de las ciudades, al final nos permitieron la entrada, nos rindieron pleito homenaje y juraron fidelidad.

Sigüenza, Guadalajara, Ávila, Burgos, Salamanca, Palencia y Cuenca se comportaron de manera similar. Al principio, mantuvieron la necia sospecha de que les fuésemos a pedir más de lo necesario. Era absurdo. Fue fácil disuadirles con sólo mostrarles el documento que liberaba a los pobladores de Toledo de dos de los tributos más impopulares y prometerles una ventaja similar a la concedida.

Suprimiría, por un lado, la sisa que les obligaba a pagar un tanto por ciento en toda venta o trueque que ejerciesen y, por el otro, los doce maravedíes que cada padre tenía que pagar por cada varón que naciese en su familia y los seis por cada hembra. Esto último fue impuesto por Sancho en tiempos de penurias. Sólo sirvió para que los más humildes escondiesen o abandonasen en las puertas de los conventos a sus hijos.

Esperaba, con toda mi alma, que no me sucediese lo mismo en Valladolid y por eso llevaba agarrado con fuerza el relicario que pendía de mi cuello. San Francisco no me fallaría, nadie mejor que él para encauzar voluntades descarriadas. Repentinamente, detuve mi oración: algo en mi intuir encrespó el vello de todo mi cuerpo.

Al divisar las murallas, la perspicacia se tornó certeza. Las puertas estaban cerradas a cal y canto. Los vallisoletanos me defraudaban con su postura. No era la primera vez que me las encontraba así, pero el desprecio de aquéllos me acongojó más que el del resto de las villas y ciudades.

¡Uno de los de mi sangre moraba tras aquellos muros! La angustia me invadió. Me faltaron el aire y el resuello. No me cabía la menor duda: utilizarían al pequeño como elemento de amenaza. La imagen de la cabeza catapultada del niño de Guzmán el Bueno acudió a mi mente y aún me atemoricé más. Sin duda, el cansancio de tanto viaje estaba debilitando mi fortaleza. Un escalofrío recorrió mi espalda. Pensar que ni siquiera oiría gritar al pobre Enrique si le hiriesen. Su voz era el vivo reflejo del silencio que por un segundo se hizo entre el séquito a los pies del portón de la ciudad. Por ello ya le apodaban *el Mudo*.

Abracé a Fernando. El calor que irradiaba su pequeña figura me devolvió en un segundo la pujanza que pareció abandonarme. Apreté su cuerpo sudoroso contra el mío para que no pudiese ver una traicionera lágrima que surcaba mi mejilla ante la desesperación. Apoyando mi rostro en su pelo, la sequé disimuladamente para brindar un lugar en mi sentir a la rabia y, apretando las mandíbulas, le susurré en el oído:

–Os juro, Fernando, que nadie conseguirá apartaros de vuestro merecido lugar. Ni siquiera vuestros tíos, los infantes Enrique o don Juan. Laras y Haros pueden prepararse. ¡Nadie atentará en contra de vuestros derechos mientras vuestra madre tenga un hálito de vida en su cuerpo! ¡De nada les servirá amenazarme con hacer daño a vuestro hermano!

Sin darme cuenta alcé la voz y todos los que a mi lado andaban me miraron consternados. Fernando me abrazó con fuerza en señal de gratitud. Aún era niño y confiaba en mí sobre todas las cosas. Por desdicha, aquel privilegio que como cualquier madre tuve, con el tiempo y su crecer iría desapareciendo.

Nada más detener los carros, mandé a mi emisario para hablar con los personeros y el alcaide de la ciudad como representantes de los demás. No hacía ninguna falta que le dictase el mensaje al escribano, pues ya lo tenía guardado junto a otros documentos. Se lo mandé escribir mientras guardaba el luto debido a Sancho en previsión de lo que aconteciese. Sólo tenía que buscarlo.

–Os pido que aguijéis. Hoy corre el 23 de junio y es mi deseo pernoctar al otro lado de la muralla la noche de San Juan.

El emisario inclinó la cabeza en señal de reverencia y espoleó a su caballo.

Aún guardaba el secreto anhelo de que aquella ciudad no me defraudase más de lo esperado, como así fue.

A las pocas horas los goznes, bisagras y cerrojos de las puertas comenzaron a sonar. El repicar de las campanas a tañer y el dulce crujir de las poleas sobre la madera del puente levadizo a abrirnos un jocundo paso a la comitiva. Los ciudadanos se desgañitaban en vítores, audibles desde donde nos encontrábamos.

Una brisa de esperanza nos empujó hacia delante. Quería correr hacia ellos pero la solemnidad del séquito me lo impidió. Sólo pude sonreír. En aquel preciso instante supe que Valladolid no me defraudaría otra vez, siempre permanecería fiel a Fernando.

Una vez dentro, las dudas empezaron a aclararse en mi mente. Las paredes escuchaban y luego me susurraban al oído las noticias. Nunca me gustó fisgar, pero la situación y defensa de Fernando lo requerían. Don Enrique, como sospechaba, estaba urdiendo una trama a la sombra de la corte; para acallarle, por mal que me pesase, tendría que aceptar sus peticiones, fuesen las que fueren.

Era consciente de lo que ocurriría. Los concejos de Castilla y León querían más concesiones que las solicitadas por la propia Iglesia. Durante las largas reuniones que precedieron a las cortes me mostré amable, dulce, ingeniosa y transigente para apaciguar las molleras más testarudas. Sobresalieron de entre las más tozudas la de don Diego López de Haro y don Juan Núñez de Lara. Al fin, como los demás, rindieron homenaje a su joven rey no sin antes esquilmarnos.

Al culminar la reunión de las cortes, ordené a los sirvientes que entregasen copas a todos y escanciasen vino en ellas como si lo hicieran en su propio tinelo. Con la copa en alto me dispuse a brindar, los sonrientes rostros de todos bien lo merecían.

–Brindemos, señores, ya que la ocasión lo merece.

Mirando al infante don Enrique me dirigí a él.

–Por vuestra merced, mi cuñado e infante. Espero que me ayudéis a gobernar en la regencia de nuestro rey don Fernando, con la diligencia de un buen padre de familia y dejando a un lado intrigas absurdas y deslealtades. La tutela, la crianza y la educación del pequeño rey es menester que sea ejercida por una madre y por eso me la reservo.

El mencionado sonrió.

–Decid que sí, mi señora. Directa al grano y sin divagar.

Todos rieron por su comentario. Girando la mano, la dirigí al lugar donde se encontraba el joven señor de Haro, don Diego, junto a su madre, mi hermana Juana. Al verme sonriente alzó un poco más la dorada copa.

–Don Diego, siempre hay tiempo para recuperar la amistad; lo difícil es consolidarla. ¡Con esa única intención os reintegro el señorío de Vizcaya! El mismo que un día fue de vuestro padre y del que fue privado por atentar contra la vida de su rey don Sancho.

Miré a Juana de reojo, esperaba que, como su hijo, ella olvidase. Sin pronunciar palabra, asintió aceptando de buen grado el final de nuestra quebrada hermandad a pesar de que Sancho matase a su señor marido. Su hijo don Diego alzó la copa al igual que antes lo hiciera don Enrique. Observé al infante don Juan de inmediato. Junto a su mujer, doña María Díaz de Haro, tía del joven Haro, pretendía las mismas posesiones. Eran los únicos que fruncían el ceño. Previniendo su intención, me adelanté a sus quejas.

–Al infante don Juan le entregamos Paredes de Nava, Mansilla de las Mulas, Cabreros, Castro Nuño y Medina de Rioseco.

No hubo queja en ellos, ante el regalo de nuevas tierras no cabía un pero ni un rechiste. Sin embargo, yo sabía que el silencio de éste sería corto, puesto que la codicia le podía. Las malas lenguas decían que no sólo se cernía su ambición a Vizcaya, sino que soñaba con León. Para él, el haber nacido después de su hermano Sancho no era razón suficiente para no ser rey. ¿Por qué habría de serlo si Sancho lo fue siendo menor que el padre de los infantes de la Cerda? Aquellos rumores había que acallarlos como fuese por lo que nos tocaba.

Finalmente, miré a don Juan Núñez de Lara el Mozo.

–A vos os entregamos todos los señoríos que nos pedís menos el de Molina. Es mío no sólo por nacimiento, también lo es por vinculación afectiva, ya que mi señor don Sancho me lo entregó en su día.

El referido actuó igual que los demás.

–Para finalizar, el rey don Fernando reconoce hermandades, amplía fueros y concede jurisdicciones a los concejos que lo solicitaron y os agradece el juramento de vasallaje con que os obligasteis.

Por fin, bebí de un trago el contenido de mi copa. Todos me siguieron y vitorearon a Fernando.

17

EL DESENGAÑO
SEGOVIA, 1296

> Hacía una enemiga, bien sucia de verdad,
> Cambiaba los mojones para ganar heredad
> Hacía en todas formas tuertos y falsedad,
> Tenía mala fama entre su vecindad.
>
> GONZALO DE BERCEO,
> *El labrador avaro*

Sentada en la poltrona, a la sombra de la única encina que había crecido en el interior de la fortaleza, admiraba las dotes cazadoras de mi hijo. Al acecho y expectante, esperaba en silencio la aparición de su presa. Su orden resonó en el patio, a pesar de que su voz estaba tornando por aquel entonces de aniñada a hombruna.

–¡Cu!

Desde detrás de un carro cargado de paja, el escudero abrió una jaula, tomó al azar un pichón de la docena que guardaba y lo lanzó al aire. El pájaro, de inmediato, alzó el vuelo aturdido y asustado. Fernando tensó la ballesta, disparó y ensartó la pieza. El animal fulminado cayó dando vueltas en el aire. Los mancebos de su alrededor le aplaudieron desganados. No era para menos, ya que al día siguiente habría un torneo de tiro entre ellos y la maestría del rey en el manejo de las armas sería difícil de superar. Si la certeza de su tiro era tan clara sobre un objetivo en movimiento, ¿qué haría frente a una diana quieta? Las flechas pintadas con las armas de Castilla y León siempre acertarían en el centro y el torneo carecería de interés incluso para el más aficionado.

Muy a mi pesar, tenía que admitir que Fernando ya estaba listo para salir solo a campo abierto. Ya no se lo podría impedir. Muy pronto su arregostarse por la caza se haría notar, y los ambiciosos petulantes que le rodeaban sabrían aprovechar estos momentos, en los que no andaría bajo mi guarda, para estrujar esta obsesión real en su beneficio.

Fernando agradeció los aplausos y desprendiéndose del arco, tomó un botijo de agua fresca para saciar su sed. Después, regó todo su rostro y cabeza con el chorro. El líquido empapó su camisa, adhiriéndola a su piel. El contorno de su cuerpo se hizo claro y fue entonces cuando me di cuenta de que hacía mucho tiempo que no le veía desnudo. Sus brazos ya estaban lo bastante fornidos como para sostener el pesado barro en alto y los músculos de su pecho se estaban desarrollando, incluso una sombra sobre su labio perfilaba el bigote incipiente que marcaba el inicio de una barba poblada. Crecía irremediablemente y para cuando me quisiera dar cuenta ya no me necesitaría para nada. Tenía que despabilarme para formar a un buen rey antes de que éste se despegase definitivamente de las faldas de mi sayo.

Le tendí un paño de algodón para que se secase.

–Buen disparo. Si pusieseis tanto empeño y atino en las letras como en las armas, serías el mejor rey que Castilla conociera nunca.

Arrancando la toalla de entre mis manos, me miró con desprecio ya que se negaba desde hacía tiempo a escuchar a sus maestros.

–Para eso, madre, está la Universidad de Alcalá. Aquella que fundasteis junto a mi padre y donde se reúnen los hombres doctos y amantes del saber. No deseo enarbolar la bandera del saber. No es mi camino ni creo que sea el más propicio. Recordad a mi abuelo el Sabio, ¿de que le sirvió tanta sapiencia al final? Prefiero cabalgar junto al pendón de Castilla en las batallas que hemos de librar.

–Sois libre de pensar como queráis, pero os equivocáis de lleno. Para ser un buen estratega hay que conocer la historia y saber en qué se equivocaron los que nos precedieron. Así se ataja el camino en los lances. Os puedo asegurar que, desde que don Pelayo comenzó la reconquista de las tierras godas, se han librado mil batallas. De entre estas mil, siempre se puede encontrar alguna parecida a la que nos toca enfrentar que nos oriente sobre la estrategia más indicada en contra del moro usurpador. Todos debemos conocer nuestra historia. Nosotros, los reyes hispano-góticos, tenemos la obligación de honrar a nuestros antecesores.

Por un momento, puso atención en mis palabras. Se sentó a mi lado y me miró con curiosidad. El gusanillo de la inquietud recorría su cerril pensamiento y aproveché la ocasión para proseguir. Rogué a Dios que no me hiciese tediosa en el divulgar.

–Muchos caballeros recorren el mundo en defensa de la cristiandad. Nosotros, Fernando, tenemos la oportunidad de hacerles ese honor aquí mismo y sin tener que trasladarnos a lejanos lugares como Jerusalén o la tierra del nacimiento de Nuestro Señor Jesucristo. Es la cruzada contra los infieles. Nuestras fronteras han de extenderse y afianzarse hasta completar el antiguo territorio de Hispania. Tenemos que organizar las regiones conquistadas al enemigo, como mejor convenga, convirtiéndolas en feudos de abolengo, reales o de alguno de nuestros señores.

»Mira, hijo, vuestro padre, abuelo, bisabuelo lucharon por ello y por ello habéis de luchar vos y los que os sigan. Mientras seáis menor, mi obligación es guiaros. La repetición y reiteración de este mensaje os calará hondo y surcará huellas imborrables en vuestra sesera, como un arado la tierra antes de sembrar. Algún día, cuando yo no esté para tenderos la mano, el buen criterio, la educación y la intuición que os mostré, ocuparán mi lugar.

Los gritos de alguien me hicieron callar repentinamente. Contrariada por la inoportunidad, me dispuse a proseguir, pero para entonces Fernando andaba ya distraído mirando a lo alto de la muralla. Un sinfín de bandadas de pájaros levantó el vuelo. Las liebres y alimañas se escondieron en sus madrigueras y los pastores que no estaban en casa se cobijaron en las cuevas con sus rebaños. La guardia corría de un lado para otro, asomada al exterior y sin saber muy bien qué hacer. Poniéndome las manos a los lados de la boca, pregunté en alta voz:

–¡Quién va!

El capitán de la guardia me contestó de inmediato:

–Mi señora, doña Violante solicita la entrada en Valladolid.

Después de comprobar de reojo que la puerta de la muralla continuaba cerrada me levanté.

–¡No se os ocurra abrir!

El hombre asintió. Yo comencé a subir los empinados escalones. Una vez arriba, sólo me asomé a una estrecha tronera para ver sin ser vista. Ordené a todos que acallasen el murmullo que tenía alborozado todo el recinto amurallado y me limité a escuchar. A un tris, Fernando se asomó a mi lado. Con un dedo le indiqué silencio.

Una sonrisa se esbozó en su boca pues la escena resultaba cómica. Su abuela Violante, roja de rabia, gritaba desaforadamente. De su toca escapaba un mechón de canas albarazadas y despeinadas. De sus muecas, insultos tan duros que más parecían blasfemias.

Recordé sonriendo el viejo refrán castellano y lo susurré al oído de Fernando:

–«No hay mejor desprecio que el no hacer aprecio.» Repetídselo al capitán como una orden.

Asintió y corrió a darla. La guardia inmóvil observaba cómo la reina viuda de Castilla y León, la misma que un día fue la mujer de mi suegro, se desgañitaba hasta la afonía.

Así estuvo durante una hora, recordándonos uno a uno los problemas que más nos acuciaban.

–Sabed que no son sólo los nobles los que conspiran en vuestra contra. Las coronas circundantes os asolan con su sombra. Pero aquí está la abuela de vuestro hijo, aquel que llamáis rey en contra del verdadero, su primo Alfonso de la Cerda, para poneros al día.

Fernando enrojeció de ira y olvidando mi consejo recuperó su ballesta, apuntó y disparó una flecha que sobrevoló el muro. Por desgracia, cayó muy cerca sin herirla. Su carcajada sonó como la de una bruja en pleno aquelarre. El eco se hizo con ella y la repitió una y otra vez. Ni siquiera los pájaros osaban interrumpirla. Pude sentir cómo el silencio transformó nuestro sentir de mofa inicial en recelo. Aquella mujer era muy capaz de pactar con el diablo en contra de nuestro Dios para conseguir sus propósitos. Prosiguió:

–Querida nuera, ¿o debería decir odiada, ya que ahora sois vos la señora de esta ciudad que un día fue mía y hoy osa cerrarme las puertas? Tan encerrada e ensimismada andáis en vuestros reinos que no sabéis qué es lo que acontece en los vecinos. ¿Qué os ocurre, María? Parecéis estar demasiado ocupada defendiendo cual gallina a vuestro polluelo de los zorros colindantes, que olvidáis mayores pormenores. Deberíais advertir a Fernando de lo malo de actuar con venalidad y visceralmente.

Tomó aire y reanudó:

–Veo que queréis que siga y no me estorbáis. Pues bien, habéis de saber que don Juan se alía con el rey de Granada. Se ha autoproclamado, en la ciudad sarracena, rey de Castilla y León. Con la ayuda de las tropas musulmanas aspira a arrancar la corona a vuestro hijo. Por otro lado, mi buen Jaime de Aragón ha ocupado Murcia y Alicante. Portugal se apodera, sin resistencia, de vuestras tierras de Alcañices como los navarros y franceses lo hicieron con Nájera.

A escondidas de su vista, me tapé los oídos. Era cierto que todo se desbarajustaba y estaba cansada de las eternas y enmarañadas madejas de tratos, pláticas, alianzas, rompimientos, avenencias, traiciones, alternativas y revueltas. Aquella desagradable voz resonó de nuevo en mi cabeza.

–¿De verdad creéis que venceréis sola junto a un niño enfermo? No os engañéis, por muchas medicinas que le dieseis a su nodriza si aún la tuviese, él nunca sanará.

Su risa histérica rechinó en el exterior. Inclinándose, tomó del suelo la misma flecha de Fernando. Empuñándola, la usó para clavar lo que parecía una carta en la puerta. Con la voz cascada, como si obedeciera al conjuro más temible, por fin se despidió.

–¡Me retiro a la villa de Cabezón! Allí aguardaré por unos días vuestras noticias y espero sinceramente que no me defrauden en mis propósitos porque, de ser así, os aseguro que os arrepentiréis para siempre. En Ariza, don Alfonso de la Cerda y don Pedro de Aragón esperan mi orden para atacar vuestras fronteras.

La brisa hecha fuego nos acarició las mejillas, al tiempo que la excitada se reafirmaba en su carcajada al ver que no obtenía respuesta. Al comprobar que su amenaza no me había impresionado en absoluto, bajó el tono de voz como si hablase para sí misma. Aun así la seguíamos oyendo.

–Dado que nada parece alteraros y que pensáis que sois todopoderosa como Dios, espero, María, que no fallezcáis del susto al leer el contenido de esta carta, porque he de reconocer que me gustáis como rival y espero no perderos. Me sería difícil y aburrido encontrar otra mujer con vuestras virtudes para batirme.

Al parecer, semejante víbora guardaba un as en la manga y su orgullo herido la delataba. No me pude contener.

–¡Id en paz, Violante, que con la ayuda del Señor tendréis a María de Molina y a su hijo Fernando, rey de Castilla, en vuestra contra para rato!

Agotada por los insultos, miré cómo se alejaba. Aquella mujer no dudó en abandonar a su señor marido, don Alfonso, cuando más la necesitaba. Osó enfrentar a sobrinos y hermanos para aquistar que sus deseos se cumplieran y muchos, incluso, la acusaban de asesina ya que los juglares cantaban historias referentes a una mujer que mandó envenenar a su propia hermana con cerezas sólo por envidiar su belleza. Corría el rumor de que la historia hacía referencia a Violante y todos sabían que Constanza, su hermana, murió muy joven un verano después de almorzar este fruto. Sólo con un poco de mercurio, conseguido de manos de un alquimista experto e inyectado en la fruta, se podría conseguir.

Al final de la gran llanura castellana, la polvareda que levantaba su séquito se confundía con el oscuro avanzar de una tormenta en el claro cielo. La línea del horizonte se cubrió de polvo y nubes que, unidos, simbolizaban los turbulentos momentos en los que nos encontrábamos.

Violante, con todos sus improperios y amenazas, no consiguió avanzar en su propósito ni cruzar la puerta. Quedaba demostrado que en muchas ocasiones era mejor la tranquilidad y el sosiego para mermar voluntades ariscas e inhospitalarias.

Cuando se alejaba, pedí que me trajesen la carta. Con curiosidad, la comencé a leer ansiosa, pero según avanzaba me defraudaba al comprobar su contenido. Reduje la velocidad de mis pasos y busqué un lugar más discreto para seguir leyendo. Lo encontré en el hueco de una escalera.

El corazón se me encogía a cada palabra escrita. Si las amenazas me habían sido indiferentes, en cambio aquel pergamino me estaba apuñalando por la espalda como hacía un segundo lo hiciera la flecha en el portón:

Señora de Molina:

En verdad sois más párvula e ingenua de lo que nunca pensé. No acaban vuestros problemas en los enemigos mencionados, pues hay otros que al parecer ignoráis. El papa Nicolás IV ha muerto y, como sabréis, el rey Felipe de Francia ha nombrado sucesor a Bonifacio, el octavo pontífice de este nombre desde el nacimiento de Nuestro Señor Jesucristo. No será difícil que el papa obedezca al rey de Francia, ya que se sienta en el trono de san Pedro gracias a él.

Se comenta que quizá el nuevo declare nulos todos los actos de su predecesor y no sería difícil meter en la misma terna el documento que hizo válido vuestro matrimonio con Sancho. Más si consideramos que el legajo era falso de antemano.

¿Os extrañáis? Pues sabed que vuestra dispensa matrimonial fue trucada por vuestro mismo marido.

Andaos con cuidado porque, sin duda, los dos están muy hermanados. ¿Sabéis que corre el rumor de que el nuevo pontífice le está tan agradecido al rey que, si éste se compromete a terminar con los poderosos templarios, él canonizará a su antepasado el rey Luis de Francia? Ya veis cómo son las cosas, aquí todos quieren que el que fue mi suegro, Fernando, sea santo y en Francia se nos adelantan, como siempre. Tal y como os digo, tendremos antes un san Luis de Francia que un san Fernando castellano; el salvador de la herejía en Sevilla, el vivo reflejo de la madeja de «no más dejado» no será santo hasta que el francés lo consiga antes. Divago a sabiendas de que esto último no es lo que os inquieta. ¿Pensáis que estoy loca? Hablándoos de santos cuando la legitimidad de vuestro matrimonio e hijos está en entredicho.

¿Queréis saber más al respecto? Pues preguntad al fraile que falsificó el sello y el lacre pontifical. Creo, María, que por mucho que os resistáis a ello, para el sumo pontífice vivisteis una cohabitación ilícita con aquel al que llamasteis marido. Vuestro contubernio dará mucho de qué hablar a nuestros sucesores. Para el Vaticano, Sancho vuelve a ser recordado como bígamo, incestuoso y un rebelde insolente hacia el que fue su padre, don Alfonso. Os estaréis preguntando el porqué de la mentira de Sancho. Es sencillo: fuisteis tan tenaz e insistente en vuestra petición que Sancho, mi hijo, no quiso defraudaros en este vuestro deseo y ordenó falsificar la dispensa con la que soñábais. Supongo que, llegado este momento, estaréis a punto de romper este pergamino. Cuando lo hagáis, recordadme, porque estaré disfrutando en la distancia con vuestro dolor.

Violante, reina de Castilla.

Quise morirme y, como deseó Violante, rompí el papel. Repentinamente recordé a aquellos monjes que un día nos recibieron, cerca de Guadalajara, en su monasterio y que le entregaron una carta a Sancho que escondió rápido en su camisa. Inmediatamente ordené que investigasen semejante revelación con la secreta esperanza de que aquello no fuese más que una mentira. Y una falsa intuición por mi parte.

A los pocos días me llegó la noticia de la mano de Oliveras. Él mismo, tembloroso, me explicó lo acontecido.

–Mi señora, al parecer queda confirmado que el papa Nicolás jamás firmó vuestra dispensa en vida. Al saberlo, don Sancho pensó que nunca existiría a lo largo de su vida otro papa más afín a su causa. Si éste no lo había reconocido, nadie más lo haría; por lo tanto, no le quedó otro remedio que la falsificación para obtener su propósito. No podía morir pensando que Fernando no reinaría. La falacia y la mentira remediarían el error de una injusticia.

»Mandó entonces dinero para que un fraile mercenario y sin escrúpulos se dejase comprar. En todos lados existen personas sin voluntad. Aquellos hombres, con gran maña y sabiduría, imitaron el papel, el sello, la firma y el trazo. Todo fue tan perfecto que incluso aseguraron a mi rey la constancia de una copia exacta en los archivos de la cancillería pontificia.

»El artífice principal de toda la farsa fue un hombre de Úbeda, llamado Fernán Pérez. En su casa hallamos sellos del sumo pontífice, tinta, lacre del mismo tipo e incluso un papel muy similar.

Oliveras quedó en silencio. Procuré retener el llanto pero no pude.

–Sois demasiado bueno en cumplir con vuestros cometidos, Oliveras. Prended al tal Fernán Pérez y mandadlo ejecutar. Semejante farsa no puede pasar desapercibida ni impune al castigo.

Toda mi rabia cayó sobre aquel lazrador. Quedé en la penumbra de la estancia rogando a Dios que el papa sucesor no se enterase y que Violante nunca le informase. Ilusión vana ya que no fue así. El día 21 de marzo de 1297, como ya temíamos, Bonifacio VIII mandó recado de anular todo. Para entonces, mis lágrimas se habían secado. Maldije a Sancho por haberme hecho creer durante cinco años de mi vida que nuestro matrimonio había sido válido. De todos modos, perseveraría y lucharía hasta el día de mi muerte para que lo que aquel día se decía nulo fuese legítimo. Estaba dispuesta incluso a pagar lo que se me pidiese. Cinco mil libras fueron las que me solicitaron y para aquel propósito rasqué los fondos de las arcas, que bien lo valía el fin.

Pasado un tiempo y apoyada en una de las balaustradas de las ventanas del salón del trono del alcázar de Segovia, inspiré profundamente procurando relajarme. El olor de todas las plantas aromáticas que tapizaban nuestra Castilla se había impregnado en el aire. Romero, tomillo, jara, algalia y lavanda perfumaban la brisa. Cerré los ojos para apreciarlo mejor y sentí la caricia de un cándido pincel tiznándome de rubor las mejillas. Fue tan obstaculizada y angustiada nuestra entrada en la ciudad, que ahora hasta el roce suave de los últimos rayos al atardecer en un momento de sosiego eran placenteros, a pesar de mi dolencia.

Las largas noches que velé para que Fernando sanase en nuestro transitar habían mellado mi cansado cuerpo. No por el posible contagio, sino porque me creció un enorme bulto bajo la axila. Al pincharme brotó de él un líquido pestilente y amarillo. Sin pensarlo, me llevé la otra mano al lugar y sentí bajo el sayo los emplastos con hierbas que me pusieron los físicos sobre la herida sangrante. Sobre el corazón, me posaron una pítima para protegerlo. Tanto me dolía que estaba casi manca. Rezaba todos los días con la esperanza de recuperar la movilidad del brazo. Procuré evadirme de la dolencia con todos los sentidos, saboreando el mejor remedio con el que contaba; la visión de aquel paisaje, su silencio y su luz.

Fernando se asomó a mi lado ignorando mi mal, ya que no le quise preocupar. Sin romper el silencio, se quedó absorto y pensativo mirando a la lontananza. Extasiado como andaba, le miré fijamente. Temí por su completa recuperación cuando a nuestra llegada nos encontramos cerradas las puertas de Segovia. Gracias al Señor, la negociación, como en otras ocasiones, fue rápida y aquella misma noche pudimos dormir a cubierto. Aun así, su rostro estaba demacrado y tan delgado que parecía cadavérico. Lo acaricié.

–Tenéis que engordar, Fernando. Vuestro estornudo es tan parecido al que antaño acució a vuestro padre que me hace temer lo peor. ¿Sabéis que corre el bulo entre los concejos de que sois tan desmalazado y enfermizo que os auguran una pronta muerte? ¡Si no conseguimos convencerles de lo contrario, los partidarios de los de la Cerda no dudarán en utilizar vuestra falta de salud como excusa para entronizarse!

Me miró con cariño.

–Vos sí que tenéis mala cara, madre. ¿Os habéis mirado al espejo?

Fruncí el ceño y me puse muy recta para enaltecerme. Tenía que disimular como fuese, pues en realidad tenía fiebre desde hacía días. Confié en curarme pronto sin guardar cama. Fingí como nunca.

–Bien sabéis que no soy una mujer demasiado presumida y que hay muchas cosas a las que me entrego con más ahínco que al cuidado del cuerpo. Todavía soy joven y, para vuestra información, os diré que debo de estar de buen ver ya que don Enrique, vuestro tío, quiere casarme con el infante don Pedro de Aragón.

Claramente estaba bromeando pero Fernando no lo tomó así.

–No es verdad, madre. ¿Habéis aceptado?

Me hice la remolona.

–¿No sería acaso una buena solución para acercarnos a la ansiada paz con Aragón?

Fernando me miraba con incredulidad y desesperación. Proseguí.

–Además, sería divertido, ya que el pretendiente está ya comprometido con Guillermina de Moncada.

La sorpresa se dibujó en la cara de Fernando.

–¿No fue esa misma la fea prima que destinaron a mi padre, don Sancho, para desposarse antes de conoceros?

Sonreí.

–La misma, hija del señor de Bearne. Sin duda, en su destino está escrito que yo he de cruzarme en todas sus relaciones conyugales robándole sus esposos.

Fernando pasó de la sorpresa a la indignación.

–Esto es serio, madre, y no es propio de vuestra majestad mofarse de algo así. ¡Debéis de estar enferma! Comportaos, no bromeéis y decidme que no habéis aceptado.

Repentinamente, sentí un escalofrío y el buen humor huyó despavorido de mi semblante. Tuve que entrar en el salón y sentarme en el trono contiguo al de Fernando. Mi hijo me siguió a la expectativa de mi contestación.

–Querido Fernando, para vuestra tranquilidad y hablando en serio, os diré que lo rechacé de lleno por nobleza y dignidad. Podéis estar tranquilo porque jamás quebrantaré la palabra de mi primer consorcio, aun a trueque de ganar cien coronas para vuestras arcas. Desgraciadamente, la paz es demasiado endeble como para creerla definitiva por un simple matrimonio. Mi respuesta fue tajante y negativa. No admitiré en mi toca blanca de viuda el más mínimo lunar.

Sentí un mareo repentino. Apoyé el codo en el reposabrazos y posé mi frente sobre la palma de mi mano. La sala daba vueltas y se me nublaba la vista. El sudor de mi frente se hizo gélido. Fernando vino a abrazarme en señal de gratitud, y sólo recuerdo que tuvo que sostenerme para que no me cayese al suelo. Estaba ardiendo y ya no me sentía capaz de disimular más.

Desperté empapada por el sudor y sobresaltada. Tenía acelerada la respiración y el temblor metido en los huesos. No recordaba cuánto tiempo llevaba inconsciente. Podrían haber pasado dos segundos o dos siglos, igual daba; lo cierto es que un mal sueño seguía grabado en mi mente. El primero en percatarse de mi despertar fue el abad de Santander, que acudió presto a atenderme.

–Ave María purísima. Aprovechad ahora, hija, que la fiebre arrecia para confesar.

–Ahora no, padre. El miedo me impide el sosiego que necesito para el previo acto de contrición. Sólo soy capaz de transmitiros el pavor que produce una pesadilla.

Con una inclinación de cabeza, don Nuño tomó mis manos en las suyas y se dispuso a escuchar.

–Unos grilletes demasiado estrechos para mis miembros me apretaban tobillos y muñecas. Tan prietos me asían que, a base de rozarme sin piedad, ya abrían en mis carnes profundas llagas. Quise gritar pero ni siquiera podía calmar el dolor dando rienda suelta al quejido, pues mi boca estaba sellada por una mordaza. La angustia muda de la obligada quietud se reflejaba en mis ojos.

»Unos extraños cantos resonaban en las bóvedas del calabozo. Me sonaron a satánicos, ya que la voz que más sobresalía era la de doña Violante. Alternaba un estribillo, que presagiaba la muerte de Fernando y la mía, con las estrepitosas carcajadas que ya conocíamos. Al tiempo, ofrecía a mis hijos unos dulces de miel emponzoñados por el veneno.

»Ellos cerraban sus pequeñas bocas renunciando inteligentemente a tan pernicioso bocado. Junto a la bruja, el infante don Alfonso de la Cerda sonreía disfrutando del espectáculo. Violante golpeaba, enfadada por el rechazo, las jaulas en las que estaban encerrados y éstas se bamboleaban como el badajo de una campana en el aire ya que estaban colgadas del techo. Sus pequeños cuerpos se golpeaban a diestro y siniestro, hasta que el macabro péndulo recuperaba la quietud inicial. En cada una de las jaulas ponía un nombre. Aquel que simbolizaba las plazas fuertes en las que tuve que dejarlos morando como prendas de la promesa de fidelidad que sus habitantes me hicieron en nuestro duro caminar. Sin duda, me habían traicionado entregando a mis propios hijos al enemigo.

»Todos imploraban ayuda y yo me angustiaba cada vez más por sentirme incapaz de proporcionársela. Felipe me llamaba desde Villalpando. En Palencia, Pedro, muy quieto, observaba a los demás. Enrique, mudo, zarandeaba su particular calabozo para llamar mi atención desde Toro. Beatriz, desde el alcázar de Toledo, lloraba asustada entre hipidos, mientras su hermana Isabel me llamaba desde Guadalajara solicitando que la rescatase del repudio de su señor marido, el rey de Aragón, ya que no era mora.

»Desesperada buscaba a Fernando, pero éste no estaba. Era el único que faltaba en tan tétrico escenario. Repentinamente aparecieron, como por arte de magia, en el centro de la estancia, muchos caballeros sentados alrededor de una mesa. Sobre ella, una gran tarta con las armas dibujadas de Castilla y León.

»Los infantes de la Cerda, los reyes de Aragón, Francia, Portugal y Navarra, e incluso el infante don Juan junto al emir de Granada miraban con codicia el dulce, esperando conocer su tajada. También me pareció ver en segundo plano a los señores de Lara y de Haro, que, hambrientos de codicia, aguardaban para lamer las migajas sobrantes de tanta corona. Mi suegra tomó un gran cuchillo y se dispuso a repartir junto a la silueta fantasmagórica de su señor marido. Aún la oigo.

»–Para mi nieto Alfonso de la Cerda, como legítimo sucesor de la corona, el pedazo más grande; su verdadero reino, libre de usurpadores. Aquí tenéis: Castilla, Toledo y Andalucía son vuestras y pronto seréis nombrado rey en Sahagún.

»Asintió.

»–Para mi hijo, el infante don Juan, León, Galicia y Asturias. Él sabrá si quiere entregar a Dionis de Portugal alguna de sus plazas fuertes fronterizas.

»–Por último, estoy en deuda con don Jaime de Aragón, por lo que le sirvo este pedazo en la escudilla. Es la Murcia que tanto ansía.

»El aragonés se alegró de la concesión. Desesperada, mugí como las vacas ya que no podía gritar amordazada. Me ignoraban, mientras asistía impotente al reparto del reino de Fernando entre sus enemigos. Fue entonces cuando desperté, mi querido abad.

Don Nuño me acarició las manos con la confianza que un confesor tiene en su confidente.

–Mi señora, sin duda la fiebre os hizo delirar y todo es producto de vuestra imaginación.

–Dios os oiga, don Nuño, porque todo parecía real y aunque no creo en las premoniciones, las advierto posibles. Ayudadme a levantarme y llevadme al ventanuco. En esta estancia me ahogo. Necesito respirar aire fresco y estirar mis entumecidas piernas.

Entre dos dueñas y el abad me ayudaron a incorporarme. En ese preciso instante, el día se tornó noche y las tinieblas se apoderaron de la estancia. Asustada como estaba, me cobijé en los brazos del abad de Santander. Su voz calma me apaciguó.

–Los astrólogos lo predijeron, es un eclipse que pronto pasará.

Lo miré sorprendida.

–¿No es indicio de premonición?

–Es increíble, mi señora, cómo sois de realista en algunas ocasiones y de fantasiosa en otras. Es sabido que cuando hay eclipses los hombres inventan grandes catástrofes, auguran el fin del mundo o fantasean con monstruos más terribles aún que los mitológicos griegos. Os puedo asegurar que todo son pamplinas y que, con respecto a la niebla, en cuanto se haga la luz todo será igual.

Al instante, la claridad se impuso en mis aposentos y con los rayos del sol entraron dos figuras. Tardé en distinguir sus contornos por la ceguera transitoria que tuve al mirar directamente el eclipse. Al reconocerlas, un escalofrío recorrió mi cuerpo y sólo pude señalarlas para que el abad de Santander las viese.

Isabel corrió hacia mí y me abrazó llorando. Sólo pude musitar a su dueña con voz tremente:

–Doña María, por Dios, no me digáis que don Jaime de Aragón nos la envía de regreso.

Mi querida dueña, a quien le confié la guardia y custodia de mi hija mayor hasta que llegase a la edad núbil, sólo se encogió de hombros en señal de aceptación.

–El rey de Aragón parece darnos la espalda y ahora quiere casarse con una hermana de Carlos de Anjou. Alega que la dispensa que necesita para desposarse con Isabel no llega y no quiere tener hijos tan ilegítimos como los vuestros.

La turbación me obligó a tumbarme de nuevo en el lecho. Isabel me besó. A sus trece años casi era una mujer, por lo que, al menos, no había consumado y sería fácil buscarle otro esposo. Al acariciarla me di cuenta de mi temblor. Doña María Fernández de Coronel acababa de confirmar, sin saberlo, la veracidad de mis malos sueños. La intuición me hizo suponer que la premonición se cumpliría irremediablemente. Pero ¿dónde?

Mandé a Oliveras a cabalgar por los campos de Dios, en busca de información, y ordené nuestra partida inmediata hacia Valladolid, ya que la fiebre arreciaba.

18

LA «PALOMILLA» Y EL «HALCÓN»

> En este monasterio que tenemos nombrado
> Hubo de buenos monjes buen convento probado,
> Altar de la gloriosa tan rico como honrado,
> En él su rica imagen de precio muy granado.
>
> GONZALO DE BERCEO,
> *La imagen respetada por el fuego*

Oliveras llegó a nuestra ciudad una mañana. Su caballo sudoroso cayó exhausto en cuanto entró. Al parecer, las noticias apremiaban. Eran tan importantes que no pudo dar tiempo al animal al descanso ni parar para tomar otro de refresco.

Al entrar en la estancia, le tendí un vaso de agua que bebió sediento y esperé paciente a que retornase el resuello a su jadeante respirar. Alzó la mirada y esperó a que le diese permiso para comenzar. Asentí y mi fiel vasallo tragó saliva antes de comenzar.

–Mi señora, vuestra pesadilla se hace realidad. Palencia es la plaza fuerte que todos eligieron para reunirse en vuestra contra. Según cuentan en posadas y corrillos, el de la Cerda y don Juan están a punto de ser coronados por sus partidarios.

Le interrumpí un segundo.

–¿Me traiciona la ciudad? ¿Cómo entrarán en Palencia si ya juraron fidelidad?

–La plaza fuerte mantiene su compromiso, pero siempre hay alguna oveja negra entre la población y sé de buena tinta que son los del Corral los que os dan la espalda.

No pude más que sorprenderme ante la extremada preocupación de mi mensajero.

–No me hagáis reír, Oliveras. ¿Creéis que una sola familia es capaz de burlar a toda la guardia de Palencia? El enemigo nunca podrá entrar si la muralla está fuertemente custodiada. Viéndoos llegar, sólo es de suponer que lo está pues a su guardia debisteis de unir la que os acompañó en la empresa.

Oliveras se impacientó. Intuí que quería terminar lo antes posible y le dejé continuar sin interrupciones.

–Mi guardia no anda en Palencia, sino en Carrión. Que de camino de vuelta nos sorprendió la reyerta. Me adelanté a ellos y los dejé luchando contra los rebeldes y ajusticiando a los más notables. No se han atrevido con el más notable de entre los presos, y quedaron custodiándole en Santo Domingo de la Calzada esperando vuestras órdenes. El señor don Juan Núñez de Lara, que hacia Palencia se dirigía para jurar en vuestra contra, no es prisionero fácil y solicita hablar con vuestra majestad de inmediato.

Callada, le escuchaba perpleja. En mis sueños aparecía el de Lara pero nunca supuse que su deservir sería tan rápido. En silencio, miré fijamente a Oliveras. Era preciso que la estratagema que utilizásemos para combatir al enemigo fuese ágil y precisa. De todos los grandes señores, sólo me quedaba el infante don Enrique para ayudar y, una vez más, pediría su apoyo a los concejos de Castilla para pagar a las huestes mercenarias. Una pregunta acudió a mi mente.

–Oliveras, ¿cómo estáis tan seguro de que todos están ya en Palencia tramando la conjura? No me contestasteis antes. ¿Cómo entraron? ¿Acaso dejasteis la ciudad al descubierto?

Se sonrojó. Y en un tono más pausado me contestó:

–Dios me libre de aquello. La última noche que pasé en el interior de la villa, estábamos tranquilamente yantando antes de disponernos a partir. Todo había quedado en orden y los del Corral habían sido arrestados, por lo que ya no cabía la más mínima posibilidad de que entrasen. De todos modos, la guardia quedaba en alerta y prevenida, a sabiendas de que don Alfonso de la Cerda estaba encastillado en la cercana Dueñas y por si otra argucia hubiese tramado. La paz del tardío atardecer se vio repentinamente quebrada por los gritos desaforados del vigía desde el campanario de la iglesia de San Miguel.

»–¡Alerta! Se ven antorchas en la vereda del río. Avanzan cientos de ellas como hormigas a un hormiguero y su dirección está clara. ¡Vienen hacia aquí!

»No necesité un segundo para montar y salir cabalgando, junto a mi guardia, hacia donde se divisaban las luces. Cuando estábamos muy cerca, ordené silencio y nos agazapamos detrás de unos altos matojos para espiarles sin delatarnos. Fue entonces cuando comprendí que la toma de la ciudad estaba asegurada. Aunque Palencia estuviese fuertemente custodiada, existía un pasadizo a los pies de la ribera que terminaba en el mismo pozo de la fortaleza. Algo parecido a los escondrijos que utilizaban los piratas herejes y saqueadores en las islas del rey de Mallorca.

»Cuando la hilera de luces desapareció repentinamente, los vigías que dejé en el interior no supusieron a qué se debía este extraño suceso y yo ya no podía regresar para avisarles. Unos debieron hablar de maldición; otros, de brujas y demonios; y la inmensa mayoría, de la muerte. Lo cierto era que don Alfonso de la Cerda pasaba sin miedo bajo la plaza fuerte, pues el final del angosto escondite, aunque no aguardase la familia de los del Corral para abrirles la trampilla, estaba ya libre de candados y cadenas desde hacía mucho tiempo. Os juro, mi señora, que siento enormemente haber fracasado en mi empresa.

Aquel hombre se arrodilló cabizbajo frente a mí en señal de humildad. Me levanté del trono y le forcé a levantarse.

–Pronto os dais por vencido, Oliveras. Levantaos, que aún hay mucho que hacer. Llamad a mi contable el judío Barlichón para que siga haciendo encajes de bolillos y sise, de donde no hay, más monedas para nuestras arcas. Las que quedan son insuficientes como para pagar mercenarios que engrosen nuestras huestes y los concejos nos fiarán a cambio de un sinfín de mercedes, gracias y peticiones. Sabed que, si es preciso, ampliaré sus franquicias, fueros y privilegios hasta el punto de hacer tambalear nuestro supuesto poder jerárquico. Admitiré durante cuatro meses a esos doce hombres buenos con derecho a voto que quieren como representantes en todos los asuntos de hacienda, gobierno y justicia.

Suspiré cansada, y proseguí hablando para mí misma y para mi hijo Fernando, que observaba en silencio y sin querer interrumpir.

–Está por ver en esta tierra de desmanes que al final el vasallo conseguirá estar sobre su rey. Por ahora, enaltezco a concejos y nobleza joven en detrimento de la antigua, que no hace otra cosa que manifestarme su constante infidelidad. Agradecidas quedarán las familias de los Trastámara, los Mendoza, Meneses, de la Vega o los Velasco, que irán desplazando el poder de los infantes de la Cerda, de don Juan, de los Lara y de los Haro. Todos ellos me tienen harta y cansada de tanto devaneo. Yo no lo veré, pero será cuestión de plantar esta semilla para que crezca. En cuestión de un par de generaciones, el desmesurado poder que algunos consiguieron cambiará de manos y las nuevas, al menos, tardarán un poco más en corromperse.

Al callarme vi cómo Oliveras salía presto a cumplir órdenes. Le di una última.

–¡Disponedlo todo para mi partida junto al infante don Enrique y mi hija Isabel! El rey don Fernando se quedará en Valladolid por si algo más aconteciese en mi ausencia. Si nos damos prisa, quizá el de Lara se arrepienta y pueda colaborar con sus huestes en nuestra empresa. ¡Salimos hacia Santo Domingo de la Calzada para negociar su libertad!

Sentada junto al infante don Enrique, esperé en una esquina del claustro, fresca y sombría, a que nos trajeran al de Lara. Vimos pasar corriendo entre sus dueñas a una dulce niña que correteaba y jugaba al escondite entre las columnas. Era la Palomilla, hermana del apresado.

Contaba Juana Núñez de Lara por aquel entonces con sólo quince años y don Enrique le hacía cuatro la edad. Anciano y achacoso, aquel hombre, al que un día en los calabozos africanos las ratas le royeron los dedos de los pies convirtiéndolos en muñones, no se sentía viejo en sus deseos más primarios y la deseó.

–¿Qué os parece, mi señora, si aún cerramos más el trato con el señor de Lara? ¿Podría desposarme con su hermana Juana?

En sus ojos divisé la lascivia; en sus manos, el deseo; y en el interior de sus calzas, el amago imposible de aquel ardor que antaño sintió.

–No soñéis que el sorber la juventud a una joven mermará vuestra edad. ¿No os conformáis con las villas de Écija, Medellín y Roa?

–Son vitalicias, mi señora, y a mi muerte regresarán a vuestro patrimonio. Quiero algo más con lo que poder disfrutar.

Me miró de reojo y me susurró al oído. La amenaza siempre surgía si no atendía sus caprichosas demandas. Estaba cansada de tanto ajetreo y mi sueño no iba más allá de la ansiada paz.

Asentí y me dirigí a don Juan Núñez de Lara, que para entonces ya estaba dispuesto a firmar el trato que acordamos con anterioridad.

–Señor, además de que nos entreguéis las villas y tierras de Palazuela, Dueñas, Ampudia, Osma, Amaya, Lerma, Tordehumos y Mota del Marqués, hay algo que habréis de incluir en el lote si queréis recuperar vuestra libertad.

Callados los tres, miramos cómo las cuatro jóvenes corrían alrededor del pozo de en medio de la huerta entre sonrisas y chismes. El de Lara miró al infante don Enrique y un viso de duda apareció en sus ojos. Movió los pies, y las cadenas que unían sus tobillos engrilletados sonaron estruendosamente en el interior de la bóveda que nos cobijaba.

–Cara me fiáis la libertad, ya que es mi hermana más querida y otros eran mis planes para con ella. Bien sabe Dios que libero de estos pesados grilletes mis tobillos para ponérselos a ella, pero si es ésa vuestra voluntad, doña María, lo acepto.

Bajó el tono de voz en el momento de pronunciar las dos últimas palabras, como si su gaznate se hubiese cerrado y éstas hubiesen esquivado el impedimento para hacerse audibles. Se encogió de hombros y con los ojos vidriosos miró la lejana figura de su hermana que, ajena a todo, alzó sonriente la mano para saludarnos. Su imagen me sobrecogió.

–No es menester que sufra. Dejadme a mí que, como su reina y mujer que soy, sabré darle la nueva sin demasiado dolor.

De reojo miré a don Enrique, que continuaba dando rienda suelta a sus deseos y sueños más bestiales. Plasmamos nuestros sellos en el acuerdo y alcé la voz.

–¡Carcelero, liberad a este hombre de sus grilletes!

De la penumbra surgió un hombre más ancho de espaldas que largo de miembros y, zarandeándose, se acercó al tiempo que se arrancaba del cincho un gran manojo de llaves. Me reverenció y procedió a liberar al de Lara. El preso aína se frotó los tobillos heridos por el cautiverio. Sus doloridos miembros supuraban unas costras blanquecinas que eran manjar de las moscas.

Con los labios fruncidos por la edad, el pulso tembloroso y la boca mellada, el infante don Enrique sonrió casi babeando. Una vez más en su vida, había conseguido lo requerido, por muy descabellado que pareciese. El «halcón» no veía el momento de cazar a la «palomilla».

Al levantarme, disimuladamente le pegué una patada para que al menos escondiese su intención. El ansiado manjar estaba a su alcance y sus ganas por probarlo se reflejaban demasiado evidentemente en sus pupilas. ¡Por lo menos podría disimular, semejante majadero!

Al encontrarme frente a ella, despedí a todas sus dueñas dejando únicamente que mi hija Isabel estuviese presente. Me ayudaría en la difícil empresa ya que ella, a pesar de su juventud, ya conocía lo que era estar casada por obligación con el rey de Aragón y repudiada por el mismo a posteriori. Yo, sin embargo, sólo podría hablar con la niña de oídas, ya que me casé por amor. Una rara casualidad entre los de nuestra estirpe y rango.

La Palomilla, ajena a su destino, me reverenció nada más verme. Para aquella ingenua criatura, yo era la salvadora de su hermano y como tal había venido a libertarle.

–A qué se debe tan grato honor, mi señora.

La tomé de las manos y la levanté para mejor mirarla a los ojos. Aquella dulce mirada me trepanó y me sentí como un asesino traicionero a punto de clavar su daga por la espalda.

–Juana, traigo noticias gratas. Una doncella como vuestra merced ya está en edad de desposarse y hay alguien que está piando por hacerlo con vos. En los acuerdos para la liberación de vuestro hermano hemos decidido vuestro matrimonio con un gran señor de sangre real.

La cara de la niña se iluminó como si tuviese una llama en el interior de su cráneo. Alzó la vista al cielo cargada de sueños y, cruzando las manos en su espalda mientras se zarandeaba, se apresuró a preguntar:

–¿Quién es mi caballero? ¿No será, por ventura, uno de vuestros hermanos, Isabel? ¿Cuándo he de casarme?

Mi hija Isabel, a mi lado, me escuchaba callada y preocupada, pues intuía una gran decepción en Juana. Quería terminar muy pronto con aquello, pero me estaba siendo más difícil de lo que supuse en un primer momento. Aquella criatura confundía los términos y mi intento de suavizar el mazazo, en vez de mermar sus ilusiones las estaba alimentando. Tragué saliva y continué, dispuesta a ser breve y a no prolongar la agonía.

–Juana, os pretende un caballero bueno, consecuente y poderoso. Tanto que de aquí en adelante viviréis en la corte junto a nosotras. Es lógico que, al saber que es de nuestra sangre, penséis inmediatamente en los de vuestra quinta, pero os precipitáis porque os supera en edad, experiencia y sabiduría. Ha vivido mucho y precisamente por ello os sabrá apreciar y tratar con cariño.

Su jocunda expresión iba tornándose triste y desconsolada pues no era tonta. Tanta alabanza sobre un hombre anónimo empezaba a oler mal. Proseguí con el ánimo de terminar y contestar a sus preguntas sin más dilación.

–Pensad que, al desposaros con él, contribuís a la liberación de vuestro hermano don Juan Núñez de Lara. Que cumplís como mujer noble que sois en honor a vuestra familia y que con vuestro sacrificio engrandecéis vuestro nombre y linaje. Seréis una mártir luchadora por la paz de nuestros reinos. Los esponsales serán esta misma tarde.

Sin poder ni siquiera pronunciar el nombre de don Enrique, miré hacia donde aguardaba sentado. La Palomilla siguió la trayectoria de mi observar y se echó la mano al dolorido pecho, mientras una lágrima resbalaba por su mejilla. No hubo queja en ella, sólo resignación y pesar. Desde la esquina del claustro, el infante don Enrique sonrió entre los tembleques que la edad proporciona, importándole muy poco el sentir de su prometida. Hasta las figuras de los demonios paganos que estaban labrados en los capiteles de las columnas del claustro parecían reírse ante tamaño infortunio. Al mirarla de nuevo se me encogió el corazón. Mi hija Isabel, que hasta el momento había escuchado en silencio, la tomó de la mano disimuladamente y se la apretó en señal de consuelo. Acariciándole la toca, me despedí de ella con confidencialidad.

–Para aliviaros como si fuese vuestra madre, os diré que aunque holguéis con él es probable que no podáis consumar. Es sabido que la edad merma el poder del hombre en estos menesteres y quizá os caiga esa breva. Si no es así, pensad que es viejo y pronto morirá. Para entonces os prometo, si no un mejor partido, otro más apetecible.

Aborté mi intento, pues para entonces ella apoyaba la frente en el hombro de Isabel y lloraba desconsoladamente. Me retiré dejando a solas a las dos jóvenes y dispuesta a rezar para que Dios le diese el beneplácito de la viudedad con prontitud.

Aquella misma tarde se celebraron los esponsales en la iglesia del monasterio. Durante la ceremonia, sólo pude imaginar cómo la blanca, tersa y joven piel de la Palomilla se hundía entre los pellejos, huesos y arrugas de su vetusto esposo. Las amarillentas y agrietadas uñas del viejo Halcón arañarían enfurecidas la espalda de la doncella ante la evidente impotencia padecida.

19

REGRESO A VALLADOLID (1299-1301)

> Si al comienzo no muestras quién eres
> Nunca podrás después cuán quisieres.
>
> INFANTE DON JUAN MANUEL,
> *El conde Lucanor*

La meseta castellana, amarilla y árida, irradiaba espejismos por entre las grietas de la tierra seca. En la lejanía, todo se veía desfigurado. Aquel año la hambruna hizo estragos. Los rebaños de ovejas eran los únicos que se alimentaban de la paja seca que quedaba en los campos sin cultivar, y, así, el ganado merino era el único que proliferaba, haciendo aún más poderosos a los nobles y ricoshombres con la venta de su carne y su lana. Tan fuertes se hicieron éstos, que el merino mayor de Castilla resolvía conflictos en la plaza de las grandes villas para indemnizar a los ciudadanos por los daños que los rebaños les pudieron hacer, arbitrando junto a hombres buenos que juzgaban e imponían penas a malhechores, ladrones, asesinos y demás indeseables.

Los tiempos eran prietos y difíciles para todo el que no tuviese ganado. Para más miseria, la peste se adueñó de aldeas enteras, desertizándolas. Los últimos cadáveres quedaban insepultos a merced de los buitres y otros animales carroñeros.

De regreso a Valladolid desde Santo Domingo, vimos en nuestro transitar una fosa ardiendo. Dos cadáveres envueltos en cal se tornaban negros al ser devorados por las llamas. Normalmente procurábamos separarnos de aquellas hogueras, pero ésta estaba tan cercana al camino que resultó imposible desviar al séquito. El olor hediondo que manaba de la carne quemada se nos impregnaba en los sayos y aceleramos el paso hasta que Isabel me rogó que parásemos, señalando un punto determinado. El aire había variado su rumbo y la nube de humo dejó al descubierto algo demasiado enternecedor como para pasar inadvertido. Mientras el enterrador aguardaba a que aquella pareja de cadáveres terminase de consumirse en el fuego, un niño de unos dos años, semidesnudo y sentado sobre una piedra, miraba anonadado. No había pesar en su rostro, ni tristeza en sus ojos, sólo desconcierto e incertidumbre. Aquel pequeño observaba cómo los cuerpos de sus progenitores se hacían intangibles. Ya nadie le alimentaría, vestiría, o acariciaría, pero supuse que él no era consciente de ello. El siniestro enterrador echó dos palas de tierra en el hoyo y dándose media vuelta inició el camino de regreso a su aldea. El niño permaneció sentado sin moverse, como los perros aguardan junto a las tumbas de sus amos a que la muerte les recoja.

Miré a Isabel, sabía de su intención.

–Es una locura, Isabel. El peligro de que haya contraído la peste él también es tan probable que no podemos arriesgarnos. Si está sano, alguien lo recogerá y lo llevará a las puertas de un convento para que lo críen.

No me escuchó. En ese preciso momento, Isabel saltó del carro, asió de la mano al niño y se lo entregó a los físicos y barberos para que lo examinasen. Sólo cuando tuvimos la certeza de que estaba bien, di la orden de continuar. Isabel mandó al niño con el resto del séquito para que le enseñasen un oficio en cuanto estuviese en edad, y retornó a mi lado, satisfecha de su buen hacer y esperando mi reprimenda.

–Isabel, tenéis un corazón grande a pesar de no obedecerme. Ese niño tuvo suerte de encontraros. Ojalá todo fuese tan fácil y todos se dejasen conducir de la mano como él. Sin resquemores ni peticiones, simplemente a merced de los acontecimientos.

Los carros comenzaron con su traqueteo y, por ende, el zarandeo del viaje. Isabel sonrió.

–Con vuestra merced aprendí, madre. ¿O es que no visitáis asiduamente a pobres y a enfermos proporcionándoles pan para el hambre y ungüentos para sus males? Los pobres os quieren y os lo han demostrado en muchas ocasiones. ¡De algo habrían de serviros las largas horas que pasáis desde la mañana hasta la hora nona oyendo las demandas de unos y otros! Son como párvulos insatisfechos permanentemente y, sin embargo, vuestra majestad no se cansa de satisfacerlos.

Sonreí.

–Más debería hacer, Isabel. En ocasiones me parece estar aportando un grano de arena en un desierto porque las peticiones nunca acaban y ellos no son conscientes de que el que mucho tira de la cuerda acaba por romperla. ¡Ojalá poseyésemos la piedra filosofal para concluir con todos nuestros problemas!

Una carcajada sonó.

–¿Para hacer oro? Pensadlo, madre, detenidamente, si la tuvieseis, la ambición de todos los que nos rodean se agravaría y tendríais más problemas de los deseados. Dejad que el mundo transcurra como está y que los hombres se sigan tiznando los dedos con el lúgubre color que emana del vil metal. ¡Hasta las monedas son cada vez más lacerias en su composición y la plata ya escasea! Tanto es así que en los mercados no es difícil distinguir al mercader que fía, trueca o cobra en maravedíes, del que no lo hace, sólo por el negro de sus palmas y lo regatón que se muestre.

Me encogí de hombros. ¿Qué podía hacer al respecto?

Muy pronto llegamos a Valladolid. Fernando me informó puntualmente de todo. Las noticias no eran buenas. Ya teníamos a nuestro lado las huestes del de Lara junto a las mesnadas de todos los concejos y hombres buenos dispuestos a batirse por nuestra causa, sin embargo, tantos hombres a caballo y a pie no parecía suficiente para lo que se avecinaba.

Mayorga, una villa muy cercana a Sahagún, ya estaba en poder del enemigo. Los aragoneses estaban dispuestos a coronar como fuese al de la Cerda. Bien podría ser en venganza, puesto que no hacía más de una semana que nuestras mesnadas habían expulsado a los suyos de Murcia. Sin dudarlo, mandé a los mismos que triunfaron en aquella empresa a ésta. Los cuatro mil mercenarios, avalados por el millón y medio de maravedíes que surgieron de los pudientes esqueros judíos, seguirían cumpliendo con su cometido mientras quedasen monedas que cobrar. Ellos formaban el grueso de nuestro menguado ejército. Eran hombres bien pagados y dispuestos a sudar por nuestro estandarte. A base de mano dura, inquebrantable postura y fuerza en el rezo, lo conseguiríamos.

El cerco duró cuatro meses, hasta que la grave epidemia de peste que veníamos sufriendo llegó a la contienda y se puso de nuestro lado. La terrible enfermedad diezmó las huestes enemigas sin distinguir en su ataque el rango o el estado del individuo a matar.

El infante don Pedro de Aragón sucumbió al filo de la guadaña de aquella funesta figura. Cayeron también muchos otros caballeros y ricoshombres que junto a él participaban en la contienda. Los supervivientes, presos del pánico, se dieron tanta prisa en huir que dejaron los cadáveres insepultos a cargo de muy pocos hombres, dignos de admiración por su valentía, que permanecieron fieles a sus señores. A sabiendas de todo aquello, di paso franco y seguro al séquito que portaba a tan ilustres muertos para que atravesasen Valladolid. Al verlos, comprobé su estado andrajoso y les doné telas nuevas de luto para que cubriesen los carros en los que conducían los restos mortales de sus caudillos.

No nos habíamos recuperado del trance, cuando nos enteramos de que Dionis de Portugal violaba nuestras fronteras y avanzaba hacia Valladolid. La sombra del infante don Juan se dibujaba tras sus intenciones y en el apoyo que le brindaba. Les dejamos avanzar confiados hasta la cercana Simancas para, una vez allí, atizarles con fuerza. Los confiados mercenarios portugueses ya pensaban que todo el monte era orégano y se llevaron una gran decepción, pues cuando se dieron cuenta de la dificultad, empezaron a desertar de inmediato.

Aproveché el desaliento que debía de estar sufriendo Dionis para hacer la paz con él. El apoyo que el infante don Juan le había prometido no acudía y sus propios soldados desertaban por decenas cada noche que pasaba. Temeroso de encontrarse solo y desarmado en país vecino, aceptó la entrevista que le propuse a principios de septiembre en la villa fronteriza de Alcañices, retirándose sin temor a las represalias.

Isabel, su santa mujer, le acompañó junto a sus hijos ya que en la firma de la paz, como era usual, quedarían acordados varios enlaces matrimoniales como garantía. El orgullo del rey portugués era tan desmedido que, incluso sabiéndose perdedor, se permitió el lujo de mostrarse reticente ante mis propuestas, pero al final, amansado por su mujer, firmó la paz a cambio de que le entregase varias plazas de las que el infante don Juan en su día juró darle a cambio de su colaboración en el asedio a Castilla. Él, a cambio, me prometió enviar al noble Alburquerque, al mando de cuatrocientos hombres, para auxiliar a mis huestes en su asedio al infante don Juan, que tanto le había traicionado. Después delimitamos claramente las fronteras para que no hubiese más pelea por ello y, finalmente, firmamos la concordia entre algunos caballeros leoneses que allí acudieron, Dionis de Portugal, yo, como reina regente de Castilla y León, y algunos eclesiásticos castellanos que quisieron adherirse. Para sellar la alianza con una garantía, mi hijo Fernando, rey de Castilla y León, se casaría con su hija Constanza, y mi pequeña Beatriz, con el príncipe heredero de Portugal.

En aquella villa la dejé y me dolió tanto o más que cuando entregué a Isabel al rey de Aragón. Mientras abrazaba a la pequeña, rogué a Dios para que ésta no me fuese devuelta como su hermana. Cuando la besé, a sus cuatro años recién cumplidos, sólo supo aferrarse a mí para empezar a gimotear. Conteniendo las lágrimas para no dramatizar delante de la niña, le susurré en el oído:

–Sabéis que tenéis que aprender bien la lengua y costumbre de vuestro futuro reino antes de desposaros. ¿O es que no queréis ser reina?

Mi pequeña asintió sin entender nada y sin despegar su cabeza de mi pecho. Intuía cuál era su obligación a pesar de ser tan párvula. La separé de mí dejando al descubierto la mancha húmeda que sus lágrimas dibujaron en mi sayo. Le limpié las mejillas con la boca manga y me dispuse a entregársela a Isabel, la reina de Portugal.

Ella sonrió tendiéndome la mano de su hija Constanza.

–Doña María, aquí trocamos a nuestras hijas por la paz de nuestros reinos. Las dos sabemos cómo se siente la otra y por eso nos comprometemos a tratar a cada una de ellas como si fuese la niña que entregamos.

Me sorprendía la entereza de la reina portuguesa, pero tenía toda la razón. La abracé para despedirme y no prolongar más la agonía de la despedida.

–Así sea.

Tomé a Constanza de la mano y me dispuse a comenzar el viaje. No pude evitar el mirar de reojo por última vez a Beatriz. No sabía cuándo la volvería a ver o si esa posibilidad existía. Mi pequeña miraba con cariño a su futura suegra, admitiendo su porvenir.

Quise mirar a Constanza con la misma ternura que demostraba su madre hacia mi hija, pero no pude. Aquella niña de doce años me observaba con recelo y el ceño fruncido. Soltándose de mi mano se la dio a su dueña, doña Vatanza, que sonrió sarcásticamente para demostrarme de inmediato que sobre la niña sólo mandaba ella. En el viaje de regreso ni siquiera quiso subir en mi carro. Nuestras futuras relaciones como suegra y nuera empezaban a perfilarse, aunque no quise admitir nuestras diferencias. En aquel instante, se lo achaqué al dolor y la incertidumbre que debía sentir al separarse de todos los que hasta el momento formaron parte de su vida para compartirla con desconocidos.

En Valladolid, todos se echaron a la calle cuando entró nuestro cortejo. No era un secreto que pronto se declararía la mayoría de edad de Fernando, mi hijo, que a sus catorce años aguardaba ansioso conocer a Constanza. Como su madre que era, quería demorar al máximo ese momento ya que veía que todos intentarían aprovechar el débil y sugestionable carácter del futuro rey en su propio beneficio.

Para ello, dispuse un periodo de adaptación y aprendizaje antes de que Fernando pudiese disponer libremente de la corona. Durante este término, el rey, para tomar cualquier resolución, tendría antes que contar con la aprobación en cortes, de las dos noblezas, la nueva y la antigua, y de las propias hermandades con sus procuradores al mando. Este lapsus es el que yo aprovecharía para entregarle un reino en paz, para que prosiguiera con la reconquista que iniciaron nuestros antepasados.

Mi hijo era biznieto de Fernando el Santo, nieto de Alfonso el Sabio e hijo de Sancho el Bravo. Por sus venas corría la sangre de muchos reyes y como ellos debía pasar a la posteridad por sus hazañas. No se podía permitir un quiebro en esta formación o la anarquía más absoluta estaría garantizada.

Lara el Joven ya andaba a nuestro lado junto al señor de Vizcaya, el conde de Haro, y el rey de Francia; Dionis de Portugal les siguió. Ahora sólo nos quedaba amansar las voluntades de Jaime II de Aragón, nuestro primo, y del intrigante infante don

Juan, mi cuñado. Una vez juntos, proseguiríamos con la expulsión de los herejes de la península Ibérica. Era la única idea que me rondaba la cabeza por aquel entonces.

Inmersa en mis pensamientos, otro desuellacaras me sorprendió tornando al redil. ¡Todo parecía estar regresando a su cauce con más premura de la que esperaba!

El jorobado cancerbero aguardaba, gruñendo entre dientes, mi beneplácito para dar paso al solicitante. En circunstancias normales le hubiese recibido con menos protocolo por consaguinidad y parentesco, pero el insistente traidor recibiría el mismo acogimiento solemne que se le otorga a un perfecto desconocido.

–¡Hacedlo pasar!

El infante don Juan me reverenció frente al trono y esperó, como era menester, a que yo rompiese el silencio.

–¿Cómo tenéis el valor de presentaros sin más, después de haber tomado a la fuerza León y Galicia intentando coronaros rey de aquellos nuestros reinos? Sed breve, don Juan, porque aquí ya estamos cansados de vuestras constantes majaderías. Si venís a rendirnos pleito homenaje o a darnos vuestro juramento, sabed que estamos cansados de comprobar el vituperio en vuestra palabra, que ya no tiene valor para ninguno de los presentes.

Resultaba curioso cómo, cada vez que veía al infante, a mi mente acudía el pequeño de Guzmán el Bueno y se me encogían las entrañas. Pero, por el bien del reino y el nacimiento de la paz, tendría que escucharle quisiese o no. Aquel petulante me reverenció de nuevo.

–No es propio de vuestra majestad cerrarse en banda al diálogo. ¿O es que estuve tanto tiempo fuera que me olvidé del pausado proceder que caracteriza a mi reina, doña María?

No me quería mostrar demasiado intransigente y solté un poco las riendas.

–Ya que me reconocéis como vuestra reina, id al grano y evitad los cumplidos.

Me reverenció de nuevo.

–Sólo vengo a ponerme al servicio de mi rey, don Fernando, y a reintegrarle todas las tierras que hice mías en los reinos norteños.

Desconfié.

–Así sin más. No me hagáis reír, don Juan, que ya nos conocemos desde hace muchos años. ¿Qué queréis a cambio?

Sonrió sagazmente.

–Poca cosa. Sólo lo de mi mujer, doña María Díaz de Haro, por pleno derecho, como una Haro que es. El reino de Vizcaya le corresponde a ella más que a su sobrino el joven Haro. ¿O es que ya olvidasteis la grave injuria de su padre hacia don Sancho cuando intentó matarle? Sin duda, vuestra hermana Juana, la madre del joven, os ha influenciado para reintegrarle el reino.

No pude contenerme. El infante sólo recordaba lo que le convenía.

–Menor hubiera sido la ofensa si yo no hubiese impedido que el rey Sancho os matase. Me indignáis con vuestras pretensiones y esta vez lamento deciros que no cedo. Bastante lo hago dejándoos conservar las plazas que poseíais antes de tomar León. Deberíais estar agradecido sólo por permitiros quedaros en la corte en vez de apresaros como es menester.

Contuve la respiración. Era la primera vez que osaba negar algo al infante don Juan y no sabía cuál podría ser su reacción al respecto. Para mi sorpresa, se encogió de hombros como si le importase poco la negativa recibida. Se decantó por última vez y salió en silencio de la estancia.

Aquel hombre pedía por pedir. Por lo menos, lo tenía que intentar. Desconocía lo que eran el orgullo y la dignidad. Precisamente por eso no mostraba el menor reparo para pasarse de un bando a otro. Quedaba muy claro que el infante don Juan nunca sería un hombre de fiar, pero al menos contribuiría a engrosar la ansiada paz. ¿Por qué lo hizo? ¿Por qué acudió esta vez tan sumiso? Lo más seguro es que se viese acorralado por todas partes y, a sabiendas de que ya habíamos pactado con Dionis, el de Lara y el de Haro, prefiriera estar en el bando más fuerte.

20

FRATERNALES DIVORCIOS
VALLADOLID, 1302

Como casaría et sus hijos et sus hijas,
et como iría aguardada por la calle con yernos y nueras,
et como decían por ella como fueran de buena ventura
en llegar a gran riqueza.

INFANTE DON JUAN MANUEL,
El conde Lucanor

Aquella mañana acudí ilusionada a los aposentos de mi futura nuera. Pensé que era muy probable que echase de menos a su madre, la santa de Isabel, y que quizá me tendiese una mano en recuerdo a ella.

Portaba entre mis manos el escriño que guardaba su nueva corona de reina. A la joya no le faltaban piedras toscas y preciosas. Rubíes por temor a Dios, esmeraldas para albergar la esperanza y esmerados zafiros, símbolo de la benignidad. Ingenua de mí, pensé que a Constanza le haría mucha ilusión recibirla de mis manos pero no fue así. La infanta portuguesa se dejaba engalanar para la boda sin rechistar y doña Vatanza se las apañaba para que no pudiese acercarme demasiado a ella. La perversa dueña le susurró algo en el oído con cara de malos amigos. La pequeña me miró de reojo a través del vidrio que la reflejaba, gracias a la capa fina de estaño que tenía adherida a su anverso. Al comprobar que la observaba disimuló. Las dos rieron a carcajadas.

No me importó. Aquella vil mujer manipulaba a la futura reina de Castilla a su antojo y tiempo habría de enmendar a la pequeña cuando dependiese por completo de nosotros. En aquel momento sólo soñaba con que entrásemos pronto en la catedral, pues tenía que notificar al pueblo una gran noticia antes del desposorio.

Dejé la reluciente corona de la novia sobre el tocador y me fui a fisgar cómo el escribano tomaba buena cuenta de los regalos que recibieron los novios. Muchos de ellos, de los nobles y las hermandades. Todo relucía en desorden acogedor. A un lado y otro, hermosos objetos nos rodeaban. Peines de hueso, preciadas telas brocadas de oro y plata de jamete, cendal, camocán con piedras cosidas a sus entretelas, paños de Tournay, blanquetas de Carbona y dedales de oro para bordar. Junto a las telas, un arcón repleto de pieles blancas, fíbulas engastadas para sujetar las capas, botones de París, guirnaldas de San Denis. En segundo plano, algunas calzas tintas, tabardos, escarpines, caperotes.

La voz grave de un hombre hablando en portugués bastó para que doña Vatanza dejase de chismorrear y se callase. Era don Juan Alfonso de Alburquerque, conde de Barcelos, que en representación de Dionis de Portugal venía a recoger a la novia para llevarla al altar. Constanza, ya lista, se levantó, le tomó del brazo y salió de la estancia para la ceremonia.

No cabía un alfiler en la atestada catedral. La luz se filtraba por entre las pequeñas ventanas de alabastro y las puertas principales quedaban sostenidas por la muchedumbre que, al no poder entrar, se agolpaba en el acceso. El olor a humanidad se impregnaba en los muros de piedra sin que el incienso del botafumeiro pudiese disimularlo. Podríamos haber ordenado a la guardia que echase a todo el pueblo, pero no era justo que aquellos que me rindieron tantas veces su apoyo y fidelidad se viesen privados de aquel evento. Además, tenían que estar presentes ya que el comunicado que me disponía a leer debía ser escuchado y divulgado por todos y cada uno de ellos. Los ciudadanos lo sabían, ya que habían recibido a cambio el premio de los portazgos por cumplir con su cometido.

Sentada al lado derecho del altar, me levanté y esperé a que se hiciera el silencio. Fernando y Constanza aguardaban a que terminase de pie, en el centro, frente al obispo.

–Como sabéis, hoy estamos aquí para declarar la mayoría de edad de mi hijo Fernando. ¡Él solo será desde hoy rey de Castilla y León y como tal se desposará con doña Constanza de Portugal!

Los vítores me hicieron callar. Las manos me temblaban sosteniendo una bula que habría de hacer pública a continuación. Temí que la voz me temblase a la hora de leer el contenido de aquellas letras ante tanta expectación, pero no fue así. Proseguí:

–¡Estoy aquí para dotar de veracidad indudable todo lo que está a punto de acontecer! No es un secreto que, desde que murió mi señor don Sancho, el reino anda al retortero por la sucesión y nuestros enemigos enarbolan el estandarte de la ilegitimidad de don Fernando como rey. ¡Dicen que mi matrimonio no fue válido! Pues bien, ¡este mensaje está dirigido a todos esos que nos difaman con blasfemias, pues sus embustes atentan contra el reconocimiento pontifical y les hacen embaidoros!

Con sumo cuidado desplegué el documento. Procedía de Anagni, fechado el 6 de septiembre del corriente, y estaba firmado y sellado por el papa. Comencé a leer en alta voz y pausadamente. La bula convalidaba mi matrimonio con Sancho, legitimaba a mis hijos y, por si hubiese dudas, dispensaba el matrimonio del rey con Constanza por su parentesco ya que Dionis y Fernando eran primos. Sin duda, los diez mil marcos de plata que mandé al Vaticano dieron su fruto.

Al terminar, cerré los ojos escuchando de nuevo los vítores de todos los presentes. Abracé contra mi pecho la bula Sane petitio tua y me senté para dejar mi lugar al arzobispo de Valladolid. Los quince años angustiosos que esperé aquel legajo y los cuatro pontífices que debatieron el concederlo pasaban, desde aquel día, al olvido más absoluto. Los infantes de la Cerda perdían uno de sus mejores argumentos para reinar.

Cumplida mi obligación, mis pensamientos se ausentaron durante la celebración del santo sacramento matrimonial. Observando a los novios, recordé mis esponsales en Toledo con Sancho. No hacía tanto tiempo y la vida había corrido demasiado. De reojo vi cómo, en el primer banco, el infante don Enrique se roía las uñas. La declaración de mayoría de edad de Fernando y su matrimonio le dejaban al igual que a mí en segundo plano. La regencia ya había terminado. Su expresión me recordó a la que mostró cuando enviudé, sólo que ahora temblaba y sus hastiados párpados ya no sostenían la mirada con la misma fuerza. Junto a él, la Palomilla seguía, distraída y ajena a toda intriga, la ceremonia con ilusión.

A partir de aquel momento si quería conservar la paz, tendría que actuar con serenidad y templanza para evitar que los ambiciosos ganasen terreno al rey. Por desgracia, la misma noche de las celebraciones pude comprobar a escondidas cómo mi hijo Fernando, en vez de acudir al tálamo nupcial, andaba escuchando sandeces por boca de los ingratos. ¡Aquellos miserables malmetían a mi propio hijo en mi contra! Y lo malo fue que el de mi sangre se fue separando de mí irremediablemente, alentado por los nobles y su propia esposa.

A la mañana siguiente, mientras almorzábamos, me comentó que tenía la intención de marcharse de caza a tierras toledanas junto a sus compañeros de intrigas. Dejé la manzana sobre la escudilla y, con toda la delicadeza que pude, ya que se mostraba irascible y testarudo desde hacía días, le hice una leve indicación.

–¿Os importa que os acompañen don Juan Núñez de Lara y Oliveras?

Bebió un trago de vino y me contestó con otra pregunta:

–¿No son ellos vuestros más fieles confidentes? ¿Acaso no os fiáis de mí?

Con sumo cuidado escogí mis palabras para no quebrar la conversación.

–Ni mucho menos, Fernando. Sólo quiero que os acompañen para que en el divertimiento os asesoren sobre vuestra siguiente reunión. Que bueno es disfrutar sin olvidar nuestras obligaciones. Los embajadores de Felipe de Francia os esperan en Vitoria. Se quejan de los saqueos que nuestros soldados propinan a sus villas de Navarra. Nuestra alianza con ellos peligra y sería buena cosa que acudieseis en persona a esta entrevista.

Al mirarle vi cómo fruncía el ceño y decidí tentarle para que aceptase. Aquella sólo era una excusa para no dejar vía libre a los lobos. Los míos debían acompañarle en todo momento.

–Si queréis, yo voy en vuestra representación, ya que ahora sois solo vuestra majestad el rey y yo ya no ejerzo la regencia.

Pegó un respingo y mi comentario surtió el efecto deseado.

–No os preocupéis, madre, que como bien habéis dicho ahora soy yo el único rey. Decid a vuestros consejeros que se unan a mi séquito para despachar el asunto en momentos de asueto y dejadme a mí las riendas del gobierno que cuanto antes las soltéis menos sufriréis.

Por un lado, respiré tranquila ya que al menos contaría con dos espías en sus filas, por el otro, me sentí dolida ante su comentario.

–Parece como si mi consejo e influjo fuese pernicioso a vuestros oídos. ¡Estoy cansada de tanta mentira y calumnia! Sé que os intentan convencer de que yo sólo os quiero para beneficiarme de vuestra cercanía y me niego a aceptar mi posición de reina viuda, pero no es así, os lo aseguro. Sé que dicen que quiero utilizaros como a un títere en un trono, mientras yo en la sombra fraguo tejemanejes. Por Dios, Fernando, aún no sois padre pero en cuanto lo seáis, sabréis que el amor que profesa una madre por un hijo es desinteresado y sólo vela por su bien.

Me miró de reojo.

–¡No mentéis a Dios en esto! Dicen que no queréis dejar ser consorte a Constanza. Que hacéis por ensombrecerla todo el día e incluso muchos olvidan que ya me desposé.

Me desesperé.

–¡Sólo tiene doce años! ¿Qué os sucede? Creéis a cualquier mentecato y os mostráis ingenuo y desconfiado justo hacia quien más claramente os tiende la mano. Ya no sé cómo demostraros lo que os brindo y doy. Vivo para vuestro porvenir y sudo a diario por conseguirlo, mientras vos sólo os preocupáis por lisonjear vuestros oídos cantusados por halagos falsos, propuestas dañinas. Recordad que la juventud envalentona sólo a los faltos de experiencia, haciéndoles creer que están en posesión de la verdad. Mostrad vuestra bravura como vuestro padre Sancho, y dejad los cotilleos de corredor a las ayas y dueñas de la corte. Que el que se limita a comentar no dedica el tiempo al gobierno y los duchos ambiciosos lo saben. Por eso os distraen con tonterías.

Tragué saliva. Su mirada muda y penetrante me transmitió algo que me rondaba la cabeza y a pesar de que la conversación se hacía monólogo proseguí.

–Sé que incluso me acusan de apropiarme de los dineros de vuestras arcas.

Sin contestarme de nuevo abrió mucho los ojos y levantó una ceja. Una sonrisa sarcástica se dibujó en su boca.

–Vamos, madre. Dejad de fingir, que no nací ayer.

Me indigné tanto que no pude evitar el dar un fuerte puñetazo en la mesa.

–¡Nacisteis sólo hace diecisiete años! La simple duda al respecto de mi honrada postura me indigna. Ahora sé que ni siquiera me dais ese beneficio. Me achacáis los pecados de los que me inculpan sin juicio ni posibilidad de defensa. No os preocupéis, Fernando, porque vuestra madre quedará libre de todo cargo en el momento en el que se lo soliciten.

Me levanté con el dolor despechado de una madre que ve cómo un hijo no sólo crece sino que se malogra y con la impotencia de la rabia en las mandíbulas. Fernando ni siquiera se desdijo.

–Demostrad vuestra inocencia en las cortes que he muñido en Medina del Campo.

No di un paso atrás en mi retirada. Ni siquiera me di la vuelta para mirarle. Aquellas palabras reforzaban mi sospecha. Fernando, mi hijo, convocaba las primeras cortes sin consultarme y además las cernía en mi contra.

De espaldas a él, le contesté sin rebatirle siquiera:

–Sólo espero que estéis en lo cierto y sea yo la equivocada.

Fernando parecía forjado de hierro y en nada se parecía a su hermana Isabel. Ni siquiera mis lágrimas le reblandecían el corazón.

21

CREE EL LADRÓN...
MEDINA DEL CAMPO

> Un rato se levanta mi esperanza,
> Mas cansada de haberse levantado,
> Torna a caer, que queja a mal mi grado,
> Libre el lugar a la desconfianza.
>
> GARCI LASSO DE LA VEGA

Sabía a lo que había acudido allí y decidí afrontarlo con entereza, orgullo y dignidad. Mi hijo Fernando estaba dispuesto a ponerme en evidencia ante todos sin saber que las acusaciones, en muchas ocasiones, se pueden revolver en contra de quien las propina. En el transcurso de aquel banquete y, a pesar de que todos anduviésemos afilando cuchillos para desenvainarlos casi a los postres, no perdimos la compostura ni el sentido del protocolo. Como si nada ocurriese, junto a mí, en la mesa, estaban Fernando y Constanza, que, desconfiados como todos, no probaban bocado sin que antes no hubiese pasado por los probadores de salvas.

Fernando se mostraba rozagante e inflado como un pavo ejerciendo de rey absoluto. Sus mejillas, tostadas por el sol de las cacerías, le daban un aspecto saludable que disimulaba el asiduo color cetrino de su débil semblante. Yo me mantuve callada y discreta mientras analizaba a cada uno de los comensales. Nada más terminar, se abrirían los salones del trono y daríamos lugar al primer debate en corte que Fernando convocaba sin necesidad de consejeros, regentes o madre que le incomodara.

Con la mirada recorrí cada uno de los asientos. Devoraban como heliogábalos el pantagruélico banquete mientras sus seseras viajaban por los angostos túneles de la traición y la malfetría. El reclamo de que yo, como reina viuda, quedaría en evidencia atrajo a todos desde los señoríos más remotos. Juan Núñez de Lara, como mayordomo mayor de Fernando, cerraba la mesa. Entre él y nosotros, muchas caras conocidas de entre las que cabría destacar a don Diego López de Haro junto a mi hermana Juana, su madre. El infante don Juan junto a su mujer, María de López de Haro, y, por último, el infante don Enrique el «halcón» junto a su «palomilla», que ya andaba distraída mirando de reojo a un joven doncel que, sin duda, cubría las deficiencias de su anciano y achacoso esposo.

Al otro lado, permanecía en silencio don Alonso Pérez de Guzmán el Bueno que intentaba, por todos los medios, alejarse del infante don Juan, ya que fue «el traidor de Tarifa» y, como tal, el asesino de su hijo. El Bueno era el único de entre tanta rapaz que jamás me había intentado acuchillar por la espalda. A su lado, estaba su mujer, portando como siempre el velo de dolor que cubre de por vida la mirada de la madre que un día vio morir injustamente a su pequeño.

La inmensa mayoría se mostraban amigos en su dialogar y asesinos en su observar. Todos sabían que gracias a mí pudimos reunirnos. Los ciudadanos de Medina del Campo, secundados por los procuradores y concejos de León, Toledo y Extremadura, se negaron a abrir la plaza fuerte al rey si yo no acudía. Veían al pusilánime Fernando en manos de sus malhechores y sólo accedieron a ello cuando les reprendí por su hostil actitud y supieron que yo asistiría. Huyendo de la vanidad, he de reconocer que en el fondo me sentí halagada.

Al igual que yo observaba con cuidado a todos, ellos me vigilaban con un disimulo bastante aparente. La desconfianza agudizó la suspicacia de los presentes, lo que provocó que se salvaguardasen con drásticas medidas de seguridad. Eran tantas que incluso las estrechas aberturas de las letrinas, colgadas de las almenas, estaban vigiladas no fuese que algún traidor, cual lagarto, se colase por ellas después de escalar el muro. Ni cagar se podía con tranquilidad, o eso al menos era lo que comentaba la guardia.

Al terminar de cenar, nos dirigimos todos al salón del trono para comenzar con las cortes. Por la expresión de muchos, más me pareció un tribunal a punto de juzgar a un reo ya condenado de antemano.

Terminadas las presentaciones pertinentes y casi de inmediato, el mismo Fernando me pidió que subiese a una especie de estrado en alto. Sin rechistar obedecí, pero tuve que romper mi silencio cuando al posar mi pie en el primer peldaño mis defensores, entre murmullos y quejas, se levantaron para abandonar la sala. Por segunda vez tuve que amonestarles para que permaneciesen en sus sitiales.

Recuperada la calma y subida en aquella especie de patíbulo, escuché atónita las preguntas que Fernando me formulaba. Al principio, y lejos de perder los estribos ante semejante majadería, mantuve una postura altiva y solemne como era menester. Pero a las dos horas mis fuerzas flaquearon ante la pregunta más absurda de todas. Fernando continuaba incansable con la pantomima.

–Decidme, doña María Alfonso Téllez de Meneses y señora de Molina, si es cierto que estáis gestionando a espaldas de nuestro conocimiento un doble enlace entre doña Isabel, vuestra hija y mi hermana, con don Alfonso de la Cerda. Así como de Pedro, mi hermano y vuestro hijo, con mi prima María, la hija del rey de Aragón, para así dejar el reino de Castilla a los segundos y el de León, al de la Cerda.

El desconcierto más absoluto se reflejó en mi rostro. Mi fiel amigo Guzmán el Bueno no se pudo contener y alzó la voz de entre los nobles, poniéndose de pie aun a riesgo de ser expulsado.

–Creo, mi señor, que la expresión de sorpresa de vuestra madre es la mejor respuesta para darnos cuenta de que semejante sospecha carece de todo fundamento y surgió sin duda de una mente calenturienta. Vuestra señora madre sólo es el vivo reflejo de la lealtad desinteresada que todos vuestros vasallos os deberían rendir.

Entre aplausos y retando con la mirada a los presentes se sentó. Contaba con el beneplácito de todos los procuradores que, como él, andaban sumamente indignados por el cariz que estaban tomando las cortes en mi contra. Decidí intervenir para distraer las intenciones de los más vengativos hacia mi defensor.

–Ignoro de lo que me habláis. Lo único que os puedo decir es que sentí que el matrimonio de Isabel no fraguara con el rey de Aragón sólo por ansiar la paz entre nuestros reinos. Espero encontrar un destino aguisado y válido para ella. Os aseguro que nunca será mi intención resquebrajar la unión de los reinos de Castilla y León, pues por ella lucharon nuestros antecesores y a su voluntad me pliego.

Fernando me miró desde el trono.

–Por si acaso, hemos decidido que Isabel marche a Portugal junto a su hermana Beatriz. Así estará a salvo de destinos poco afortunados.

La idea de perder a Isabel me inquietó.

–¿Con quién lo decidisteis? ¿Con Dios, como es menester, o con las endiabladas conciencias que os perturban el buen entendimiento sibilinamente?

No miré a nadie en especial, aunque sospechaba de don Enrique ya que un día osó proponerme algo similar. Los murmullos de mis defensores sesgaron el eco de mis palabras. Me arrepentí nada más pronunciarlas porque le desacreditaba y me juré a mí misma no volver a rebatirle ante todos. Recuperada la paciencia, escuché cómo continuaba con unas y otras cosas hasta que se dispuso a ejercer como tribunal de cuentas y me acusó de haber gastado parte del tesoro real en mi propio beneficio. En este aspecto no me cogió desprevenida. Indignada, mostré una a una las joyas que poseía. No me fue difícil pues eran ya tan pocas que las llevaba engalanándome ese día.

–Aquí tenéis. Éstas son las alhajas que vuestro padre me regaló y las pocas que me quedan; el resto las vendí con las vajillas para cubrir los gastos de la guerra. De ahí que comamos en escudillas de barro desde hace meses y no de mi supuesta tacañería. Guardo para mí, si no os importa, un vaso de plata para beber y el escapulario que pende de mi cuello. Como sabéis, porta un pedazo de la gamuza que cubrió el estigma de san Francisco de Asís. A él me encomiendo en este trance y espero que no me lo intentéis arrebatar como hacéis con mi dignidad.

»Respecto a las acusaciones que me imputáis sobre mi robo de erarios reales durante vuestra minoría, no contesto. Mi canciller está prevenido y demostrará vuestra grave equivocación a todos los contables que nombréis para seguir un estudio minucioso. Mi buen vasallo don Nuño Pérez de Monroy, abad de Santander, demostrará mi inocencia. Yo, por mi parte, me voy pues ya no me siento capaz de aguantar más calumnias.

Bajé del estrado y salí del salón del trono. Muchos me siguieron dejando atrás a los más desconfiados y traidores. Con todos nosotros se cruzó mi canciller, que entraba en la sala, seguido por tres frailes que cargaban cientos de legajos. Todos ellos asidos por tapas de piel de cerdo curtidas que tenían grabadas las armas reales. Samuel de Belorado, como contable judío de la hacienda real, aguardaba sus explicaciones junto a una gran mesa que les serviría para trabajar durante varios días hasta esclarecerlo todo.

Contabilizó todos los ingresos que recibimos a cargo de los pechos o de las daciones en las cortes y los cuadró con los gastos en que se utilizaron. Fue exacto y minucioso en sus cuentas y la inversión de sus fondos. Samuel para comprobarlo sumó y examinó todas las partidas y al fin, después de muchos días de angustia, se halló que no solamente no se habían distraído los cuatro millones de maravedíes anuales de los que me acusaban sino que, además, yo había anticipado al rey dos cuentos más de mi patrimonio personal.

Enmudecieron los acusadores. Me bastó que se demostrase mi inocencia y pedí a los procuradores que, a pesar de todo, templasen gaitas y pagasen los cinco servicios que Fernando solicitaba en aquellas cortes. Uno para su gasto personal y otros cuatro para pagar las huestes en la continuidad de reconquista y defensa en contra de enemigos e infieles. Mis fieles vasallos me obedecieron a regañadientes pues seguían sin entender mis desvelos ante un hijo tan ingrato. Gracias al Señor y demostrada mi inocencia en todas las acusaciones, conseguí que Isabel permaneciese a mi lado y que la amenaza de Fernando no se hiciese efectiva. Pasadas las cortes, me retiré a rezar y a rogar a Dios que mi hijo abriese los ojos y reconociese la amenaza de los que le rodeaban. ¿Por qué no discernía entre el bien y el mal? ¿En qué me equivoqué como madre?

22

EL TRATADO DE TORRELLAS (1303-1304)

> Mester traigo fermoso, non es de joglaría,
> mester es sin pecado, ca es de clerecía,
> fablar curso rimado por la cuaderna vía,
> a silabas contadas, ca es gran maestría.
>
> *Libro de Alexandre*

Los meses siguientes me recluí voluntariamente en Valladolid. Pensé que quizá Fernando sólo necesitaba un empujón para arrancar a volar y que con mi cercanía nunca sabría distinguir a los amigos de los enemigos. Durante aquel periodo, me sentí tan frustrada que no quería ver a nadie y así se lo comuniqué a los miembros de mi casa. Todo cambió aquella mañana gracias a un quiebro inesperado que alteró el destino. Paseaba junto a la ribera del río Pisuerga, cuando pude distinguir la pequeña figura de la Palomilla que acudía corriendo y huyendo de doña María Fernández de Coronel para que no le diese alcance. Mi pobre dueña sólo intentaba cumplir mis órdenes, a ser posible, sin mostrar el más mínimo altercado, pero se las vio y deseó para evitar que la desobediente jovencita llegase a donde yo me encontraba. Cuando llegó frente a mí, frenó en seco y esperó a que yo reaccionase. El rostro de la criatura andaba desencajado, su frente sudaba y su cuerpo se tambaleaba. Las ojeras delataban una noche de insomnio en su haber.

Al instante llegó su persecutora, que jadeaba y se sujetaba el costado izquierdo, exhausta, lo que no le impidió asir fuertemente el brazo de la Palomilla hasta clavarle las uñas. Sin darle un respiro, tiró de ella en dirección contraria mientras se excusaba por el descuido. La joven se resistió forcejeando y me suplicó.

–Doña María, como veis porto tocas de viuda. Como tal sólo acudo a pediros lo que en su día me prometisteis en el claustro que dio la libertad a mi hermano Juan y me la quitó a mí. He acompañado durante toda la noche al cadáver de mi esposo, de Roa a Valladolid, y me dispongo a darle santa sepultura en el convento de San Francisco como fue su voluntad. Cumplida mi parte del trato, sólo espero que me busquéis un marido acorde con mi edad, posición y estado.

Juana consiguió que le prestase más atención y con un lento gesto le rogué a doña María Fernández de Coronel que nos dejase a solas y se retirase. La muerte del infante don Enrique, el «halcón» para unos y el «senador» para otros, significaba una liberación para muchos, incluida su joven mujer. Aquel viejo achacoso murió preso de su avaricia e intriga. La última vez que le ví, su ambición me solicitó el puesto de mayordomo real para desplazar a su cuñado, el Lara, y yo se lo denegué. Nunca se resignó, desde la declaración de mayoría de Fernando, a estar en un discreto segundo plano. Sin él sería más fácil la culminación de una ansiada paz.

Las dos continuamos el paseo en dirección al discreto carro donde yacía insepulto el cadáver. A sus setenta y tres años cobraba en la muerte lo que en la vida otorgó. No portaba comitiva, velas, luto o plañideras. Ni siquiera cortaron la cola a los rocines que lo arrastraban. Aun así me apiadé de él y ordené que cubriesen su féretro con una bonita seda brocada y rezasen por el difunto tañendo las campanas. El último hijo de los doce que tuvo don Fernando se merecía un entierro digno y así lo hubiese procurado mi difunto suegro, a pesar del odio que existió entre los dos hermanos. Mis hijos Pedro, Felipe e Isabel nos acompañaron en el cortejo fúnebre junto a muchos frailes franciscanos que hicieron bulto. De entre todos, nadie derramó una lágrima por su recuerdo.

Su desaparición nos dio alguna que otra alegría, ya que al no dejar descendencia sus posesiones revertieron al patrimonio real. El infante don Juan Manuel intentó meter mano en el botín, pero muy pronto fue alertado de las posibles consecuencias si pretendía continuar con la osadía. Gracias al infante don Enrique llenamos las menguadas arcas de nuevo y recuperamos grandes villas, como las de Écija y Roa, con sus castillos y plazas fuertes.

Pasadas aquellas navidades, conseguí que Fernando considerase la posibilidad de mantener la paz. ¡Al fin la paz! Sueño al parecer más inalcanzable que la salvación eterna. Después de mi camuflado juicio en Medina del Campo, Fernando se dignó a dialogar conmigo y Dios escuchó mis plegarias. El rey, mi hijo, vistas mis penurias económicas y a sabiendas de que ya no me quedaba nada de la herencia que recibí de Sancho, me otorgó una renta de veinticinco mil maravedíes, recaudados de los pechos segovianos. Por primera vez se mostraba dadivoso. Al parecer, un leve atisbo de conciencia le ruborizó ante lo que me hizo sufrir en Medina y nuestro cariño de antaño se abría paso entre la desconfianza y el malmeter de algunos despreciables. No hacía tanto tiempo desde que aquel niño nombrado rey por su prematura orfandad se cobijaba entre los pliegues de mi sayo. Como su madre que era, estaba dispuesta a olvidar el desagravio que me había propinado. Ni siquiera lo mentaría nunca más en mi vida.

Fernando comprendió, al fin, que lo único que podía hacer para distraer a los ambiciosos vasallos que lo acosaban era tenerlos ocupados con la cruzada en contra del moro. Así, sus calenturientas mentes se sosegarían y no tramarían nada que no fuese previsible. El momento era propicio ya que, por un lado, el papa se ofrecía a sufragar los gastos de la lucha contra la herejía con las rentas que la Iglesia obtuviese durante los tres años subsiguientes y, por otro, don Jaime de Aragón nos brindaba su apoyo siempre que llegásemos a un buen acuerdo con los infantes de la Cerda. Al otro lado de la frontera, Dionis de Portugal se mostraba receptivo y el infante don Juan andaba a nuestro lado. Las reuniones se darían en Torrellas ese mismo verano.

Aquel 13 de agosto el calor era insufrible. Las cuatro reinas estábamos felices, pues muchas de las hijas que hacía tiempo que no veíamos acudieron a la reunión acompañando a sus parientes. Nos cobijábamos a la sombra del tenaz y abrasador sol, mientras nuestros reyes debatían los pormenores de la alianza y posterior ataque. Ni siquiera los inmensos abanicos que nos ventilaban parecían encontrar una leve brisa para bandear hacia nuestros desnudos y sudorosos escotes. Los sayos se pegaban a nuestra piel y el aire parecía escasear en nuestro pecho, lo que nos sumía en el sopor. Apoltronadas sobre grandes almohadones, esperábamos a que el calor amainase, momento que no llegaba hasta el anochecer. Con tanta mujer haragana en nuestra tienda de campaña, más parecía aquel un harén infiel que una reunión de cristianas.

Junto a mí estaban sentadas mis hijas Isabel y Beatriz. La pequeña había venido con su suegra desde Portugal. Mi nuera Constanza reposaba la cabeza sobre el regazo de su madre, Isabel de Portugal, buscando el consuelo maternal que doña Vatanza, su dueña, no supo brindarle entre tanta intriga. Por último, doña Blanca de Aragón miraba cómo sus hijas Constanza y María jugaban a salpicarse agua con un botijo. Aquellas eran muy jóvenes aún, pero si todo salía como estaba previsto, la primera se casaría con el infante don Juan Manuel y la segunda con mi hijo Pedro.

Separada de todas, revoloteaba ilusionada la «palomilla» Lara. Desde hacía días en sus ojos se atisbaba el amor. Era un secreto a voces que andaba enamorada de Fernando de la Cerda, el hermano de don Alfonso, nuestro enemigo, y que a escondidas se habían casado allí mismo. Ella no se atrevió a decírmelo ya que aquel joven era uno de los protagonistas de nuestra pesadilla y nuestro mayor adversario. La «palomilla» no sabía que las cosas estaban cambiando en ese aspecto y que todos luchábamos por la paz. Si consiguió desposarse fue precisamente con mi beneplácito, ya que Alfonso de la Cerda pronto renunciaría a sus derechos como rey de Castilla y por fin acabarían las eternas luchas por la sucesión.

La voz de Isabel de Portugal rompió el silencio. Con la palma extendida sobre la frente de su hija mostraba preocupación.

–Estáis ardiendo, hija mía.

Disimulé. Constanza llevaba días enferma de fiebres provocadas por los celos. A pesar de los desvelos de los físicos, ella se negaba a guardar reposo pues quería vigilar estrechamente a su señor marido. La última aventura de mi hijo Fernando estaba siendo demasiado evidente y doña Vatanza no puso reparo en contárselo a su señora, regodeándose en todo tipo de detalles. Sancha Gil era envidiada por su belleza en la corte. Desde que se enteró, aquella pequeña de sólo quince años se mostraba más alterada y susceptible que nunca ya que se negaba a ser compartida y ultrajada. Su madre le dijo cómo habría de comportarse, pero ella se mostró mañosa y aniñada. No quería asumirlo con resignación como era habitual en las demás señoras. Por mi parte, sólo pude prometerle que desterraría a la concubina aunque tuviese que enfrentarme a mi propio hijo. Sólo imaginé su sentir y me pareció espantoso ya que, por extraño que parezca, Sancho nunca me dio motivos para encelarme. Fernando continuó visitando a Sancha durante muchos meses hasta que otra ocupó su lugar, pero a partir de entonces fue más recatado en sus devaneos y a Constanza le pasaron inadvertidos. Nada más desaparecer la susodicha de Torrellas, Constanza mejoró de inmediato.

El hermanamiento que pretendíamos fraguaba como herradura en un yunque y al final se firmaron las conclusiones. Jaime de Aragón se quedaría con Alicante y otras villas hasta el Júcar, dividiendo, entre dudas, el reino de Murcia. El infante don Alfonso de la Cerda renunciaba a su derecho a la corona de Castilla por una no muy cuantiosa suma de dinero. Exactamente, cuatrocientos mil maravedíes, y se comprometió a no usar el sello y el escudo de armas del rey de Castilla desde ese preciso momento, al tiempo que junto a su hermano juraba pleitesía a mi hijo. Desde entonces fue apellidado Alfonso el Desheredado.

A menor nivel, a Diego López de Haro se le entregó el señorío de Vizcaya por toda la vida y con la obligación de que después pasase a partes iguales a su hijo don Lope y a la esposa del infante don Juan, su sobrina, y a sus herederos.

A don Juan Manuel le entregamos Alarcón en Cuenca a cambio de la villa de Elche. Yo no fui partidaria de ello por si sentaba precedente porque, si cada señor que perdía un feudo pedía otro a cambio, el rey se quedaría sin tierras para responder a tanta solicitud. A pesar de todo, accedimos para tenerle a bien. Viendo aquello, el de Lara quiso recuperar el Albarracín, pero por su interés estratégico nos tuvimos que negar. Se enfadó y fue el único que quedó en discordia en aquella completa paz.

23

LA TOMA DE GIBRALTAR
UN REY EMPLAZADO Y MUERTO

> Pero tal lugar no era para conservar de amores
> Acometieronme luego muchos miedos y temblores,
> Los mis pies y las mis manos no eran de sí señores,
> Perdí peso, perdí fuerza, mudaronse mis colores.
>
> JUAN RUIZ, ARCIPRESTE DE HITA,
> *Libro de buen amor*

A los pocos días de nuestra llegada a Toro, la fiebre me atenazó durante semanas y creí morir. Todo tipo de personajes y remedios rodeaban mi lecho en corro. Físicos, barberos, herbolarios, boticarios, especieros e incluso una extraña curandera, cargada con ungüentos y recitando conjuros, daban vueltas incesantemente a mi alrededor. Tan mareada me tenían con tanto ir y venir que, a la llegada del crepúsculo, entre tanta gente me pareció distinguir a aquella vieja calavera amenazante con su hoz.

La tétrica figura me asustó y la idea de morir me angustió. La enfermedad debía estar enturbiándome la mente. Si yo desaparecía, todo pendería del capricho de un futuro incierto y de los devaneos de las tergiversadas voluntades castellanas. Preocupada, rogué a Dios que no me permitiese morir dejando atrás tan tormentoso porvenir para el reinado de Fernando. Mi gran amigo el abad de Santander me ungió con los santos óleos, me confesó y me dio la comunión, preparándome para lo que parecía inevitable. Puso tanto esmero en mi cuidado espiritual que, al amanecer, sentí una leve mejoría de cuerpo y pude testar recordando a todos los míos.

El primero que me vino a la mente fue mi hijo Enrique, que yacía enterrado en la capilla del mismo convento dominico que ahora velaba por mi delicada salud. Desde mi carriola, ordené que enriqueciesen su sepulcro con lo que pudiesen ya que, viva o muerta, iría a visitarlo en breve. Según estaban las cosas, bien podría estar estipulado en las páginas del inescrutable libro que guía el destino de cada hombre o mujer, que yo perecería junto a mi hijo en la villa de Toro.

En aquella penosa circunstancia un hijo desaparecido me recordó al otro, por lo que tampoco olvidé a mi pequeño Alfonso y en el testamento doné una cuantiosa cantidad para los predicadores de Valladolid que, como los dominicos en Toro, custodiaban sus pequeños despojos. Tras ellos, recordé a todos los miembros de mi casa, a mis vasallos de Molina y a otros muchos que a mi mente acudieron y procuré, en mayor o menor medida, recompensarles por sus servicios dejándoles lo que pude.

Con el sentimiento de haber terminado de engalanarme para morir como es menester, pedí a doña María Fernández de Coronel que me ayudase a levantarme. Ella lo hizo sin rechistar, a pesar de la prohibición de los físicos al respecto. Al intentarlo, farfullé un quejido sujetándome los anquilosados riñones.

–¡No hay hueso en mi cuerpo que no me hiera!

Me dispuse a dar un lento paseo alrededor de la estancia. La voz pausada de mi dueña me susurró al oído para no alterar el sosiego del ambiente:

–Lo sé, mi señora, pero sabéis que es bueno que os esforcéis, ya que si no vuestro cuerpo se entumecerá y contagiará como la lepra a vuestra sesera. Para entonces, además de tullida, os tornaréis inocente y lela.

Sonreí.

–¡Qué más quisieran todos los que ansían ver solo a Fernando para descuartizarlo sin problemas!

Miré a doña María, que asintió sonriendo, mientras me sujetaba con una mano el antebrazo y con la otra la espalda para mantener el equilibrio. Ella procuraba mantenerme erguida, pero pronto desistió y me dejó apoyada sobre el palo donde descansaba mi más preciado azor. Temblorosa, me puse el guantelete y la rapaz, al sentirlo bajo su garra, se posó encima. Le quité el capuchón y le acaricié la cabeza.

–Se siente solo desde que su hembra huyó. ¿Sabéis si alguien la encontró?

Doña María se encogió de hombros echándose la mano a la frente.

–Olvidé comentaros que el rey de Aragón contestó a vuestro requerimiento. No sabe nada del halcón y lo siente.

La miré con nostalgia.

–Era una buena pieza hasta que el catarribera la perdió de vista. ¡Si la hubieseis visto cazar al vuelo perdices y patos! Supongo que es demasiado valiosa como para recuperarla y el rey de Aragón no dudaría en callar como un muerto para quedársela si alguien se la ofreciese en venta. Desde hace tiempo se muestra demasiado afable, lo que indica que guarda algún naipe bajo la manga. Ahora sólo nos queda aguardar a que nos lo muestre.

Isabel irrumpió estruendosamente en la estancia junto al abad de Santander, don Nuño Pérez Monroy. Gritaba desaforada como si hubiese escuchado mis últimas palabras.

–¡Madre! ¡Don Jaime de Aragón ha expulsado a los caballeros del Temple de su reino! Según dicen, se propone fundar con los bienes que les confiscó otra orden de caballería llamada Montesa. ¿No creéis que con ello quiere una alianza secreta con el rey de Francia?

Sonreí y el sarcasmo de mi tono afloró demasiado para no hacerse evidente.

–¿Aliarse? Sería más correcto decir enriquecerse. El poder y la bolsa tientan demasiado al hombre. Los caballeros del Temple sólo cometieron un error. Acumularon demasiado de las dos cosas y al hacerlo se convirtieron en la diana que toda flecha ambiciosa desea atravesar. Tanto Jaime de Aragón como Felipe de Francia sólo se han deshecho de estos caballeros para esquilmarlos. Vuestro padre don Sancho ya lo predijo y así ha ocurrido. Esta ave rapaz no es sino un mirlo comparado con estos dos reyes que, de un solo golpe, llenan sus mermadas arcas y terminan con el más fuerte enemigo que les podría retar.

»Creo sinceramente que ellos mismos se engañan. Los verdugos del francés acabarán quemando a los máximos dirigentes de los templarios en las hogueras de París, seguros de extirpar así el tumor que les molestaba, sin acordarse de que los seguidores de los ajusticiados son valerosos monjes soldados que no se rendirán sin más. Aquellos valerosos hombres son muy capaces de organizar otra cruzada y no en Tierra Santa precisamente. Es seguro que aguardarán pacientemente el momento preciso para refulgir de entre las cenizas como el ave fénix. Quizá con otro nombre u otra composición, no lo sé. Pero algo que puedo asegurar es que dudo mucho que se queden cruzados de brazos, sumisos a su desaparición sin más.

»Seguramente, para mantener la paz, me veré yo también obligada a expulsarlos de Castilla, pero en confianza os diré que me inspiran el máximo respeto por su integridad. A vuestro padre Sancho lo ayudaron en Badajoz y si es preciso, yo colaboraré con ellos en la clandestinidad.

Un ataque de tos me sobrevino y entre las dos pusieron al azor en su palo y a mí, en el catre de regreso. Don Nuño e Isabel me observaron con preocupación. Bebí un sorbo de agua y al recuperar el resuello proseguí para quitar importancia al percance.

–Gracias. Sois buenos celadores. Me cuidáis casi del mismo modo que los templarios a sus enfermos. ¿Sabéis que cuando alguien ingresa en los hospitales del Temple es recibido por clérigos, hermanos y hermanas como dueño de su propia casa? El enfermo es inscrito en un gran libro e identificado con un gran brazalete asido a la muñeca como un ser individual y no un animal hacinado en una cochiquera. Les lavan en cubas de madera con bacines y jofainas, les confiesan y les dan de comulgar antes de asignarles un camastro. Si es noble, el enfermo duerme solo; si no, en un catre con otro. Durante toda su estancia en el hospital del Temple, nada les falta junto a su lecho. Tienen batas forradas de piel, escarpines, escudillas, orinales, ropa blanca y los medicamentos que precisen según su dolencia. Los hermanos boticarios los destilan a diario después de haber salido en pos de plantas medicinales a los campos y mercados. Es tan grande el esmero de estos monjes que son capaces de encontrar hasta el preciado polvo de cuerno del unicornio de mar como antídoto en los envenenamientos más fuertes. Nunca devuelven a las calles a sus dolientes hasta que no están totalmente restablecidos.

De nuevo me sobrevino un acceso de tos y esta vez el abad de Santander tomó la palabra con disimulo para que descansase, pues me veía muy alterada.

–El objetivo está claro, mi señora, y no hay que ser muy avispado para intuir lo que tramaba desde hace tiempo el rey de Francia. El papa Bonifacio se negó a arremeter en contra de los templarios y por ello le apresaron. Al ser liberado, murió repentinamente muy poco tiempo después y corre el rumor, entre los miembros del Vaticano, de que el veneno lo ayudó a unirse con Dios. Los templarios no debieron de tener a mano el polvo de unicornio que le hubiese salvado a él y quién sabe si a la propia orden. Clemente V ha sido nombrado su sucesor con el secreto propósito de acabar sin vacilaciones con el Temple. Dicen, además, que el rey francés le propuso el traslado de la corte pontifical y la Santa Sede a Aviñón, como medida de protección frente a posibles ataques vengativos. Ésta es una ciudad fuertemente fortificada en el territorio de los Anjou. Está por ver.

Le interrumpí indignada.

–Qué ridiculez, cómo se va a trasladar la Santa Sede de Roma. Si es así, espero no tener que ver...

Me callé pues la figura de Fernando se dibujó en la penumbra de la puerta de acceso. Sin duda, había acudido a Toro preocupado por mi salud y dándome casi por muerta. Le abrí los brazos y vino raudo a cobijarse en ellos.

Don Nuño le tranquilizó.

–No os preocupéis, señor. Hemos temido por ella pero justo hoy la fiebre arreció y no ha dos horas que no deja de charlar de unas y otras cosas.

Fernando me separó los mechones largos y canosos del rostro y me besó en la frente. Sentí un regocijo similar al que me proporcionaba con sus abrazos cuando era niño. Por primera vez en mucho tiempo, se mostraba preocupado por su anciana madre y sólo eso compensó todos los desagravios que me propinó en Medina del Campo. Mirando profundamente a los ojos de mi hijo, contesté a don Nuño:

–La verborrea indica una leve mejoría, pero este abrazo significa mi total recuperación. Por mucho que os pese a todos tendréis reina madre por mucho tiempo.

Todos los del cuarto rieron alegres al comprobar que mis palabras no eran vanas. Fernando se acercó un poco más a mí, me tomó de la mano y alzó la voz para que todos se enterasen.

–Reina madre y reina abuela pues Constanza, mi mujer, a sus diecisiete años está preñada del que, si Dios quiere, será mi sucesor.

Los vítores se escucharon en todo el convento y a la semana estaba totalmente recuperada y feliz. Otra generación de reyes nacería y yo a mis cincuenta años aún viviría para conocerla.

A los pocos meses nació Leonor. No importaba que fuese hembra, pues Constanza, a su edad, bien podría parir muchos y sanos hijos varones. Leonor se parecía físicamente mucho a mi hija Isabel, curiosa casualidad ya que las dos eran las primogénitas y tendrían parecidos porvenires.

Totalmente recuperada, viajé de Toro a Valladolid y fue justo por aquel entonces cuando llegó a visitarme el gran maestre de la orden del Temple en Castilla y León, junto al infante don

Felipe, mi hijo. Aquella visita me sorprendió. Frente a mí aguardaba callado el futuro desterrado, al frente de otra docena de caballeros-monjes. Aquel honorable hombre, a sabiendas de lo ocurrido en Aragón, sospechaba que algo parecido acontecería en nuestros reinos, por lo que quiso adelantarse a lo evidente pidiéndome audiencia. No quería que ninguno de sus hermanos fuese maltratado.

–Señora, soy realista. Sé que la orden pontifical estará al caer y sólo he venido a poneros fáciles las cosas.

Agradecí su incuestionable sumisión, porque de no ser así hubiésemos tenido que apresar y ejecutar a aquel buen hombre junto a sus hermanos. Cabizbajo y humilde, sin perder un ápice de orgullo, prosiguió valerosamente.

–Como estaréis informada, poco falta para que tengamos que renunciar los hermanos de la orden del Temple a todo lo que tenemos, incluso a la salvación divina.

Negué en silencio, disgustada por la evidencia.

–No digáis eso, señor, ya que la vida da muchas vueltas. Lo que hoy es blanco mañana se torna negro y viceversa. Yo misma estuve excomulgada junto a mi señor don Sancho y ahora ando en paz con Dios.

Mi intento de consuelo se frustraba de antemano. Sería difícil alentar a un ánima tan deshecha y vapuleada. El gran maestre, aceptando el destino que le esperaba como cierto e ineludible, prosiguió con su cometido. Desabrochándose el cinto y deslizando la gran argolla de la cual pendían todas las llaves, las presentó frente a mí, esperando que yo tendiese la mano para tomarlas.

–Con este gesto simbólico, os ruego que aceptéis haceros cargo de nuestras tierras y castillos hasta que el papa designe nuevos propietarios.

Aparté la mano.

–Como el gran maestre que sois, siento no tener poder para ayudaros. Bien lo sabe Dios. Esperad a que el rey, mi hijo, regrese a Valladolid y entregádselas. Él es quien debe recibir tan grande legado de vuestra propia mano.

Me reverenció despidiéndose y sin ganas de discutir.

–Sé, mi señora, que ése debía haber sido el camino a seguir, pero el tiempo apremia. Por eso, desobedeciéndoos dejo este manojo de llaves a vuestros pies y me destierro voluntariamente, sin esperar a que la injusta pena o condena que ha de llegar se cumpla. Sólo pretendía que tuvieseis a bien el recibirlo de nuestra mano y no de la del despojo y robo, como ha sucedido en Aragón.

Inclinándose de nuevo, aquel gallardo caballero me mostró su cabeza tonsurada al tiempo que me tendía a los pies todas las posesiones de la orden más grande que nunca existió. Felipe, al ver que no me agachaba a recogerlas, se abalanzó sobre ellas como pirata sobre un botín.

–Madre, no conviene alterar aún más a mi hermano Fernando. Bastante tiene poniendo en orden a sus vasallos. Si consentís, aceptaré yo las llaves y custodiaré con la diligencia de un buen padre de familia las fortalezas del Temple hasta que tengan un destino marcado por la Iglesia.

Miré al gran maestre, que encogiéndose de hombros y sin tener otra salida, asintió y se dispuso a salir.

Un sinsabor me sobrecogió. A lo largo de mi existencia había visto muchas injusticias. En algunas ocasiones tuve que hacer la vista gorda frente a ellas para evitar males mayores, pero la de aquella primavera de 1308 en Valladolid se llevaba la palma. Una vez solos, reprendí al infante don Felipe, pues la codicia se dibujaba en sus pupilas mientras acariciaba el manojo. A sus dieciséis años se mostraba demasiado impulsivo y pensaba poco en la responsabilidad que adquiría.

Rogué a Dios para que le ayudase en aquella tentadora empresa que había asumido tan ansiosamente, pero al poco tiempo las querellas comenzaron a formularse en contra del infante. Su tío don Juan, en Ponferrada, le acusó de varios desmanes y de vender y disponer de lo que no era suyo nada más que en depósito. Al final y como debía haber sido desde un principio, Fernando se hizo cargo de todo.

No tardó mucho en llegar el esperado billete del papa Clemente, que ignoraba que los caballeros de la orden ya habían renunciado a todo lo suyo con anterioridad. Desde el Vaticano, condenaba a los templarios y los sentenciaba a las penas más duras con las que podría haberlos castigado, incluida su quema en patíbulos y cadalsos si fuese preciso y demostrasen oposición. Mal que nos pesase, las órdenes estaban muy claras y no cabía otra interpretación a favor de los ajusticiados. Debíamos expulsar a los caballeros del Temple de sus villas y fortalezas, despojándoles de todos sus bienes, si no queríamos exponernos a una nueva excomunión o a un seguro enfrentamiento con Felipe de Francia. Enfurecida, arrugué la injusta misiva y la arrojé a las llamas de la chimenea. Balanceándome sentada sobre una mecedora, agradecí mentalmente al gran maestre que me hubiese ayudado a no tener que cumplir con tan penosa empresa y me dispuse a pensar en cosas más agradables, procurando disipar el dolor ajeno de mi corazón.

No faltaba mucho para la Natividad del Señor y el año nuevo. Acaricié el relicario de mi cuello y jocunda esperé a que llegaran todos. Aquel año tendría a la mayoría de mis hijos a mi lado y la paz reinaría, ya que se acababa de firmar el Tratado de Alcalá de Henares con Aragón. Sólo echaríamos de menos a Beatriz, que no podría venir desde Portugal.

Fernando llegó al palacio de la Magdalena junto a Constanza, su mujer, y con la pequeña Leonor a punto de comenzar a caminar. Felipe apareció a los dos días y aún le olía el pelo a pollo quemado, ya que regresaba de acallar entre aldeas incendiadas a los insurrectos de Atienza. Isabel, desde su regreso de Aragón, estaba conmigo, y Pedro venía de una cacería en las tierras de Buitrago. Mientras los esperaba, pensé que, en aquellos tiempos de paz y superado el altercado de los templarios, sería bueno reiniciar nuestra propia cruzada y así se lo comenté a todos el mismo día 24 de diciembre durante la cena. El momento era bueno ya que, por un lado, hacía tres años que el rey Mohammed II de Granada había muerto en el asedio de Jaén, para tomar la fortaleza de Bedmar, dejando como sucesor al tercero del mismo nombre. Un hombre sin escrúpulos, que no dudó en tomar presos a la mujer y a los hijos del antiguo señor de Bedmar. A los hijos los hizo esclavos y a la mujer, una tal María Jiménez, conocida por su hermosura, la internó en su harén después de pasearla medio en cueros por toda Granada, a sabiendas de que cualquier mujer cristiana hubiese preferido la muerte antes de holgar con un infiel. La historia no pasó inadvertida en Castilla y eran muchos los que querían vengar semejante vejación, alimentando el odio hacia los sarracenos.

Por otro lado, el rey de Marruecos Abu-Yussuf había muerto asesinado en su propio harén, reemplazándolo su nieto Amer ben Yussuf, nada dispuesto a ayudar al rey de Granada. La separación entre los dos los hacía más débiles, y nos convenía para dar batería y atacar. Como yo, mis hijos hacía tiempo que albergaban la misma ilusión de reconquista y ellos ya se habían puesto manos a la obra. Pedro estaba entusiasmado por comenzar la contienda. Fue él el encargado de informarme.

–Mirad, madre, nos hemos repartido los territorios. Algeciras y Gibraltar serán atacados por Castilla. Almería y parte de Granada quedarán a merced de Aragón.

Sin duda, desde que Fernando fue nombrado mayor de edad yo ya no estaba enterada de la misa a la mitad. No me importaba, al contrario; desde que padecí la última enfermedad, mi posición cambió al respecto y pensé que sería mejor ir delegando muchas cosas para morir tranquila al ver que mis hijos se bandeaban sin mí. Eso no significaba que no quisiera estar informada de todo. La experiencia me tornaba escéptica respecto a un acuerdo tan fácil como el que Pedro narraba.

–Siento dudar al respecto, pero ¿estáis seguros de que todos están de acuerdo con el reparto de las tierras que se darán en el caso de triunfar? Tened en cuenta, hijos, que en muchas ocasiones por no dejar todo dicho vienen los malentendidos y la prolongación de las contiendas.

Felipe me miró perplejo.

–¿Cuándo habéis visto, madre, que en unas cortes o en un tratado todos saliesen conformes? Adivinad quién se ha opuesto a lo acordado y ha salido farfullando del encuentro.

Sólo necesite un segundo para deducirlo.

–No me lo digáis, no es difícil adivinarlo. El único que incordia sin límites es siempre el infante don Juan.

Asintió sonriendo por mi fácil suspicacia y añadió sonriendo:

–Con su mejor alumno, el infante don Juan Manuel.

Felipe intervino alzando la copa para un brindis.

–A los insaciables, morcillas hay que darles.

Todos reímos a carcajadas por el absurdo pareado y la pequeña Leonor se despertó por el estruendo. La niña descansaba sobre unos almohadones junto a doña Vatanza. La dueña nos miró con desagrado y no pude reprimirme.

–Vamos, doña Vatanza, que hoy es día de fiesta y más habréis de celebrarlo vos, que acompañaréis a la pequeña a criarse en Aragón junto a su futuro señor. ¡Por fin estaréis con vuestro mejor confidente y ya no tendréis que escuchar tras los reposteros y las puertas!

La mujer, meciendo a la niña, frunció aún más el ceño sin rechistar. Se hizo un silencio repentino en la sala puesto que Pedro, Felipe e Isabel no sabían de lo que hablaba. Fue Fernando el que lo aclaró todo, como padre de la niña y rey que era.

–Ya que don Jaime de Aragón quiere desposar a tres de sus hijos, hemos estrechado lazos y los hemos tomado en la familia. Leonor se casará con el príncipe don Jaime, futuro heredero del reino. El infante don Juan Manuel se casará con la infanta, la tocaya de mi señora y hermana mayor del príncipe, y vos, Pedro, os casaréis con María, la menor, que aseguran que es mucho más hermosa que su hermana Constanza. El papa Clemente ya envió las correspondientes dispensas y después de lo que ocurrió con nuestros padres no queremos más problemas.

Pedro dudó de las palabras de su hermano, el rey.

–Este proyecto me suena. Madre, ¿no teméis que se frustre como fue el caso de nuestra hermana Isabel con el padre del que ahora requerimos?

Le convencí engatusándole con su sueño guerrero.

–La perseverancia suele triunfar. El darse por vencido demasiado pronto no tiene justificación y el proyecto es bueno. Vos mismo con el reparto de territorios reconocisteis hace un momento que necesitaremos de las soldadas de Aragón para proseguir con la reconquista, ¿no es cierto?

Pedro asintió, consciente de que oponerse sería un error. La cena prosiguió sin más sobresaltos y me sentí feliz al poder observar juntos a los míos. Mis tres hijos varones junto a Isabel hacía mucho tiempo que no compartían nada y aquellas navidades estaban tan unidos como en su infancia. Parecían haber olvidado rencores y resquemores entre unos y otros.

La entrada del año nuevo nos imponía dos empresas urgentes, la primera, y como se acordó, fue enviar a Leonor a Aragón. Me recordó a la partida de Isabel, su tía, hacia ese mismo lugar. Ellos enviarían a sus infantas en cuanto llegase nuestro envío. Era como trocar niñas que habían de hacerse a las costumbres de otras tierras que no las vieron nacer.

Los preparativos de la segunda empresa comenzaron de inmediato, pues la reconquista debía continuar. Toledo estaba atestado de gentes y soldados esperando mis órdenes, ya que Fernando se había adelantado en el avance hacia la frontera, delegando la soberanía en mí. De nada sirvió que me resistiese a ello, dado que no quería verme acusada de nuevo por sus secuaces de hacer mal uso y abuso del poder que se me otorgaba. Gracias al Señor, Fernando ya veía más nítidamente la realidad.

La falta de espacio me obligó a muñir las cortes en una cercana villa llamada Madrid. Allí estaríamos más tranquilos para decidir la estrategia a seguir contra el moro y la ayuda monetaria que los congregados estaban dispuestos a otorgarnos para procurar intendencia a las mesnadas.

Una vez decididos los pormenores y llenadas las arcas para continuar la guerra, di la orden de partida a las huestes. Mi hijo

Pedro junto a Garci Lasso de la Vega, su mejor general, partió al mando de unos cuantos; el infante don Juan junto a Juan Manuel, con otra partida; y don Alonso Pérez de Guzmán el Bueno con los restantes, rumbo a Gibraltar y dispuesto a repetir su hazaña de Tarifa.

Despedidos todos, me dirigí a la catedral a visitar el panteón de Sancho y a encomendarme a Dios para conseguir su beneplácito y apoyo. De haber sido preciso, no hubiese dudado en montar y encabezar al ejército, para animar a nuestros hombres en momentos de debilidad y desconcierto. No lo fue y me quedé en la retaguardia castellana junto al resto de las mujeres y niños de los combatientes, a la espera de unas noticias que llegaban con cuentagotas.

Tres bastiones nos quedaban por conquistar: Algeciras, Gibraltar y Granada. Sabíamos que eran plazas fuertes, casi inexpugnables, pero aquello no nos intimidaba. Fernando, por aquel entonces, debía estar cercando la primera, mientras Jaime de Aragón se adentraba en la frontera de Almería y las huestes del rey Mohamed, como era de esperar, se mostraban incapaces de contener el asedio.

Cuando al fin vencimos, éstas fueron las palabras que dedicó a Fernando, mi hijo, un viejo moro antes de subir a una de las barcazas que partían rumbo a la costa opuesta:

> ¿Señor, qué os he hecho yo para que me arrojéis de aquí después de prometeros no regresar? Vuestro bisabuelo, el rey Fernando, me echó de Sevilla y me fui a vivir a Jerez. Cuando vuestro abuelo el Sabio tomó Jerez, me refugié en Tarifa, de donde me arrojó el Bueno, a las órdenes de vuestro padre, don Sancho. Vine a

Gibraltar creyendo estar más seguro que en cualquier otro lugar de España, pero he aquí que ya no hay de este lado del mar punto alguno en que se pueda vivir tranquilo, pues el Bueno de nuevo junto a su rey, don Fernando, nos expulsa otra vez. Será menester que me vaya a África a terminar mis días.

El sarraceno era devuelto a sus tierras ancestrales, de donde nunca debió salir. Embarcaba junto a otros mil quinientos de su raza y religión para no regresar jamás.

Las albricias eran halagüeñas. Aquel 12 de septiembre, el peñón más cercano al continente africano sucumbió a nuestros pies. Gibraltar ya era nuestro y con él el dominio del estrecho que une los mares que bañan nuestras costas. Estaba deseando ver al artífice de esta nueva conquista para agradecerle en persona su victoria, pero tuve que esperar pues Guzmán el Bueno, como el incansable guerrero que había demostrado ser, no hizo un alto en el camino y prosiguió sin descansar junto a su rey rumbo a Algeciras.

La plaza fuerte estaba bien guardada y las cosas no estaban siendo tan fáciles. Al parecer las lluvias torrenciales de aquel otoño estaban dificultando su toma y cuando llegaron la decepción fue aún mayor. Hacía dos noches que el señor de Lara había observado algo extraño en el campamento, mientras velaba al malherido Haro en su tienda. A pesar de que los hombres andaban inquietos, no quiso privar de un segundo de compañía a su agonizante compañero de desventuras. Aquellos eternos enemigos a los que la reconquista había unido sufrían juntos por primera vez las duras penurias de la contienda, a la espera de unos refuerzos que no llegaban. El arzobispo de Santiago hacía ya más de una semana que había partido desde Galicia junto a mi hijo Felipe, pero el camino era largo y sólo esperábamos que llegasen a tiempo. Desde Gibraltar, se unirían mis hijos Fernando y Pedro junto al Bueno. Al amanecer, todos coincidieron a un par de millas de Algeciras y todos quedaron perplejos al entrar en el campamento cristiano que había a los pies de la ciudad.

Don Juan de Lara daba cristiana sepultura a don Diego de Haro bajo una lluvia torrencial. Lo acompañaban todos sus hombres y, al verlos juntos, los recién llegados comprobaron que las huestes castellanas se habían diezmado y que dos grandes señores faltaban al sepelio. Pronto supimos la razón de esta pavorosa merma en nuestras mesnadas, no era por causa de la enfermedad, la miseria, la epidemia o el hambre. Tampoco por haber sucumbido en manos del enemigo; aquello era más doloroso aún. El infante don Juan repetía su deserción. Como en Tarifa, nos había abandonado junto a don Juan Manuel. De milagro no se los cruzaron en los caminos. Como ratas traicioneras, se escondieron y huyeron aprovechando la oscuridad de la noche. Con ellos se fueron unos quinientos caballeros y otros cientos de a pie, a los que poco les importaba la reconquista si no conllevaba riquezas.

Intentaron entonces el asedio, pero fue inútil y sólo sirvió para perder a grandes hombres como don Alonso Pérez de Guzmán el Bueno, al que nunca pude agradecer la toma de Gibraltar y por el que sentí una gran tristeza. Mi hijo Fernando estaba cansado. Había empeñado todas sus joyas para mantener los sueldos de las soldadas. Tenía muy a corazón el tomar la villa; mostrando esfuerzo y reciedumbre, respondió que antes quería morir allí que verse deshonrado, a pesar de que todos le advertían de su minoría. Al final tuvo que ceder en virtud de un acuerdo. Mohamed de Granada, incapaz de seguir la contienda en contra del rey de Aragón, nos entregaba Bedmar, Quesada y otras plazas de la frontera con cincuenta mil doblas de oro y reconocía ser nuestro vasallo siempre y cuando levantásemos el cerco de Algeciras. Los dos reyes parlamentaban con bandera blanca junto a sus murallas. Los reyes cristianos estudiaron la propuesta y al final, dado el cansancio de sus mesnadas, Jaime de Aragón regresó a sus tierras y Fernando retrocedió en la frontera. Por lo menos, Gibraltar había caído ya en nuestras manos y, respecto a los demás territorios, no nos daríamos por vencidos. Quizá Dios no quiso que fuese el momento y la ansiada reconquista tendría que esperar.

Terminada la cruzada, dispuse el matrimonio de mi hija Isabel con Juan de Bretaña. Después de haber sido repudiada por Jaime de Aragón, ya se hacía urgente que se desposase de nuevo. Mi hijo Fernando, al enterarse de la noticia, me escribió solicitando una demora en los desposorios, ya que se disponía a acudir a la boda de su hermana en Burgos en cuanto mejorase de las fiebres cuartanas que padecía.

De nuevo me preocupé por su salud e intuí de inmediato, por el tono de sus cartas, que no sólo eran los esponsales lo que le atraía. La sed de venganza hacia el infante don Juan, su tío, y don Juan Manuel, su primo, le enturbiaba el entendimiento. A ellos y a nadie más les culpaba del fracaso de Algeciras. Fernando sabía que aquellos desertores rondaban por las cercanías de Burgos. Lo que ignoraba es que yo ya había parlamentado con los dos. La tarde en que llegó me asusté, pues vi en sus ojos el reflejo de la enfermedad que antaño padeció Sancho. Una vez más hice de mediadora y le convencí de que los hombres del infante don Juan serían necesarios en el caso de reiniciar la cruzada y de que don Juan Manuel parecía, al menos, arrepentido. El rey se avino a razones con demasiada facilidad e hice bien en desconfiar, pues mandé recado con doña María Fernández de Coronel para que ninguno de los dos perdonados acudiese a la boda de Isabel. Sin saberlo les salvé la vida. Pasado el tiempo supe que Fernando les había preparado una emboscada justo en el banquete que siguió al desposorio.

A la semana siguiente despedí en las puertas de la ciudad a Isabel, con la secreta esperanza de que esta vez fuese feliz. Ya no me quedaban hijas en casa y los tres varones partirían en breve hacia el sur ya que en el reino nazarí campaba la sedición. El pueblo había tomado preso al rey Mohamed y quería entronizar a su hermano Muley Nazar. Mohamed, con tal de no morir, aceptaba el destierro a Almuñécar dejando la corona sobre las sienes de su hermano y los tratados firmados, anulados.

La mecha que encendía la reconquista estaba prendida. Fernando, Felipe y Pedro salían a poner sitio a Alcahudete para continuar la cruzada hacia Granada. El fracaso de Algeciras les dolía e incomodaba como la espina de un cactus incrustada bajo la piel. Andalucía les llamaba con la misma fuerza que los minaretes de las mezquitas llamaban a los infieles a orar y sólo esperaban una excusa para proseguir con su máxima empresa.

Partió la comitiva y el pequeño Alfonso quedó a mi cuidado. El heredero del rey despedía divertido a sus padres. Constanza le lanzaba besos al aire y Fernando alzaba la palma al viento. Esta vez partía el rey hacia la frontera acompañado por la reina, empeñada en velar con sus cuidados conyugales por su enfermizo esposo.

Las primeras noticias que recibimos de ellos provenían de Martos, muy cerca de Alcahudete, donde Pedro ya hacía tiempo que luchaba junto a su amigo Garci Lasso. Con nerviosismo rompí el sello real que lacraba el documento y comencé a leer en voz alta para hacer partícipe al pequeño Alfonso de los avatares de su padre. Estaba preocupada por su salud, pero éste ni siquiera hacía mención de ello. Sólo me narraba, jocoso y divertido, lo acontecido en aquel lugar.

> Madre, tengo buenas noticias para vuestra majestad. El mundo es tan pequeño que en una aldea dejada de la mano de Dios he ido a encontrarme con los escuderos Juan y Pedro de Carvajal. ¿Recordáis a los hijos del ballestero mayor de nuestro abuelo el Sabio? Son los mismos que andan constantemente en reyertas con los Benavides y promueven las luchas y asesinatos entre los miembros de sus familias, intimidando a todos los ciudadanos de Valladolid y Palencia.
>
> Si los recordáis, no habréis olvidado el último revuelo que armaron cuando una mañana de domingo apareció la cabeza de uno de los Benavides clavada en un pico frente a la casa de su madre. Por aquel entonces no pudimos probar su culpabilidad, pero les mandamos prender y he aquí en dónde me los encuentro. Los he mandado encarcelar, cortar las manos y ajusticiar para dar ejemplo y escarmiento a los demás familiares. Los cobardes quisieron encambronar y justificar su inocencia con absurdos pretextos, justo antes de ser arrojados por la peña de Martos. Como podréis suponer, alegaban sólo mentiras y majaderías, por lo que no les escuché. Cuando caían y al verse ya casi muertos, uno de ellos me emplazó a un juicio divino para que, si al término de los treinta días de su muerte ellos hubiesen sido inocentes, Dios me arrancase de la tierra. ¡Aquel facineroso trataba de someter a su rey a una extraña ordalía! Como supondréis, semejante pretensión, más que intimidarme me causó risa.

Arrugué la carta y la rompí en mil pedazos. La hubiese arrojado sin dudar a la chimenea de estar encendida. No me gustaba esa manera de ser de Fernando. Desde niño procuré enseñarle el verdadero significado de la justicia y que ésta no existe sin la defensa del acusado. Como rey, era libre de condenar a quien placiese y de disponer de la vida de sus vasallos a su antojo, pero aquello no sería digno del buen hombre que bajo el manto, el cetro y la corona se debía esconder.

Una voz conocida sonó a mi espalda.

–Y el emplazamiento se ha cumplido.

Don Garci Lasso de la Vega sin duda estaba bromeando.

–Os suponía en la frontera de Jaén, junto a mi hijo don Pedro.

Sin darme la vuelta, tomé al pequeño príncipe en brazos y se lo entregué a su ama de cría para que se lo llevase. Hasta entonces no me di la vuelta para saludar al recién llegado y por el demacrado aspecto de su semblante intuí malas noticias.

–Señora, llevo cinco días durmiendo sobre los caballos que de refresco me entregaban en las paradas de postas y aldeas que encontré en el camino. Tan grave es la noticia que mi señor, el infante don Pedro, me ordenó adelantarme a todos para informaros de lo sucedido por lo que pudiese acontecer una vez difundida la desgracia. Dijo que vuestra majestad sabría poner a buen recaudo al príncipe Alfonso en cuanto lo supiera.

El fatídico mensajero tragó un sorbo de la copa de vino que le tendí, tomó aire y prosiguió deseando terminar con la despiadada encomienda que recibió.

Inconscientemente, cerré los ojos a falta de párpados en las orejas pues no quería oír lo que aquel hombre estaba a punto de decirme.

–Justo el día 6 de este mes de septiembre se cumplía un mes desde que los Carvajales fueron ajusticiados, pero nadie lo pensó hasta el día siguiente. A mi señor don Fernando aquella misma noche le atenazaron las leves fiebres que tan asiduamente viene padeciendo. No eran demasiado altas, por lo que el rey se negó a guardar cama y vino a cenar con nosotros para preparar la partida al amanecer hacia Málaga, pues el wali de esos lugares necesitaba una pequeña reprimenda. Acordada la estrategia a seguir, nos retiramos muy temprano a nuestros aposentos.

Garci Lasso bajó la cabeza, incapaz de sostener mi mirada.

–Sólo os puedo decir que al ir a despertar al rey, lo hallaron muerto.

Arrugué el sayo bajo mis garras y apreté las mandíbulas procurando eludir el llanto hasta que estuviese sola. Garci Lasso hizo ademán de consolarme, pero lo rechacé y le rogué que me dejase a solas para poder derrumbarme a mis anchas.

Fernando moría apodado como el Emplazado, a punto de cumplir los 27 años de edad y los dieciocho de reinado. Abandonaba al pequeño Alfonso terminando de amamantarse. Sin duda, se avecinaban tiempos turbulentos en los que se afilarían dagas, espadas y uñas. La pesadilla que vivimos cuando murió Sancho se repetía.

Constanza se enfrentaba a la regencia de su hijo Alfonso con la oposición de todos los que la tachaban de joven e inexperta. Muchos ambicionaban la polémica tutoría y esta vez no debíamos agachar la cabeza. La vida me había enseñado que la voracidad de los codiciosos agudizaba sus sentidos, aprovechando nuestro descuido o debilidad para saltar del acecho al ataque y sacar tajada de ello, pero esta vez no me pillarían desprevenida. Mi cuerpo reflejaba mi ancianidad, pero mi espíritu estaba más henchido y fuerte que nunca.

TERCERA PARTE

ABUELA TEMPLADA Y JUSTA
ALFONSO XI EL JUSTICIERO

24

ÁVILA, 1312

> Ya hacía treinta días que estaba soterrado:
> En término tan luengo podría ser dañado;
> Dijo santa María: Es gran desaguisado
> Que yazca mi notario de aquí tan apartado.
>
> GONZALO DE BERCEO,
> *El clérigo y la flor*

Paseaba a los pies de la muralla en silencio y cavilando junto al pequeño huérfano, cuando vimos llegar a Constanza, mi nuera, junto a mis hijos Pedro y Felipe. Ninguno de los tres escondía su pesar. La tristeza asomaba en sus miradas y el cansancio, en sus derrengados cuerpos. A todos nos hubiese gustado soterrar a Fernando en Toledo junto a su padre, don Sancho, pero nos lo impidieron las altas temperaturas que veníamos soportando aquel verano. De haber insistido en el deseo, el cuerpo del rey hubiese llegado totalmente podrido y hediendo a su tumba. La antigua mezquita de Córdoba, transformada en iglesia como la de Sevilla, guardaría sus huesos por siempre.

El pequeño Alfonso, aún patizambo, corrió a abrazar a su madre. Constanza, tocada de blanco como es menester en las viudas, se agachó a tomarle en brazos. De inmediato me dirigí a consolarla, pero me negó el saludo. Siempre se había mostrado huraña y desconfiada y esta vez se llevaba la palma, pues ni siquiera se dignaba a mirarme directamente a los ojos, simplemente me ignoraba.

Al principio lo achaqué a la tristeza de la viudedad, pero más tarde comprendí que alguien la había emponzoñado en mi contra. Su querida doña Vatanza estaba en Aragón con la pequeña Leonor, lo cual dejaba sólo a Dionis, su padre, que se reafirmaba como el máximo responsable de nuestras diferencias. Quizá le hubiese escrito todo tipo de improperios sobre mí o quizá no. El tiempo nos lo diría, aunque si Constanza fuese inteligente, bien haría en arrimarse a mi experiencia. ¿O es que acaso olvidaba que yo, al morir Sancho, me vi en el mismo trance en el que ella se encontraba ahora? ¡Por lo menos podría compartir el sufrimiento común que nos dejaba la muerte de Fernando! Los intentos que hice para procurar nuestro acercamiento se vieron truncados definitivamente cuando se enteró de que ya se habían pronunciado varios concejos y nobles en mi favor para una tutoría compartida. Como es de suponer, no se mostraba conforme.

Transcurrieron los días en el interior de las murallas de Ávila mientras nos reuníamos a diario para cuestionar el futuro. En nada se diferenciaba una jornada de la siguiente. Después de muchas horas reunidos, nos levantábamos agotados del salón del trono con la sensación de haber desperdiciado el día y la triste conclusión de no haber llegado a ninguna determinación. De un lado, Constanza, el infante don Juan y don Juan Manuel; del otro, sólo Pedro a mi lado. Los dos mirábamos preocupados a Felipe, que, indeciso, deambulaba escuchando aquí y allá.

Pasadas dos semanas y no habiendo logrado un acuerdo sobre la tutoría para proponer a los concejos, decidimos dejar a Alfonso en Ávila al cuidado de mi gran amigo don Nuño Pérez de Monroy, abad de Santander, para que lo tuviese a buen recaudo hasta que las cortes decidiesen quiénes serían sus guardadores. Gracias a Dios, en esto no hubo discusión porque todos sabían que don Nuño poseía una voluntad inquebrantable y por ello desconfiaría hasta del más pacífico que se le acercase, no fuese un ardid para el secuestro. Los tejemanejes de los más hábiles tampoco servirían para engañar al abad de Santander.

En Palencia, se convocaron las esperadas cortes. Más que una reunión amistosa parecía el preparativo para una sangrienta contienda. En el aire se respiraba el odio y la susceptibilidad de unos hacia los otros. Tan palpable se hizo, que cada miembro del concejo acudió con todas sus huestes por lo que pudiese acontecer. Tantos éramos que sobre un mapa distribuimos las posadas, los alojamientos y los conventos. Yo me hospedé en el convento de San Francisco, adonde vendría Pedro desde Amusco junto a Garci Lasso de la Vega y un total de más de diez mil infantes. Tuve la secreta esperanza de que Felipe apareciese, pero no fue así. En vez de él, vinieron los representantes de Toledo, Andalucía, Extremadura y Ávila para rendirnos su homenaje y apoyo.

Las monjas del cercano convento de San Pablo, que hospedaban a la reina Constanza, todas las mañanas abrían sus puertas para dejar entrar al infante don Juan, que acudía desde Becerril con sus cinco mil hombres de a pie y más caballeros; al de Lara, con otros tantos hombres procedentes de Villaumbrales; y a Juan Manuel, que venía, por no ser menos, de Grijota. Los representantes de Castilla, León, Galicia y Asturias les avalaban en sus decisiones.

Todo resultaba absurdo. Éramos como dos bandos atrincherados en campamentos enemigos. Sin ni siquiera vernos, redactamos cada parte un cuaderno de cortes que nada tuvieron que ver el uno con el otro, excepto en el acuerdo de mantener a Alfonso en Ávila junto a don Nuño, dieciséis caballeros y otros tantos hombres buenos de los diferentes Estados. Al menos hasta limar asperezas.

Aquéllas se limaron al año escaso de estos acontecimientos. La reina madre, a sus veinticuatro años, enfermaba y moría en sólo una semana. El 18 de noviembre de 1313, Constanza siguió a Fernando, al año de su muerte, dejando en la orfandad a Leonor y a Alfonso. La noticia caló de diferentes maneras en los que la apoyaron. Casi todos decidieron cambiar de actitud al comprobar que los custodios del pequeño Alfonso en Ávila me lo entregaban a mí como su única antecesora.

En el monasterio de Palazuelos al fin nos reconocieron como tutores a mí y a Pedro, siempre y cuando a los servidores directos del rey los eligiera yo junto a los firmantes del pacto y a los infantes don Pedro y don Juan. De este modo, la cancillería siempre estaría junto al rey, y los representantes reales usarían el sello sólo allí donde se reconociese su poder. Cuidarían el buen proceder de los acuerdos seis hidalgos y seis hombres buenos hasta que fuesen ratificados en las venideras cortes de Burgos.

Al inicio de éstas, murió don Juan Núñez de Lara el Mozo. Veníamos de enterrarlo y se quedaron velándole la hermana del difunto, la Palomilla, junto a su segundo esposo, don Fernando de la Cerda, y su hijo, el futuro sucesor de los Lara.

La mañana se sentía primaveral y los demás decidimos caminar hasta el convento de las Huelgas. En el paseo, me acompañaba Pedro, que a mi lado y en silencio, miraba el transcurrir de la corriente del río, cansado de tan pausada vida y deseando reanudar de nuevo la contienda, que se detuvo con la reconquista de Rute en la lucha contra el moro. Entre él y yo, el pequeño Alfonso se balanceaba, pendiendo a cada paso todo el cuerpo, entre nuestras manos. Garci Lasso se unió a nuestro transitar y disimuladamente le hizo un gesto a su señor. Pedro se encogió de hombros como indicando que aún no me lo había dicho. Divertida por aquel diálogo mudo y evidente entre los dos amigos, esperé a que mi hijo rompiese el silencio. No tardó ni un segundo en hacerlo. Al ver que les había descubierto, fue directo al grano.

–Madre, no sé si sabréis que ya solucioné mis problemas con Juan Manuel. Por fin accedió a dejar en paz mis tierras en Berlanga y hemos llegado a un acuerdo de paz. Ahora que ordené todos mis asuntos, me gustaría abandonar las cortes para dirigirme a Granada. Los moros luchan unos contra los otros y están divididos, lo que nos facilita a los cristianos la victoria ante su debilidad.

Sabía que su inquieto semblante no tardaría mucho en proponerme algo parecido. Lanzamos los dos por los aires al pequeño Alfonso y éste sonrió.

–Estas tierras, sin duda, os han recordado al legendario Cid. Decidme, ¿es vuestra voluntad emular a don Ruy Díaz de Vivar?

Pedro se impacientó.

–No bromeéis, madre; hablo en serio.

Su obsesión bélica había solapado su sentido del humor.

–No me puedo negar a vuestra pretensión. De todos modos, si lo hiciese, bien sabe Dios que vuestra tozudez insistiría una y otra vez hasta derribar todas mis negaciones. De acuerdo, pero antes habréis de cumplir como es debido con vuestra mujer, la infanta de Aragón, y preñarla como es menester. Sé que es joven, pero cuanto antes consolidéis la alianza, antes podremos respirar tranquilos y sin la espada de Damocles bandeándose desde Aragón sobre nuestras cabezas. Pensadlo bien. ¿Qué haríamos si os pasase algo en los campos de batalla de Granada? ¿Adivináis cuáles serían las consecuencias? Hacedme caso, Pedro, porque me siento vieja y ya sólo quisiera poder morir en paz.

Sonrió deteniéndose al refugio de la sombra de un sauce. Me miró a los ojos con suspicacia y tomó mis manos en las suyas.

–Madre, doña María, mi esposa, ya anda preñada y sólo espera comunicárselo a su padre, el rey de Aragón, para después haceros partícipe.

Me llené de alegría, otro nieto más engrosaría la familia. Esta vez quizá sirviese para consolidar la endeble alianza que pretendíamos mediante la boda entre Leonor y el dubitativo hijo de Jaime de Aragón.

La grata conversación se vio repentinamente interrumpida por gritos, blasfemias e insultos. Los dos, intrigados por el escándalo, miramos hacia los cercanos huertos del monasterio de las Huelgas y, sin proponerlo siquiera, aguijamos nuestros pasos hacia el lugar de donde manaban semejantes improperios. Por el tono con el que se pronunciaban, estábamos seguros de que los pobres monjes cistercienses agradecerían toda la ayuda que les pudiésemos proporcionar.

Pronto distinguimos al causante de semejantes venablos. Se trataba de un caballero llamado don Guillén de Rocafull. Éste retaba, espada en mano, a uno de los escuderos de don

Juan Manuel. El lacerioso vasallo miraba desconcertado al caballero sin atreverse a replicar.

Tan indignado y desprevenido andaba el retador, que no se percató de nuestra presencia y tuve que detenerlo de cuajo.

–No es lícito, señor, el hacer públicas y notorias tan serias acusaciones sin pruebas evidentes de lo que narráis y aún es más deleznable el hacerlas sin que el insultado esté presente. Si fueseis realmente un caballero, os abstendríais de semejante vapuleo y esperaríais a que vuestro oponente estuviese presente.

Enojado como estaba y sin importarle el desacato, contestó con suma impertinencia:

–¡Sabe Dios que lo intenté, mi señora, pero don Juan Manuel no se da por aludido y continúa con sus desmanes!

Pedro intervino como si aquel hombre no estuviese presente y se dirigió a mí directamente.

–Señora madre, si me permitís un consejo, arrestadle. Este hombre sólo busca protagonismo en las cortes y, sin duda, es un oportunista de la peor calaña.

El ofendido gritó desaforado:

–¡Lo decís justo vos, que fuisteis robado y saqueado en vuestras tierras de Berlanga por el mismo mequetrefe!

Pedro no se mordió la lengua, no podía permitir una sorrostrada tan notoria hacia un miembro de nuestra propia familia, por muy cierta que fuese. Sin dudarlo, ordenó a la guardia:

–¡Arrestad a este hombre! Don Guillén de Rocafull, permaneceréis en un calabozo hasta que don Juan Manuel acuda a defenderse de semejantes calumnias. Un tribunal de cinco jueces, oídas las dos partes, decidirá vuestro destino.

El reo, sorprendentemente calmado, le contestó asumiendo su destino aína.

–Me dijeron, don Pedro, que erais bravo como vuestro padre y cabal como vuestra madre, pero me habéis defraudado. Sólo demostráis temor ante vuestro primo don Juan Manuel.

Pedro enrojeció de furia.

–¡Engrilletadlo y amordazadlo! Y no le libréis de la mordaza hasta que esté en el calabozo más profundo que halléis, no vaya a envenenar a alguien con su verborrea.

Cuando se lo llevaban a rastras, miré a Pedro con reproche pues no había actuado con diplomacia. ¡Sus arrebatos me recordaban tanto al rey Sancho, su padre!

Pasado el tiempo, tuvimos que retractarnos de todas las acusaciones que recayeron sobre aquel hombre. Lo dejamos libre, una vez convencidos de que lo que dijo fue verdad, pues, mal que nos pesase, don Juan Manuel ni siquiera se molestó en mandar una misiva que le excusase por su evidente ausencia. Mi sobrino, no contento con ignorar nuestro requerimiento, nos dejó en evidencia. Ya comenzaba a demostrarnos su soberbia y pretendida independencia. Como infante reconocido, se negaba a rendir pleito homenaje a ningún señor aunque éste fuese su rey, y caprichoso como era abusaba del cariño que por él profesábamos la familia real para utilizarlo en su propio beneficio.

Al día siguiente del arresto, Pedro se marchó hacia Andalucía junto a Garci Lasso y el infante don Juan. Yo trashumé de un lado a otro a la espera de noticias.

Aquel verano nos reunimos casi toda la familia de nuevo en Ocaña. Las infantas de Aragón, como hermanas que eran, estaban deseando verse de nuevo. Sus señores maridos, mi hijo Pedro y don Juan Manuel, por extraño y difícil que pareciese, habían empezado a limar sus asperezas y ellas lo celebraban esperando a uno y otro con la impaciencia de la juventud. Aquella mañana el vigía avistó en lontananza la llegada de las huestes de Pedro. Todos salimos a recibirle. María de Aragón se acariciaba la barriga, soñando con el futuro retoño que habría de parir al tiempo que sorteaba, para no tropezar, los juguetes que los más pequeños iban desperdigando por todas partes.

Pedro desmontó con ayuda de su escudero, besó a su preñada esposa y se lanzó a mis brazos. Tenía tantas cosas que contarme que las unas atropellaban a las otras y casi no se le entendía. Sus huestes habían llegado a Granada, se habían alimentado en sus huertos y habían acariciado sus murallas. Narraba cada batalla de las que libró en contra del sarraceno como si las reviviese, y sólo pude aconsejarle que se tranquilizase. Siempre sucedía igual, no se había cumplido el mes desde su llegada de la frontera y ya soñaba con regresar.

–Madre, ¡el más importante enclave musulmán en la península Ibérica está a punto de caer! ¡Bien lo sabe Dios, que me guarda y empuja mi transitar por aquellas tierras infieles! Sólo espero a mi regreso las huestes del rey de Aragón, con ellas los cristianos seremos inven…

Pedro repentinamente enmudeció al ver a la pequeña Leonor surgir de entre los sayos de las dueñas. Incómoda por tener que defraudarle, se lo expliqué mientras acariciaba la rubia cabeza de la pequeña.

–Siento deciros, Pedro, que esta vez ya no contaréis con el favor de Aragón, pues hace una semana exacta que doña Vatanza apareció de improviso en la villa de Molina portando a Leonor de su mano. El rey don Jaime nos devolvía a vuestra sobrina de la mano de su dueña. Según parece, esta vez no es por voluntad propia sino por la de su hijo. La pequeña Leonor regresa a

Castilla porque su prometido, el príncipe Jaime de Aragón, para ¿disgusto? de su padre no ha cejado en su descabellado propósito. Sigue negándose a reinar y a casarse. Sólo se le antoja vestir el hábito de hospitalarios con sus añascotes e ingresar en su convento. No sé qué pensar de todo esto. El hecho es que Leonor es la segunda infanta de Castilla que la monarquía aragonesa se permite repudiar, pues a vuestra hermana Isabel nos la devolvieron hace ya veinticuatro años.

Mi hijo Pedro se mostró confuso, puesto que aquello definitivamente enturbiaría nuestras negociaciones de paz con Aragón.

–No lo entiendo, madre. Algo más ha tenido que motivar este rechazo. Siempre nos habéis enseñado que los hijos de los reyes hemos nacido con una única misión, la de suceder a nuestro padre si fuese menester, y no cabe otra posibilidad ni alternativa para nuestra vida. Un futuro rey no se puede rendir a los caprichos de cualquier mortal. ¿No desconfiáis y no os parece incoherente lo que don Jaime asevera? Si es cierto lo que dicen y teniendo en cuenta la edad de don Alfonso, el que más lo debe estar padeciendo es él mismo, como padre de tan decepcionante y denigrante sucesor. Quizá por ello no hemos de dar por perdido su apoyo. Doña Vatanza nos lo confirmará.

Mi guerrero hijo no se daba por vencido. Inmediatamente, buscó entre la multitud que había salido a recibirle el desagradable rostro del que esperaba sacar información.

Procuré sosegar su ansiedad.

–No busquéis, Pedro, a la que ya no anda entre nosotros. Doña Vatanza me entregó a la infanta con harto dolor de su alma e inmediatamente solicitó mi permiso para retirarse a su señorío en Huelva. Muerta la reina Constanza, su señora y madre de la niña, prefería dar por terminada su hasta entonces ajetreada vida en las cortes portuguesa, castellana y aragonesa. Le concedí lo que solicitaba.

Pedro sonrió, sabiendo de sobra que me habría quedado a gusto, ya que nunca congenié con semejante indeseable. No era ningún secreto que aquella mujer había sido espía en nuestra corte de Dionis de Portugal y de Jaime de Aragón, por lo que nadie la echaría de menos.

Pasaron los festejos estivales y Pedro, olvidando ya la falta de refuerzos en su empresa, salió raudo de nuevo hacia la contienda. Era como si su alma inquieta no soportase la inacción y necesitase una estimulación bélica para alegrarse. La mañana en que nos dejó, como siempre, montó al alba sin esperar a que nadie se levantase. Siempre desaparecía de improviso. Odiaba las despedidas y siempre decía que traían mala suerte. Esta vez hubiese hecho bien en decirnos adiós, dadas las funestas noticias venideras.

25

DESCANSO EN VALLADOLID, 1319-1320

Muerte yerma, sola y vacía.
Vencidos fueron Cristianos
Con todo el su poder
Dios ayudó a los paganos.

ALFONSO XI

Restableciéndome de una dolencia de ojos, me estaban haciendo las curas para arrancarme las legañas que de ellos nacían hasta velarme la mirada, cuando entró Garci Lasso de la Vega, el compañero inseparable de mi hijo Pedro, jadeante y demacrado. No le podía ver por las gasas, pero por su acelerada respiración intuí que las noticias no eran buenas.

–No pronunciéis palabra, Garci Lasso, que os temo. Una vez acudisteis con un rostro similar; veníais a decirme que mi hijo Fernando había muerto. Hoy espero que sean albricias lo que queréis transmitirme y si no es así, largaos por donde vinisteis que no estoy para escuchar sandeces.

No se retiró. Dubitativo y sin saber cómo arrancarse, inició su exposición con una copla:

Gran ofensa os tengo hecha hasta aquí en haber hablado,
pues en cosa os he enojado que tan poco me aprovecha.
Derramé desde aquí mis lágrimas no hablando,
Porque quien muere callando tiene quien hable por sí.

En ese preciso momento ansié quedarme sorda, aunque el deseo fue vano y las palabras del cántabro continuaron taladrándome los tímpanos.

–Mi señora, me limito, como un escribano, contador, juglar o cronista, sólo a contaros lo que un 25 de junio, con un calor sofocante, aconteció en la vega de Granada.

»Mi señor, don Pedro, encabezaba nuestras huestes en la inicial contienda. Don Juan cubría la retirada con sus mesnadas. Sin saber por qué, el grueso se separó en dos partes y don Pedro repentinamente se encontró solo. Sin temer a nada, pues bien conocéis el valor y la bravura de vuestro hijo, vi cómo metía la mano en su espada para acaudillar y animar a los reticentes. Sin dudarlo, espoleé mi caballo tras él, pero, para nuestro infortunio, muchos se mostraron dubitativos en el primer momento y al ver cómo surgían de una colina las numerosas fuerzas enemigas, retrocedieron perdiendo todo viso de valentía y arrojo. Aquello era un suicidio, mi señora, pero le seguí, cegajoso sin achantarme, y los que seguimos junto a él comenzamos a lanzar mandobles y golpes a diestro. La sangre nos salpicaba, las lanzas enemigas atravesaban nuestros desbocados caballos y las flechas nuestros miembros. Sin quererlo y entre tanta confusión, perdí a mi señor. Al atardecer, el enemigo se retiró dándonos un respiro y, con la poca luz que quedaba al ocaso, recorrí los campos sembrados de cadáveres en busca de mi señor, don Pedro. Se hizo completamente de noche cuando di con un hombre que aseguraba haberlo visto tumbado en el suelo, sin habla e inmóvil.

Con los oídos tapados, di un empujón al físico que me curaba los ojos y me tapé los oídos. Mi capacidad de sufrimiento había llegado a su límite.

–¡Callaos!

Garci Lasso me ignoró.

–El silencio no cura ni resucita, mi señora. Con vos he venido a compartir la mella que la daga de la muerte deja en nuestros corazones.

–¿La mella, decís? ¿Acaso olvidáis que, después de esto, de los cinco hijos varones que parí sólo me queda Felipe? Lo mío no es mella sino surco.

Me abracé a la almohada y por primera vez lloré sin pudor en público. Mis lagrimales se limpiaron y los ojos se me hincharon hasta que conseguí calmarme. Fue entonces cuando mi cruel amigo y mensajero prosiguió.

–Durante toda la noche y a la luz de las antorchas, volteamos más de mil cuerpos cristianos que yacían, en pos de nuestro señor. Desesperados, llegamos a pensar que el moro lo había descubierto y se lo había llevado para mancillarlo. Al amanecer y cuando estábamos a punto de darlo por perdido, lo vimos. Yacía con medio cuerpo aprisionado bajo su caballo, asido aún a su espada y con la visera levantada. En sus ojos abiertos se reflejaba la serenidad que da el descanso eterno con la conciencia tranquila. Tomamos su cuerpo y lo llevamos a la retaguardia. El infante don Juan nos diría qué hacer con él aunque yo sabía que Burgos fue la ciudad que eligió para ser enterrado.

»Al enterarse de lo ocurrido, el infante don Juan, a sus cincuenta y cinco años, no pudo asimilarlo, quedándose mudo e inmóvil. Al atardecer, le sobrevino por la impresión un extraño ataque y murió. Hacía calor y éste era ya viejo. El resto de los maestres de las órdenes y otros prelados que aún no se habían retirado, al saber la noticia desistieron de la empresa y se marcharon. Los moros cayeron sobre nuestro campamento, lo saquearon, se llevaron todo lo que podría servirles y al final lo quemaron todo, clavando en picas los cadáveres que de los nuestros encontraron para que nos sirviesen de escarmiento y lección. Los que quedamos, y a toda prisa, pusimos al infante don Juan sobre un mulo y al infante don Pedro, vuestro hijo, en un caballo atravesado pues no tuvimos tiempo de engalanarle mejor para salir de allí corriendo.

»Bien sabe Dios que nos hubiese gustado tumbarle en un ataúd, cubrirle de finos paños dorados e iluminarle con buenas candelas como era menester, pero creedme, señora, que no hubo tiempo para ello. Afuera aguardan todos para seguir hacia Burgos a darles cristiana sepultura. Sería para nosotros un gran honor y consuelo que nos acompañaseis en esta triste empresa.

Lentamente me levanté e intentando adquirir una compostura un poco más regia le contesté:

–Don Garci Lasso, ahora las dos muletas con las que contaba para apoyarme han desaparecido de golpe. Siento cómo mi cuerpo desfallece por el dolor y encanija por el peso que la tutoría ejerce sobre mis solitarios hombros.

Repentinamente, eché en falta a la viuda de mi hijo Pedro.

–¿Cómo es que no os acompaña doña María de Aragón en esta triste empresa?

–Mi señor, don Pedro, la dejó en Córdoba ya que su abultado embarazo le impedía seguirnos. Al enterarse de la muerte de su esposo, parió una niña que, además de póstuma, fue prematura. A pesar de ello, la niña es fuerte, está sana y ha sido bautizada con el nombre de Blanca. En cuanto se recupere, vendrá a presentaros a vuestra nieta.

Quedé en silencio, abrí mucho los ojos y señalé el techo con un dedo, mientras que posaba el otro sobre mis labios para que callase. Garci Lasso debió de pensar que había enloquecido. Acercándome a él, le susurré al oído.

–Escuchad. ¿No oís el aleteo de los buitres hambrientos? Dan vueltas desde las alturas acechando a los cadáveres que traéis. Tened cuidado y velad bien por ellos, porque semejantes alimañas aguardan el más mínimo descuido para poder hincar el pico en los despojos que la carne muerta deja vacantes.

El sigilo que conseguí en el aposento nos dejó oír con más claridad. Los pasos acelerados de un grupo de hombres se acercaban a nuestra puerta. El ruido metálico que las espuelas hacían al chocar contra la piedra nos indicaba que eran caballeros. La puerta se abrió de golpe. Al ver quiénes eran, Garci Lasso comprendió mi metáfora. Los recién llegados me reverenciaron. No me pude contener.

–¿Lo veis, Garci Lasso? Siempre es igual. Sólo que esta vez no han esperado al entierro y han bajado antes de las nubes, no fuese que alguien se les adelantase.

El infante don Juan Manuel, mi hijo Felipe y el Tuerto, como hijo del recién fallecido don Juan, me miraron con sorpresa y sin saber a qué me refería. Juan Manuel venía desde su señorío de Villena; Felipe, desde tierras gallegas; y el Tuerto, desde Baena, en donde se había unido al cortejo de su padre. Con el corazón en un puño y a sabiendas de que mi buen amigo era el único que lloraría a Pedro con sinceridad, tuve que despedirle.

–Garci Lasso, como el merino mayor de Castilla que os nombro y el más querido señor de don Pedro que fuisteis, no hay mejor delegado que vos para enterrar en las Huelgas Reales de Burgos a mi hijo Pedro. Al hacerlo, no descuidéis su sepulcro y hacedlo semejante al de su tío don Fernando de la Cerda, su vecino de panteón. A mí me gustaría acompañaros, pero, como veis, he de espantar y encauzar a los carroñeros.

Los presentes no se dieron por aludidos. En silencio, esperaban su turno para despachar sus cuitas conmigo, cuando salió sin musitar mi fiel vasallo cántabro. No pude impedir dirigirme al Tuerto.

–¿Vos no seguís al cortejo? El cuerpo de vuestro padre viaja con ellos a la espera del mismo destino que mi hijo Pedro. ¿Qué os retiene y altera vuestra máxima prioridad en este momento?

Nervioso, se tocó el parche negro que cubría la cuenca de su ojo. Estaba claro que aquel hombre acomplejado necesitaba un preámbulo para pedir. El fuerte carácter de su padre lo achantó desde niño y tendría que aprender ahora a andar solo. Dado que temblaba indeciso y mudo, decidí ayudarle.

–Si venís a pedir la sucesión en todas las gracias y propiedades que tuvo vuestro padre, os diré que don Juan nos dio más disgustos que placeres. Sólo recuerdo que, a lo largo de su vida, nos traicionó en repetidas ocasiones. Una vez intentó matar a mi señor, don Sancho, en Alfaro y yo le salvé la vida. ¿Para qué? ¿Para que, pasado el tiempo, se aliase con el moro en la toma de Tarifa o desertase, años más tarde, en la toma de Algeciras dejando a nuestros ejércitos desvalidos?

El Tuerto ni siquiera se atrevió a mirarme de frente. Él sabía mejor que nadie todo lo que su padre había hecho y no necesitaba quien se lo recordase. Cabizbajo y silencioso como estaba, me compadecí de él y preferí acortar su sufrimiento.

–Pese a todo, como hijo del infante don Juan, sois sangre de nuestra sangre y como tal os entrego todas las propiedades, plazas fuertes, villas y tierras de vuestro padre, engrosándolas con otros cincuenta mil maravedíes en tierras para que hagáis buen uso de ellas. A partir de ahora, seréis el nuevo señor de Vizcaya y, como tal, espero que nos rindáis la pleitesía obligada. Sólo os niego las llaves de la chancillería y las conservo hasta que decida cómo han de ir muchas de las cosas que hoy, en este día funesto, andan desbarajustadas. Ahora seguid a Garci Lasso y enterrad a vuestro padre como es menester.

El Tuerto me reverenció de nuevo y salió raudo, aunque no muy convencido por la negativa que recibió de la estancia. Más tarde tendría que lidiar con su heredada codicia. Sólo quedaban para incordiarme en la estancia Felipe y Juan Manuel. Ninguno de ellos hizo el más mínimo ademán de acompañar al difunto a Burgos, así que decidí ignorarlos, solicitando la retirada de todos los que allí se encontraban.

Una vez sola, me asomé a la ventana justo para ver cómo el enlutado carro que portaba los cuerpos de los dos infantes, ya engalanado como debía ser, emprendía su marcha hacia el olvido terrenal. La angustia, contenida hasta el momento, me atenazó y por fin pude derrumbarme sin miedo a las miradas ajenas. Las piernas me temblaron hasta que consiguieron hincarse de rodillas en el reclinatorio y mis mandíbulas tiritaron, presas de una melancolía helada, antes de rezar. Abrí las dos hojas del tríptico bizantino y me limpié las lágrimas de la mejilla con el anverso de la mano. La mera presencia de Dios me reconfortó.

–Señor, mis huesos no son los mismos, me siento vieja y entumecida y, sin embargo, seguís poniéndome a prueba. Sabéis que cumpliré con mi cometido, pero esta vez siento que necesitaré algo más que el apoyo de los concejos y los hombres buenos para amansar a las bestias.

»¿Por qué, Señor? ¿Por qué? Me arrancasteis muy joven a Sancho, después de haberme dado seis hijos. Dos de ellos murieron niños y a los otros dos os los llevasteis sin previo aviso. Enrique, Alfonso, el rey Fernando y ahora Pedro. Cuatro de mis cinco varones os acompañan y a mí sólo me dejáis a Felipe. El más complicado de todos. ¡Si al menos tuviese el consuelo de mis hijas! Pero Isabel dista en Bretaña junto a su esposo y Beatriz hace ya mucho tiempo que no me visita desde Portugal. ¡Si me dejarais sola, no tendría nada más que hacer en esta vida terrenal que morir dignamente y en paz! En vez de eso, pretendéis que cuide de un nieto que más que un rey parece un indefenso cordero malherido, en el punto de mira de todo un grupo de alimañas hambrientas.

»¡Ayudadme, Señor, porque presiento que el temor crece ante mi ancianidad!

Una pequeña mano se posó sobre la mía y su dueño me besó en la mejilla, interrumpiendo el rezo. El pequeño Alfonso sufría con mi dolor. Su caricia me alentó y le senté en mi regazo sobre el banco que a mi espalda quedaba. Acariciándole el pelo, inspiré su olor para llenarme de él. Necesitaba tomar prestado parte de su joven hálito para recuperar las débiles fuerzas que aún me quedaban.

–Aquí ante Dios, os prometo, Alfonso, que mientras conserve la pujanza permaneceré velando por vos. Habéis crecido tanto en tamaño que ya casi no puedo cogeros en brazos, y, si el Señor me lo permite, no os abandonaré hasta que seáis vos el fornido caballero que me alce a mí por el aire.

El niño me abrazó con fuerza. En silencio alcé la vista hacia el pantocrátor que había pintado en el centro del tríptico para rogarle que accediese a colaborar con el cumplimiento de la promesa que acababa de hacer al pequeño rey.

–No os defraudaré y cumpliré con todo lo que me inculcáis hasta que me apoden «el Justiciero».

Despeinándolo, le hice la señal de la cruz en la frente con todo mi agradecimiento y procurando protegerle de todo mal. Su crecida inocencia alentaba mis ganas de luchar.

Muy pronto, y como era de esperar, todo empezó a desmadrarse. El nombramiento del infante don Juan Manuel y de Felipe como los sustitutos de don Juan y Pedro, en vez de apaciguar al reino lo desbarajustó aún más.

Don Juan Manuel ejercía su cargo como único tutor en Andalucía, Cuenca y Segovia. Utilizaba el sello real sin previa aceptación de los demás, libraba pleitos como el único con poder jurisdiccional y concedía tierras como si del mismo rey se tratase. A mí no me importaba mientras los desmanes no fuesen demasiado evidentes, pero a Felipe se lo llevaban los diablos. Casi a diario me escribía con las pertinentes quejas e insultos hacia su compañero de tutoría. ¿Por qué no se dedicaría don Juan Manuel a escribir en vez de complicar aún más todo? Bien sabe Dios que intenté poner paz entre los dos, pero en vez de aunarse por el bien del reino acrecentaban sus consabidas rencillas dando al traste con todo mi afán de paz.

Esta segregación en la cúpula del poder no pasó inadvertida para el resto de los señores y muy pronto el Tuerto, como el nuevo heredero del señorío de Vizcaya y de los desmanes de su padre, se unía a don Fernando de la Cerda en su intento para recuperar el reinado. El Desheredado olvidaba su palabra y negaba lo firmado en el Tratado de Torrellas. La hermandad de los concejos de Castilla y la del arzobispo de Santiago, imitándoles, acordaron no aceptar la apelación de nuestros pleitos hasta que don Juan Manuel y Felipe fueran cesados en sus nombramientos como tutores. Mis tozudos consejeros no fueron conscientes de la magnitud del desastre hasta el preciso momento en que todo se desmoronó. Las lanzas se alzaban en nuestra contra y ya no podíamos acallar a nuestros opositores únicamente con la palabra.

Felipe y Juan Manuel accedieron a mi última petición y, antes de partir a contener la revuelta, juraron su alianza sobre las manos del arzobispo de Sigüenza y ante Dios. Las graves voces de los dos caballeros retumbaron en la cúpula de la iglesia.

–Que Dios nos confunda y castigue perdiendo nuestro cuerpo en este mundo y en el otro nuestra ánima si faltamos a nuestro juramento. Si fuese así, que fallezcan con nosotros nuestras fuerzas, palabras, caballos, armas, espuelas y, por último, nuestros vasallos cuando más lo necesitemos. Amén.

Miles de vasallos les vitorearon y por un día pensamos que todo regresaba a su debido cauce.

26

EL VIAJE POSTRERO, JUNIO DE 1321

Mas ¿qué haré, señora, en tanta desventura?
¿Adónde iré si a vos no voy con ella?
¿De quién podré yo ahora verme en mi tesitura
si en vos no halla abrigo mi querella?

GARCI LASSO DE LA VEGA,
descendiente del mencionado

Por aquellos tiempos, el Santo Padre contestó a mi requerimiento y mandó al cardenal de Santa Sabina para arbitrar entre tanto desbarajuste. Era la primera vez en mi vida que me veía obligada a solicitar ayuda a un extranjero. Sólo Dios sabía lo enferma y desmazalada que me sentía y por ello debió de escucharme con tanta prontitud. Mi cuerpo ya no respondía y mis huesos a duras penas se mantenían erguidos. La impotencia de la vejez me estaba matando mientras el reino se desmoronaba.

La presencia del príncipe de la Iglesia sirvió de reclamo a los altos dignatarios del reino y acudieron prestos a Valladolid, como las moscas a la miel, no fuesen a quedarse sin su parte.

Hasta doña María López de Haro vino a interceder por su hijo el Tuerto, ofreciéndonos su posible y condicionado retorno; los maestres de Santiago y Calatrava llegaron junto a Juan Manuel; mi hijo Felipe, inmediatamente después; don Alfonso de la Cerda y don Fernando, junto a mi querida Palomilla, que, a falta de hijas, la tomé como representante de ellas a los pies de mi lecho.

Sintiéndome y viéndome privada de toda la información que deseaba poseer, cerraba los ojos, a sabiendas de que inmediatamente me supondrían dormida. Entonces, agudizaba el oído ansiando oír entre los susurros conversaciones amistosas, pero en vez de eso sólo escuchaba las imprecaciones que un bando dedicaba al contrario. Presentía, desde mi obligada quietud, cómo multitud de imaginarias flechas emponzoñadas apuntaban a sus adversarios apostados al otro lado de mi aposento. Rezaba a diario para que todo aquello terminase y el cardenal de Santa Sabina llegase a una solución rápida para que así yo pudiese morir en paz, con la conciencia tranquila y sin agonizar.

El 30 de junio todos sudaban por el calor y yo, sin embargo, tiritaba. Supe que todo estaba a punto de terminar y llamé a los caballeros y hombres buenos de la ciudad que entre servidores, dueñas y físicos se pusieron en primera fila.

–Con un hilo de voz, pues ya no me queda ni eso, os llamo mis buenos vasallos porque ya rozo las yemas de los dedos a mi Dios y estoy en sus manos. Me muero sin hallar una solución a la tutoría, y os quiero dejar encomendado a este mi nieto Alfonso junto a su hermana Leonor. Os los entrego para que los guardéis y criéis en esta mi villa y no se los entreguéis a los hombres del mundo hasta que tengan edad para mandar por sí mismos en sus tierras y en sus reinos. Si cumplís, pasados los tiempos, las generaciones postreras os recordarán como aquellas buenas mujeres y hombres que formaron al rey y a su hermana cuando nadie más les quedó para velar por ellos. Ahora dejadme que he de testar y confesar.

Eran leales, humildes y muchos estaban dispuestos a entregar su vida por Alfonso. Carecían de ambición y sabía que no me fallarían. Nunca lo habían hecho y serían un buen escudo protector para mis nietos frente a los ambiciosos. Al salir todos, don Pedro Sánchez, que venía tomando nota de mi vida, dejó a un lado la crónica para redactar el testamento y escribir mis últimas voluntades. Se hizo el silencio en la sala y comencé a dictarle.

–En el nombre de Dios y de la Santa María. Yo, doña María, por la gracia de Dios reina de Castilla y León y señora de Molina, en estos los palacios de la Magdalena, estando enferma de cuerpo y sana del mío entendimiento, dictamino…

A partir de ese momento bajé el tono de voz, pues no quería que nadie escuchase lo que entre medias venía hasta el momento en que yo estuviese ya enterrada. Al terminar, tomé mi sello de cera colgado y lo lacré.

Junto al escribano, mi confesor, el abad de Santander, esperaba su turno para preparar mi ánima en este su último viaje y ungirme con los santos óleos de la extremaunción. Dediqué dos minutos a un acto de contrición y otros tantos a la confesión, mientras apretaba en el interior de mi mano la cruz que Sancho me regaló el día de nuestra boda. Aquella reliquia de san Francisco de Asís había viajado junto a mí todo el trayecto de la vida.

–Don Nuño, os ruego que cuando muera me amortajéis con la ayuda de mi amiga doña María Fernández, que, como madre superiora de este monasterio de las Huelgas Reales de Valladolid, sabe que lo construí para la gloria de Dios y el albergue de mis despojos. Que conste que no por ello hago de menos a otros conventos, como el de los Agustinos o el de San Pablo, que a ellos también los recuerdo en esta triste hora.

»Me cubriréis con los hábitos de los predicadores de san Francisco y santo Domingo y, envolviendo estos dos, el hábito señoril de las monjas de san Benito y san Bernardo. No sería justo el no llevarlo después de haberlo ideado para ellas.

»Quiero que, además de las indulgencias que otorguéis a los pobres que acudan a rogar por mi alma les alimentéis con pan, vino y carne. Vestid a todos los que anden desnudos con peyotes y sayales. Os dejo para ello cuatrocientas doblas de oro más otro tanto para oficiar veinte mil misas por mi alma.

El mismo hombre que un día veló en Ávila por el pequeño Alfonso asentía con lágrimas en los ojos, mientras acariciaba la mano del pequeño rey que, acabada la confesión, había regresado a mi lado. Así como Alfonso me tomó por la madre que murió, a don Nuño lo quiso como a su padre. Disimulando no enterarme de cómo los dos compartían el sufrimiento, la vida se me escapaba y sólo pude asirme al pequeño con las pocas fuerzas que me quedaron. Con la mirada fija y los labios sellados, me rogaba que no le abandonase. Las lágrimas rodaban por sus mejillas hasta filtrarse en las comisuras de sus labios. Con mucho esfuerzo le sonreí, mientras que con el embozo de mi sábana sequé su rostro. Quería eludir como fuese la tristeza en esta despedida y lo procuré con el último hálito de vida que me quedó.

–Mi querido Alfonso, ahora necesito descansar. Parto en este mi último viaje muy tranquila porque sé que seréis el rey más justiciero y noble que se haya conocido. ¡Alfonso, abrazadme y dad fin a mi agonía!

EPÍLOGO
TREINTA AÑOS DESPUÉS...

Mi querida reina y progenitora, os abrazo hoy al igual que lo hice en el preciso instante en que decidisteis morir. ¿Os place el sepulcro que os he encargado? Sé que demandasteis austeridad en vuestro enterramiento, pero las cosas han cambiado y no podía condescender en que una reina tan grande como vos continuase enterrada en las mismas condiciones que una humilde dueña o abadesa.

Os tomé el relevo aquel 1 de julio en que no visteis el amanecer y he continuado hasta ahora. Los tutores que me dejasteis no cumplieron como esperábais, y el mismo Tuerto se propasó en desmanes hasta que colmó mi paciencia y me vi obligado a ordenar la confiscación de sus bienes y su ajusticiamiento. Aun así, no vivió en vano el señor, porque en su hija se unieron las casas siempre enemistadas de los Haro y los Lara. Del infante Juan Manuel prefiero ni hablaros porque nunca terminaría con sus desatinos.

Obrando según me inculcasteis, actué en unas ocasiones con cautela y en otras, con mano dura. Pero también me asaltaron momentos de indecisión y duda, durante los cuales me pareció escuchar vuestro consejo lejano indicándome el camino a seguir para tomar la decisión más acertada. Aquí, en el reino terrenal, nada ha cambiado demasiado. Los miembros de los concejos y los nobles siguen luchando por el poder. Siento a diario la caricia de la avaricia y la ambición. Las miradas de los nobles me escudriñan y raro es el que puede mostrar las palmas de las manos sin visos de sangre y pecado en ellas. Hasta mis propios hijos se enzarzan en rivalidades continuas y más que mirar por el bien de mis reinos miran por los suyos propios.

A Pedro, como legítimo hijo de mi esposa, doña María de Portugal, le nombraría gustoso mi sucesor, pero su crueldad lo pone en tela de juicio. Si comparo sus cualidades con las de su hermano Enrique, la duda se hace mayor. Si no fuese porque este segundo es el mayor de los diez bastardos que tuve con mi querida Leonor de Guzmán, no cabría la vacilación en mí. ¿Qué os puedo contar de Enrique? Me desconcierta unas veces y otras me convence de su aptitud. Os confieso que se me ha pasado por la cabeza dejarle heredero, si bien sé que no será fácil. Sólo espero que al morir yo, no terminen asesinándose entre sí ya que el odio enraíza en sus almas.

Vaya, os alegrará saber que he reforzado mi autoridad mediante el control de la nobleza. Justicia, promesas cumplidas y paz es lo que ansío y procuro actuar con la prudencia y decisión que vuestra merced me infundió. ¡Es tan difícil! Decidme, ¿cómo voy a aquistar Granada para anexionarla a nuestros terrenos, si los ya unidos se muestran quebradizos y desconfiados?

Supongo que es una de las eternas preguntas que han de quedar sin respuesta. El tiempo quizá nos la brinde.

DRAMATIS PERSONAE

A todo el que leyere esta crónica de mi vida le hago saber, mediante esta lista, quién es quién en esta historia. Busquen a los reyes e infantes por sus nombres y a los demás, por sus nombres y apodos.

Abu-Yussuf y Abu-Yacub. Padre e hijo. Fueron los reyes moros que más atacaron, desde las costas africanas, los reinos de Castilla durante este periodo.

Alfonso de la Cerda el Desheredado, infante don. Era sucesor del hijo mayor de Alfonso X el Sabio, y como tal fue defendido como legítimo heredero de la corona de Castilla por muchos, incluida su abuela Violante. Lucharon en contra de los tres reinados que regentó María de Molina hasta que en el pacto de Torrellas renunció a sus derechos a cambio de una cuantiosa suma y otras muchas tierras y mercedes.

Alfonso X el Sabio (1221-1284). Rey de Castilla y León, a la muerte de don Fernando el Santo aspiró a ser también elegido emperador del imperio Sacro-romano, en 1257, por ser hijo de doña Beatriz de Suabia. Destacó más por haber sido sabio, jurista, poeta, historiador y astrólogo que como guerrero, a pesar de haber luchado contra los moros en tierras murcianas y andaluzas. De su matrimonio con doña Violante, tuvo muchos hijos entre los que destacaron Fernando de la Cerda, el infante don Juan y don Sancho, que le sucedería en el trono después de luchar por él en contra de los sucesores de su hermano Fernando. Tuvo otros cuatro ilegítimos. Don Alfonso el Sabio murió en Sevilla, el día 21 del mes de abril de 1284, después de reinar treinta y un años, diez meses y veintitrés días. Mandó que, una vez muerto, le arrancasen el corazón y las entrañas y las enterrasen en el monte Calvario de Murcia; el resto de su cuerpo yace en la misma Sevilla que le vio morir.

Alfonso XI el Justiciero (1311-Gibraltar, 1350). Como hijo de Fernando IV el Emplazado y de Constanza de Portugal, quedó huérfano muy joven y accedió al trono al año y veintiséis días de nacer. Fue el nieto y sucesor de doña María de Molina, por el que tuvo que asumir de nuevo la regencia. Compartieron con ella la tutoría del pequeño rey, los infantes don Juan, don Pedro, don Felipe y don Juan Manuel.

Alfonso, infante don. Uno de los hijos de María de Molina y Sancho IV, que murió párvulo poco antes que su padre.

Barlichón, Abraham. Judío, recaudador real.

Beatriz, infanta (1293-1359). La hija pequeña de Sancho IV el Bravo y de María de Molina. Casó con el rey don Alfonso IV de Portugal, hijo del rey Dionis y de santa Isabel de Portugal.

Belorado, Samuel de. Judío, contable de Fernando IV el Emplazado.

Constanza, infanta de Portugal y reina de Castilla. Hija de Dionis de Portugal y de santa Isabel, casó con Fernando el Emplazado. Tuvo al futuro Alfonso XI y a su hermana Leonor, quedando viuda muy joven para morir poco después de su marido.

Constanza, infanta de Aragón (1300-1327). Fue la hija de don Jaime de Aragón y se casó con el infante don Juan Manuel el Escritor.

Dionis I, rey de Portugal (1279-1325). En un primer momento apoyó al rey de Aragón y a los infantes de la Cerda en contra del rey castellano, hasta que llegó a un acuerdo con doña María de Molina en el Tratado de Alcañices, delimitando al fin la frontera con los Algarves. Casó con la infanta Isabel de Aragón, que fue santificada pasado el tiempo. Su hijo, don Alfonso IV de Portugal, se casaría con la infanta Beatriz de Castilla.

Enrique el Senador o el Halcón, infante don (1230-1304). Fue el hermano más longevo de Alfonso X el Sabio. Compartió con doña María la tutoría de su hijo Fernando y, al final de sus días, se encaprichó con una joven quinceañera llamada la Palomilla, hermana del señor de Lara. Terminó forzándola a casarse con él para liberar a su propio hermano.

Enrique, infante don. Hijo de Sancho el Bravo y de María de Molina. Murió muy párvulo sin tomar estado o casar.

Felipe, infante don (1292 Sevilla-1327). Fue el único hijo varón de doña María de Molina que la sobrevivió. Siendo muy joven, se mostró tan ambicioso o más que los grandes señores castellanos, haciendo suyas las tierras de Galicia como señor de Cabrera y Rivera. Casó con doña Margarita de la Cerda.

Fernández de Coronel, María. La dueña más querida y en quien más confió la reina doña María de Molina, ya que siempre la sirvió con fidelidad y amor. Casó con don Alonso Pérez de Guzmán el Bueno.

Felipe el Hermoso, rey de Francia (1268-1314). Quiso limitar el poder temporal del papa y no cesó hasta trasladar la Santa Sede a Aviñón, poniendo al frente de la iglesia a Clemente V. Suprimió la orden del Temple en 1314 y quiso, en alguna ocasión, estrechar sus lazos con Castilla.

Fernando de la Cerda, infante don (1255-1275). Fue el hijo mayor de don Alfonso el Sabio y hermano de Sancho IV el Bravo. Se casó muy joven con doña Blanca de Francia y tuvo descendencia con ella antes de morir a sus veintiún años en Villa Real. Sus dos hijos sembrarían la discordia en el reino, al pretender ejercer sus derechos sucesorios frente a Sancho IV el Bravo.

Fernando III el Santo, rey de Castilla y León (1217-1252). Rey de Castilla en un primer momento y de León también más tarde, dado que su hermano, el padre de doña María, le cedió este último reino para que lo vinculase al primero. Fue tío de doña María de Molina y abuelo de Sancho IV. Reconquistó Sevilla, Córdoba, Murcia y Jaén. Sevilla fue su morada predilecta.

Fernando IV el Emplazado (Sevilla 1285-Jaén 7-9-1312). A los once años, sucedió a su padre, don Sancho, como rey de Castilla y León, quedando doña María, su madre, como regente. Quiso ésta educarle como el buen rey que debía ser, pero adquirida su mayoría, se mostró con ella hostil en vez de agradecido. Fue mediocre y falto de carácter, dejando que las malas influencias le mellaran. Durante su reinado, se reconquistó Gibraltar, pero fracasó en la toma de Algeciras al mismo tiempo que caía la poderosa orden del Temple. Casó con doña Constanza de Portugal y de ella nacieron dos hijos, doña Leonor y don Alfonso. En el último año de su vida reinició la campaña contra Granada, junto a sus hermanos don Pedro y don Felipe. Le apodaron el Emplazado porque así lo fue por dos ajusticiados a muerte. Fernando murió a los veintisiete años, dejando a su hijo tan párvulo que ni siquiera se sostenía en pie y habiendo reinado diecisiete años, cuatro meses y diecinueve días. Está sepultado en la iglesia Mayor de Córdoba.

Garci Lasso de la Vega el Viejo, señor de las Asturias de Santillana. Amigo inseparable del infante don Pedro, el hijo de doña María de Molina. Fue el primero de una gran estirpe de poetas y escritores, fundador de la ciudad de Torrelavega y adelantado mayor de Castilla con el rey don Alfonso XI.

García de Toledo, don Gome, abad de Valladolid. Confesor de Sancho IV y el miembro del clero en quien más confió doña María en su momento.

Guillén de Guzmán, María. Barragana del rey Alfonso X el Sabio.

Haro, Diego López de, señor de Vizcaya. Fue hijo del ajusticiado en Alfaro y de Juana, la hermana de doña María de Molina. Murió sin descendencia y le sucedió en las mercedes su tía María.

Haro, Juan de, el Tuerto, señor de Vizcaya. Hijo del infante don Juan y de doña María López de Haro. Fue llamado así en vida porque los moros le quebraron un ojo. Al morir doña María de Molina, fue el tutor del rey don Alfonso y gobernó tan mal que el propio rey le mandó matar, después de confiscar todos sus bienes, el 2 de noviembre de 1324. Dejó una hija que fue señora de Vizcaya y de Lara. En ella se juntaron las dos familias más enemistadas de esta historia.

Haro, Lope Díaz de, señor de Vizcaya. Fue mayordomo mayor de Sancho y alférez mayor de Castilla por haberle socorrido en Jerez, ayudándole en sus empresas contra los moros. Se casó con la hermana de doña María, doña Juana Alfonsa, hija de su padre con su tercera mujer. Su obstinado carácter le empujó a atentar en contra de su propio rey, y quiso el destino que muriese a manos de Sancho IV en Alfaro.

Haro, María López, señora de Vizcaya. Sucedió a su sobrino don Diego en el señorío y se casó con el infante don Juan.

Isabel, reina de Portugal (1270-¿). Hija de Pedro III de Aragón y de Constanza de Sicilia. Casó con Dionis de Portugal. Tuvo dos hijos, Alfonso, que se casaría con la infanta Beatriz de Castilla, y Constanza, que desposaría a Fernando el Emplazado, como el sucesor de Sancho IV y María de Molina.

Isabel, infanta doña, señora de Guadalajara. Fue la mayor de las hijas de doña María de Molina y don Sancho IV el Bravo. Nació en la villa de Toro en 1283. A los nueve años, fue desposada con Jaime II de Aragón. Pasado el tiempo, el matrimonio no fraguó, declarándose nulo. Más tarde, Isabel se casó con el duque de Bretaña.

Jaime II el Justo, rey de Aragón y de Sicilia, conde de Barcelona (1267-1327). Hijo de Pedro el Grande. Sucede a su hermano Alfonso III el Franco. En 1286 fue proclamado rey de Sicilia, pero, al firmar el tratado de Agnani en 1295, renunció a este reinado y se le obligó a reintegrar las Baleares a Jaime II de Mallorca.

Jaime, infante heredero de Aragón (1293-1334). Casó con Leonor, la hija de don Fernando el Emplazado, cuando ésta era muy niña. El matrimonio se vio nulo al ingresar don Jaime en un convento.

Juan Manuel el Escritor, infante don, señor de Villena y Peñafiel (1282-1348). Fue hijo del infante don Manuel y de Beatriz de Saboya. Casó en 1300 con Isabel, la hija del rey Jaime de Mallorca, quedando viudo al año. Luchó unas veces en defensa de los infantes de la Cerda y se acercó a Sancho IV el Bravo en otras. Fue mayordomo y tutor del rey. Como hombre de letras, escribió *El conde Lucanor*, el *Libro del caballero et del escudero* y otros tantos, versados en la caza, la caballería y el amor. En segundas nupcias se casó con Constanza, la hija de Jaime II de Aragón. Siempre se enfrentó a María de Molina como hombre falso, insidioso, infiel y traicionero.

Juan, infante don (1264-1319). Hijo de Alfonso X el Sabio. Conflictivo como ninguno de los infantes, llegó a alzar la daga en contra de su hermano Sancho IV, en Alfaro, defendiendo al señor de Vizcaya. María de Molina detuvo la trifulca salvándole la vida. En vez de agradecimiento, demostró su odio al rey aliándose años después con el moro en contra de don Guzmán el Bueno, en Tarifa. Muerto Sancho, se calmó de vez en cuando y llegó a ser tutor del rey don Fernando en su minoría. Casó con doña María López de Haro, la heredera del señorío de Vizcaya, por eso su hijo Juan el Tuerto heredó este territorio. Don Juan murió en la vega de Granada luchando contra el moro.

Lara, Juan Núñez de, el Mozo. Sucedió a su padre don Juan y se casó con Isabel, la hija de Blanca de Molina, hermana de la reina doña María de Molina. Fue ricohombre del rey y rebelde en su momento. Al ser apresado, vendió a su hermana, la Palomilla, a cambio de la libertad.

Lara, Juan Núñez de, el Gordo. Se casó con Teresa Álvarez de Azagra, señora de Albarracín, y perdió este señorío por seguir a don Alfonso de la Cerda en contra de Sancho IV.

Lara, Juana Núñez de, la Palomilla. La llamaron así porque era tan rubia que sus cabellos parecían blancos. Como hermana del señor de Lara, para liberarlo de su cautiverio, se vio obligada a casarse a los quince años con el septuagenario infante don Enrique. Al morir éste, acompañó a doña María a la corte y casó de nuevo con el infante don Alfonso de la Cerda.

Manuel, infante don (1234-1283). Como hermano del Sabio, fue el padre de don Juan Manuel el Escritor y marido de Constanza de Aragón. Casó en segundas nupcias con Beatriz de Saboya.

María, infanta de Aragón (1299-1335). Hija del rey de Aragón y casada con el hijo de María de Molina, don Pedro de Castilla. Parió en Córdoba una niña póstuma.

Molina, Blanca de. Hermana de María de Molina. Fue la señora de Molina hasta que se suicidó tirándose desde la almena más alta de su castillo. La reina María heredó entonces el señorío que le dio nombre.

Molina, doña Juana Alfonso de Meneses, señora de Vizcaya. Hermana de doña María de Molina, era hija de su padre con su tercera mujer. Casó con el señor de Vizcaya y quedó viuda al morir su esposo, en Alfaro, a manos de Sancho IV.

Pedro III el Grande, rey de Aragón (1239-1285). Padre de Jaime II y marido de Constanza de Sicilia, fue el primero que acogió a la reina Violante y a los infantes de la Cerda.

Pedro, infante don, señor de Ledesma (1261-1283). Hijo de Alfonso X el Sabio. Como hermano de Sancho IV, fue el único que se mantuvo fiel hasta su muerte y por ello fue nombrado su mayordomo mayor.

Pedro, infante don (1290-1319). El cuarto de los hijos varones de María de Molina y Sancho IV. Nació en Valladolid y llegó a ser nombrado mayordomo mayor del rey don Fernando, su hermano, y tutor del rey don Alfonso, su sobrino. Como señor de los Cameros, de Almazan y de Berlanga (este último muy disputado por su primo don Juan Manuel), se casó con doña María de

Aragón y dejó una niña póstuma llamada Blanca. Murió en la vega de Granada, a los 22 años, habiendo sido el más parecido a su padre en semblante y carácter.

Pérez de Guzmán, don Alonso, el Bueno. Aventurero, viajó en tiempos mozos a África entablando amistad con el rey Aben Jacob. Hizo fortuna y regresó, acudiendo a la llamada del Sabio. Casó con doña María Alonso Fernández de Coronel. Al morir el Sabio, Sancho IV le nombró alcaide de Tarifa para que la defendiese al ser cercada por los moros. En el asedio, tomaron preso a don Pedro Alonso de Guzmán, su hijo, de tan sólo nueve años, y le amenazaron con pasarle a cuchillo si no entregaba la fortaleza. Don Alonso arrojó con fiereza un puñal para que degollasen al niño, antes de rendir su plaza fuerte. Por este acto, Sancho IV le concedió muchas mercedes, entre otras, las villas de Sanlúcar de Barrameda, El Puerto de Santa María, Rota, Trebujena y otras posesiones y haciendas en Sevilla y Andalucía.

Pérez de Monroy, don Nuño, abad de Santander. Fue canciller y confesor de la reina doña María de Molina. Veló por el rey Alfonso cuando era niño para que no fuese secuestrado durante su minoría, en Ávila.

Rocafull, don Guillén de. El señor que retó en Burgos al infante don Juan Manuel y perdió.

Sánchez, Alfonso. Fue uno de los bastardos que tuvo Sancho IV antes de casarse con doña María de Molina.

Sancho IV el Bravo (1258 Sevilla-1295 Toledo). Rey de Castilla y León. Fue el cuarto hijo de don Alfonso X con doña Violante y el segundo de los varones. En 1282 se desposó con María de Molina, ignorando su anterior matrimonio con Guillermina de Moncada. De esta unión nacieron cinco varones y dos hembras. Muy pronto le apodaron el Bravo por su ferocidad en el ánimo y en los campos de batalla. La reconquista de Tarifa supuso el mayor de sus triunfos. Fue enterrado en la capilla real de los reyes viejos en la santa iglesia de Toledo, tras haber reinado once años y cuatro días.

Teresa, doña. Fue otra hermana bastarda de Violante y, como hija de Sancho IV, se crió en la corte. Casó con el señor de Alburquerque, don Juan Alfonso de Meneses. Este matrimonio se hizo sin licencia del rey, su padre, por lo que fueron privados de la villa de Alburquerque y apresados. El rey don Fernando, al suceder a su padre don Sancho, perdonó a su hermanastra devolviéndole todos los bienes de los que había sido despojada.

Uceda, María de. Fue una de las múltiples amantes que tuvo Sancho IV el Bravo antes de desposarse con doña María de Molina. De este amorío nacieron varios hijos de los que cabe destacar a Violante. La de Uceda acabó sus días en la clausura de un convento.

Violante, doña. Ahijada de doña María de Molina e hija bastarda del rey Sancho. Nació fruto de los amoríos de Sancho con una prima suya, doña María de Uceda. Precisamente en su bautizo quiso el destino que María de Molina conociese a su futuro esposo y padre de la criatura. Violante se crió en la corte como una hija más de la reina María. Enviudó al poco tiempo de desposarse y quiso terminar sus días ordenándose monja en el monasterio del Santo Espíritu de Salamanca.

Violante, doña. La terca infanta aragonesa y mujer de Alfonso X el Sabio, que llegó a dejarle a su suerte en Sevilla huyendo a Aragón junto a sus nietos, los infantes de la Cerda, para comenzar una guerra a favor los derechos de éstos y en contra de su hijo Sancho.

BIBLIOGRAFÍA

BRETÓN DE LOS HERREROS, Manuel, *Don Fernando el Emplazado.*

— *Crónicas de los reyes de Castilla desde Alfonso X a los Reyes Católicos,* Madrid, Biblioteca de Autores Españoles, 1919.

DE LOAYSA, Jofré, *Crónica de Sancho IV.*

DE MENDOZA, Salazar, *Dignidades Seglares de Castilla y León,* Madrid, Imprenta Real, 1657.

DE MOLINA, Tirso, *La prudencia en la mujer,* Madrid, Espasa Calpe, 1983.

DEL VALLE CURIESES, Rafael, *María de Molina, el soberano ejercicio de la concordia,* Madrid, Alderabán Ediciones, 2000.

DÍAZ MARTÍN, Luis Vicente, *María de Molina,* Valladolid, Caja de Ahorros Popular, 1984.

GAIBROIS DE BALLESTEROS, Mercedes, *María de Molina, tres veces reina,* Pozuelo de Alarcón (Madrid), Espasa Calpe, 2004.

GARCÍA DE LA FUENTE, P. Arturo, *Castigos y documentos del rey don Sancho IV el Bravo,* El Escorial (Madrid), 1935.

GÓMEZ REDONDO, Fernando, *Historia de la prosa medieval castellana,* Madrid, Cátedra, 1998.

— *Historia general de España. Edad Media,* tomo IV, Barcelona, Modesto Lafuente, Montaner y Simón (editores), 1888.

LAYNA SERRANO, Francisco, *Historia de Guadalajara y sus Mendozas,* Guadalajara, reeditado por Aaché Ediciones, 1995.

MARTÍNEZ SANTAMARTA, H. Salvador, *Alfonso X el Sabio,* Madrid, Ediciones Polifemo, 2003.

MENÉNDEZ PIDAL, Ramón, *Poesía juglaresca y juglares,* Madrid, Espasa Calpe, 1990.

PÉREZ ALGAR, Félix, *Alfonso X el Sabio: Biografía,* Madrid, Ediciones Ibéricas, 1997.

PÉREZ FUENTES, Pedro, *Síntesis histórico-política y socio-económica del señorío y tierra de Molina.*

ROCA DE TOGORES, Mariano, marqués de Molins, *Doña María de Molina.*

VALDEÓN BARUQUE, Julio, *Alfonso X el Sabio. La forja de la España moderna,* Madrid, Temas de Hoy, 2003.

YBARRA, Fernando, marqués de Arriluce de Ybarra, *Un largo siglo de amores y desamores en el Alcázar de Sevilla (1248-1368),* Real Academia de las Buenas Letras Sevillanas, 1997.

ZURITA, Jerónimo, *Anales de la corona de Aragón*, Zaragoza, Anubar Ediciones, 1967.

ESTE LIBRO SE HA IMPRESO
EN BROSMAC, S. L.

mr

España
Av. Diagonal, 662-664
08034 Barcelona (España)
Tel. (34) 93 492 80 36
Fax (34) 93 496 70 58
Mail: info@planetaint.com
www.planeta.es

Argentina
Av. Independencia, 1668
C1100 ABQ Buenos Aires
(Argentina)
Tel. (5411) 4382 40 43/45
Fax (5411) 4383 37 93
Mail: info@eplaneta.com.ar
www.editorialplaneta.com.ar

Brasil
Rua Ministro Rocha Azevedo, 346 -
8º andar
Bairro Cerqueira César
01410-000 São Paulo, SP (Brasil)
Tel. (5511) 3088 25 88
Fax (5511) 3898 20 39
Mail: info@editoraplaneta.com.br

Chile
Av. 11 de Septiembre, 2353,
piso 16
Torre San Ramón, Providencia
Santiago (Chile)
Tel. Gerencia (562) 431 05 20
Fax (562) 431 05 14
Mail: info@planeta.cl
www.editorialplaneta.cl

Colombia
Calle 73, 7-60, pisos 7 al 11
Santafé de Bogotá, D.C.
(Colombia)
Tel. (571) 607 99 97
Fax (571) 607 99 76
Mail: info@planeta.com.co
www.editorialplaneta.com.co

Ecuador
Whymper, 27-166 y Av. Orellana
Quito (Ecuador)
Tel. (5932) 290 89 99
Fax (5932) 250 72 34
Mail: planeta@access.net.ec
www.editorialplaneta.com.ec

Estados Unidos y Centroamérica
2057 NW 87th Avenue
33172 Miami, Florida (USA)
Tel. (1305) 470 0016
Fax (1305) 470 62 67
Mail: infosales@planetapublishing.com
www.planeta.es

México
Av. Insurgentes Sur, 1898, piso 11
Torre Siglum, Colonia Florida, CP-01030
Delegación Álvaro Obregón
México, D.F. (México)
Tel. (52) 55 53 22 36 10
Fax (52) 55 53 22 36 36
Mail: info@planeta.com.mx
www.editorialplaneta.com.mx
www.planeta.com.mx

Perú
Grupo Editor
Jirón Talara, 223
Jesús María, Lima (Perú)
Tel. (511) 424 56 57
Fax (511) 424 51 49
www.editorialplaneta.com.co

Portugal
Publicações Dom Quixote
Rua Ivone Silva, 6, 2.º
1050-124 Lisboa (Portugal)
Tel. (351) 21 120 90 00
Fax (351) 21 120 90 39
Mail: editorial@dquixote.pt
www.dquixote.pt

Uruguay
Cuareim, 1647
11100 Montevideo (Uruguay)
Tel. (5982) 901 40 26
Fax (5982) 902 25 50
Mail: info@planeta.com.uy
www.editorialplaneta.com.uy

Venezuela
Calle Madrid, entre New York y Trinidad
Quinta Toscanella
Las Mercedes, Caracas (Venezuela)
Tel. (58212) 991 33 38
Fax (58212) 991 37 92
Mail: info@planeta.com.ve
www.editorialplaneta.com.ve

Grupo Planeta

MR es un sello editorial del Grupo Planeta www.planeta.es